5/08

WITHDRAWN

# LOS HIJOS DE HÚRIN

# NARN I CHÎN HÚRIN

*La historia de los hijos de Húrin*

J.R.R. Tolkien

Editado por Christopher Tolkien
*Ilustrado por Alan Lee*

minotauro

Obra editada en colaboración con Ediciones Minotauro – España

Título original: *The Tale of the Children of Húrin*
Traducción de Estela Gutiérrez
Revisión de la traducción: Carme López

Derechos reservados

Primera edición en inglés: HarperCollins*Publishers*, 2007

Editorial Diana, S.A. de C.V.
Avenida Presidente Masarik núm. 111, 2o. piso
Colonia Chapultepec Morales
C.P. 11570 México, D.F.
www.diana.com

Primera edición impresa en España: abril de 2007
ISBN: 978-84-450-7654-5

Primera edición impresa en México: mayo de 2007
Segunda reimpresión: agosto de 2007
ISBN: 978- 968-13-3408-6

Impreso en los talleres de Litográfica Cozuga, S.A. de C.V.
Av. Tlatilco núm. 78, colonia Tlatilco, México, D.F.
Impreso y hecho en México –*Printed and made in Mexico*

*Para*
*Baillie Tolkien*

# ÍNDICE

## GENEALOGÍAS

## APÉNDICES

## LISTA DE NOMBRES

# PREFACIO

Es innegable que hay muchísimos lectores de *El Señor de los Anillos* para quienes las leyendas de los Días Antiguos (publicadas anteriormente por separado en *El Silmarillion, Cuentos Inconclusos* y «Historia de la Tierra Media») son completamente desconocidas, a excepción de la reputación de que su forma y estilo son inaccesibles. Por esta razón, hace mucho tiempo que pienso que estaba justificado publicar como obra independiente la versión larga que escribió mi padre de la leyenda de los Hijos de Húrin; con un mínimo trabajo de edición y, sobre todo, en forma de narración continua, sin lagunas ni interrupciones, si es que era posible hacerlo sin distorsiones ni invenciones, a pesar del estado inconcluso en que dejó algunas partes de la misma.

He pensado que si se podía presentar así la historia del destino de Túrin y Niënor, los hijos de Húrin y Morwen, quizá se abriera una ventana a un escenario y una historia situados en una Tierra Media desconocida que son vívidos y actuales, a pesar de que se concibieron como relatos transmitidos desde edades remotas: las tierras sumergidas del oeste, más allá de las Montañas Azules, donde Bárbol caminaba en su juventud; y la vida de Túrin Turambar en Dor-lómin, Doriath, Nargothrond y el Bosque de Brethil.

Así pues, este libro se dirige ante todo a los lectores que quizá recuerden que la piel de Ella-Laraña era tan terriblemente dura que «no había fuerza humana capaz de atravesar aquellos pliegues y repliegues monstruosos, ni aun con el acero forjado por los Elfos o por los Enanos, o empuñado por Beren o Túrin», o que Elrond menciona a Túrin a Frodo en Rivendel como uno «de los poderosos amigos de los Elfos de antes»; pero nada más saben de él.

En su juventud, durante los años de la primera guerra mundial y mucho antes de que existiera el menor atisbo de los relatos que constituirían la narración de *El Hobbit* o *El Señor de los Anillos*, mi padre empezó a escribir una recopilación de historias que denominó *El libro de los Cuentos Perdidos*. Ésa fue su primera obra de literatura de ficción, y una obra sustancial, porque, aunque la dejó inacabada, catorce de los relatos están completos. Es en *El libro de los Cuentos Perdidos* donde por primera vez se habla de los Dioses, o Valar; los Elfos y los Hombres como Hijos de Ilúvatar (el Creador); Melkor-Morgoth, el gran Enemigo; los Balrogs y los Orcos; y de las tierras donde se sitúan los *Cuentos*, Valinor, «tierra de los Dioses», más allá del océano occidental, y las «Grandes Tierras» (posteriormente denominadas «Tierra Media», entre los mares del este y del oeste).

Entre los *Cuentos Perdidos* hay tres de una longitud y elaboración mucho mayores, y los tres tratan de los Hombres y de los Elfos al mismo tiempo: se trata de «El cuento de Tinúviel» (que aparece en una versión breve en *El Señor de los Anillos* como la historia de Beren y Lúthien que Aragorn les cuenta a los hobbits en la Cima de los Vientos; mi padre la escribió en 1917), «Turambar y el Foalókë» (Túrin Turambar y el Dragón, que ya existía sin duda en 1919, si no antes) y «La caída de Gondolin» (1916-1917). En un pasaje citado con frecuencia de una larga carta que mi padre escribió en 1951, tres años antes de la publicación de *La Comunidad del*

*Anillo*, y en la que describe su obra, hablaba de su antigua ambición: «Una vez (mi cresta hace mucho que ha caído desde entonces) tenía intención de crear un cuerpo de leyendas más o menos conectadas, que fueran desde las amplias cosmogonías hasta el nivel del cuento de hadas romántico –lo más alto basado en lo más insignificante, al tiempo que lo menor se impregna del esplendor de los vastos telones de fondo. ... Desarrollaría plenamente algunos de los grandes cuentos, y muchos otros los dejaría sólo esbozados en el esquema general».

De esta reminiscencia se desprende que, desde hacía mucho, parte de su intención era que, en lo que vendría a denominarse *El Silmarillion*, algunos de los «Cuentos» se narraran de una forma mucho más completa; y de hecho, en esa misma carta de 1951 mencionaba expresamente las tres historias de las que he dicho antes que eran, con mucho, las más largas de *El libro de los Cuentos Perdidos*. Ahí llamaba a la historia de Beren y Lúthien «la principal de las historias de *El Silmarillion*», y decía de ella: «La historia es (una, a mi modo de ver, hermosa y vigorosa novela de hadas heroica), comprensible en sí misma con sólo un vago y general conocimiento del entorno. Pero es también un eslabón fundamental en el ciclo, privado de su plena significación fuera del lugar que ocupa en él». «Hay otras historias casi tan desarrolladas –proseguía–, e igualmente independientes, y, sin embargo, vinculadas con la historia general»: se trata de «Los hijos de Húrin» y «La caída de Gondolin».

Así pues, según las propias palabras de mi padre, es incuestionable que, si le era posible concluir los relatos finales y acabarlos a la escala que él deseaba, veía los tres «Grandes Cuentos» de los Días Antiguos («Beren y Lúthien», «Los hijos de Húrin» y «La caída de Gondolin») como obras lo suficientemente completas en sí mismas como para no necesitar el conocimiento del gran corpus de leyendas conocido como *El Silmarillion*. Por otro lado, tal como mi padre observó en el mismo lugar, la historia de los Hijos de Húrin forma parte de la historia de los Elfos y los Hombres en los Días Antiguos, e incluye necesariamente una gran cantidad de referencias a acontecimientos y circunstancias de esa historia más amplia.

Sería completamente contrario a la concepción de este libro sobrecargar su lectura con abundantes notas informativas acerca de personas y acontecimientos que, en cualquier caso, rara vez tienen importancia real para la narración inmediata. No obstante, de vez en cuando puede ser útil recibir algo de ayuda al respecto, y en consecuencia he incluido en la Introducción un brevísimo esbozo de Beleriand y sus pueblos cerca del final de los Días Antiguos, época en la que nacieron Túrin y Niënor; y, junto a un mapa de Beleriand y las tierras del Norte, he añadido una lista de todos los nombres que aparecen en el texto con indicaciones muy concisas de cada uno, así como genealogías simplificadas.

Al final del libro hay un Apéndice dividido en dos partes: el primero trata de los intentos de mi padre por elaborar una versión definitiva de los tres cuentos, y el segundo, de la composición del texto de este libro, que difiere en muchos aspectos del publicado en *Cuentos Inconclusos*.

Estoy muy agradecido a mi hijo Adam Tolkien por su ayuda indispensable en la organización y presentación del material en la Introducción y los Apéndices, y por la preparación del libro para su inclusión en el (para mí) extraño mundo de la transmisión electrónica.

# INTRODUCCIÓN

## La Tierra Media en los Días Antiguos

El personaje de Túrin tenía una profunda significación para mi padre y, con unos diálogos directos y ágiles, logró un retrato conmovedor de su infancia, esencial para el conjunto: su severidad y falta de alegría, su sentido de la justicia y su compasión; también de Húrin, listo, alegre y optimista, y de Morwen, su madre, reservada, valiente y orgullosa; y de la vida de la casa en el frío país de Dor-lómin durante los años, ya llenos de miedo, después de que Morgoth acabara con el Sitio de Angband, antes del nacimiento de Túrin.

Pero todo esto tuvo lugar en los Días Antiguos, la Primera Edad del mundo, en una época inconcebiblemente remota. Lo muy antigua que es esta historia queda reflejado, de manera memorable, en un pasaje de *El Señor de los Anillos*. En el gran concilio de Rivendel, Elrond habla de la Última Alianza de los Elfos y los Hombres y de la derrota de Sauron al final de la Segunda Edad, más de tres mil años antes:

En este punto, Elrond hizo una pausa y suspiró.

—Todavía veo el esplendor de los estandartes —dijo—. Me recordaron la gloria de los Días Antiguos y las huestes de Beleriand, tantos grandes príncipes y capitanes estaban allí presentes. Y sin embargo no tantos, no tan hermosos como cuando destruyeron Thangorodrim, y los Elfos pensaron que el Mal había terminado para siempre, lo que no era cierto.

—¿Recuerda usted? —dijo Frodo, asombrado, pensando en voz alta—. Pero yo creía —balbuceó cuando Elrond se volvió a mirarlo—, yo creía que la caída de Gil-galad ocurrió hace muchísimo tiempo.

—Así es —respondió Elrond gravemente—. Pero mi memoria llega aún a los Días Antiguos. Eärendil era mi padre, que nació en Gondolin antes de la caída; y mi madre era Elwing, hija de Dior, hijo de Lúthien de Doriath. He asistido a tres épocas en el mundo del Oeste, y a muchas derrotas, y a muchas estériles victorias.

Unos seis mil quinientos años antes de que se celebrara en Rivendel el Concilio de Elrond, Túrin nació en Dor-lómin, «en el invierno del año», como se recoge en los «Anales de Beleriand», «con tristes presagios».

Pero la tragedia completa de su vida no está comprendida sólo en el retrato del personaje, porque fue condenado a vivir bajo la maldición de un poder enorme y misterioso, la maldición de odio que Morgoth arrojó sobre Húrin y Morwen y sus hijos, porque Húrin lo desafió y se negó a cumplir su voluntad. Y Morgoth, el Enemigo Negro, como llegó a ser denominado, era en su origen, como declaró a Húrin, llevado cautivo ante él, «Melkor, el primero y más poderoso de todos los Valar, que existió antes del mundo». Ahora, permanentemente encarnado en la forma de un rey gigantesco y majestuoso, pero terrible, en el noroeste de la Tierra Media, habitaba su enorme fortaleza de Angband, los Infiernos de Hierro: el hedor negro que salía de las cumbres de Thangorodrim, las montañas que colocó sobre Angband, podía verse desde lejos ensuciando el cielo septentrional. Se dice en los «Anales de Beleriand» que «entre las puertas de Morgoth y el puente de Menegroth no había más que ciento cincuenta leguas: una distancia larga, pero aún demasiado corta». Estas palabras se refieren al puente que conducía a las moradas del rey élfico Thingol, que adoptó a Túrin como hijo. Éstas eran conocidas como Menegroth, las Mil Cavernas, lejos al sur y el este de Dor-lómin.

Pero al estar encarnado, Morgoth tenía miedo. Mi padre escribió de él: «Mientras crecía en malicia y daba al mal que él mismo concebía forma de engaños y criaturas malignas, su poder pasaba a ellas, y se dispersaba, y él estaba cada vez más encadenado a la tierra, y ya no deseaba abandonar las fortalezas oscuras.» Por eso, cuando Fingolfin, rey supremo de los Elfos Noldorin, cabalgó solo a Angband para desafiar a Morgoth a un combate, gritó a la puerta: «¡Sal, rey miedoso, para luchar con tus propias manos! ¡Morador de cavernas, señor de esclavos, mentiroso y falso, enemigo de Dioses y Elfos, sal! Porque quiero ver tu cara de cobarde». Entonces (se cuenta) «salió Morgoth, pues no podía negarse a aceptar el desafío delante de sus capitanes». Luchó con el gran martillo Grond, que a cada golpe abría un gran hoyo, y derribó a Fingolfin; pero mientras moría, Fingolfin clavó el gran pie de Morgoth a la tierra, «y la sangre manó negra y humeante y llenó los boquetes abiertos por Grond. En adelante Morgoth cojeó siempre». Del mismo modo, cuando Beren y Lúthien, adoptando la forma de un lobo y un murciélago, se abrieron camino hasta la más recóndita estancia de Angband, donde se encontraba Morgoth, Lúthien le arrojó un hechizo: y «de pronto Morgoth cayó, como un monte que se derrumba, y lanzado como un rayo fuera del trono quedó postrado boca abajo sobre los suelos del infierno. La corona se le salió de la cabeza y rodó con gran estrépito».

La maldición de este ser, que puede afirmar que «la sombra de mi propósito se extiende sobre Arda [la Tierra], y todo lo que hay en ella cede lenta e inexorablemente ante mi voluntad», es distinta de las maldiciones o imprecaciones de los seres mucho menos poderosos. Morgoth no está «invocando» el mal o la calamidad sobre Húrin y sus hijos, no está «clamando» a un poder superior como agente, sino que él, «Amo de los destinos de Arda», como se llama a sí mismo ante Húrin, pretende provocar la ruina de su enemigo mediante la fuerza de su gigantesca voluntad. De este modo, «diseña» el futuro de aquellos a quienes odia, y así le dice a Húrin: «Pero sobre todos los que tú ames *mi pensamiento* pesará como *una nube fatídica*, envolviéndolos en oscuridad y desesperanza».

El tormento que concibió para Húrin fue «ver con los ojos de Morgoth». Mi padre explicó lo que eso significaba: si alguien era obligado a mirar con los ojos de Morgoth «vería» (o recibiría en su mente desde la mente de Morgoth) una imagen completamente creíble de los acontecimientos, pero distorsionada por la malicia infinita de Morgoth; y si había alguien capaz de rechazar el mandato de Morgoth, desde luego no era Húrin. Esto se debía en parte, según contó mi padre, a que el amor y la angustia que sentía respecto a los suyos le hacían desear saber cuanto pudiera de ellos, independientemente de la fuente de la que proviniera esa información; y en parte al orgullo, al creer que había vencido a Morgoth, y que podía no ver con los ojos de Morgoth o, cuando menos, conservar su razón crítica y distinguir entre la realidad objetiva y la malicia.

Durante toda la vida de Túrin desde que partió de Dor-lómin, y durante toda la vida de su hermana Niënor, que nunca vio a su padre, éste fue el destino de Húrin, permanecer sentado inmóvil en un lugar elevado de Thangorodrim con una amargura creciente inspirada por su torturador.

En la historia de Túrin, que se dio a sí mismo el nombre de Turambar «Amo del Destino», la maldición de Morgoth parece verse como un poder desatado, destinado a producir el mal, y en busca de víctimas; de este modo, se dice que el propio Vala caído temía que Túrin «creciera hasta adquirir tal poder, que la maldición que había arrojado sobre él se volviera hueca, y escapara del destino dispuesto para él» (p. 130). Y después, en Nargothrond, Túrin ocultó su verdadero nombre, y se enfadó cuando Gwindor lo reveló: «Me has perjudicado, amigo, por haber mencionado mi verdadero nombre, y atrayendo así sobre mí el destino del que quería ocultarme». Había sido el propio Gwindor quien le había hablado a Túrin del rumor que corría en Angband, donde había estado prisionero, de que Morgoth había arrojado una maldición sobre Húrin y todo su linaje. Pero ahora ante la ira de Túrin replicó: «el destino está en ti mismo, no en tu nombre».

Tan esencial es este complejo concepto dentro de la historia que mi padre propuso incluso un título alternativo: *Narn e·'Rach Morgoth*, «La historia de la maldición de Morgoth».Y su opinión al respecto se refleja en estas palabras: «Así concluyó la historia de Túrin el desdichado; la peor de las obras de Morgoth entre los Hombres en el mundo antiguo».

Cuando Bárbol camina por el bosque de Fangorn llevando a Merry y Pippin uno en cada brazo, les canta sobre lugares que ha conocido en tiempos remotos, y de los árboles que allí crecían:

*En los sauzales de Tasarinan yo me paseaba en primavera.*
*¡Ah, los colores y el aroma de la primavera en Nan-tasarion!*
*Y yo dije que aquello era bueno.*
*Recorrí en el verano los olmedos de Ossiriand.*
*¡Ah, la luz y la música en el verano junto a los Siete Ríos de Ossir!*
*Y yo pensé que aquello era mejor.*
*A los hayales de Neldoreth vine en otoño.*
*¡Ah, el oro y el rojo y el susurro de las hojas en el otoño de*
*    Taur-na-Neldor!*
*Yo no había deseado tanto.*
*A los pinares de la meseta de Dorthonion subí en invierno.*
*¡Ah, el viento y la blancura y las ramas negras del invierno en*
*    Orod-na-Thôn!*
*Mi voz subió y cantó en el cielo.*
*Y todas aquellas tierras yacen ahora bajo las olas,*
*y caminé por Ambarona, y Tauremorna, y Aldalómë,*
*y por mis propias tierras, el país de Fangorn,*
*donde las raíces son largas.*
*Y los años se amontonan más que las hojas*
*en Tauremornalómë.*

La memoria de Bárbol, «Ent nacido de la tierra, viejo como las montañas» era verdaderamente antigua. Estaba recordando viejos bosques del gran país de Beleriand, que fue destruido en los tumultos de la Gran Batalla al final de los Días Antiguos. El Gran Mar se vertió sobre él y anegó todas las tierras al oeste de las Montañas Azules, denominadas Ered Luin y Ered Lindon: por este motivo, el mapa que acompaña *El Silmarillion* termina al este con esa cordillera, mientras que el que acompaña *El Señor de los Anillos* termina al oeste con la misma cordillera; y las tierras costeras más allá de las montañas que en ese mapa se denominan Forlindon y Harlindon (Lindon del Norte y Lindon del Sur) eran lo único que quedaba en la Tercera Edad del país llamado Ossiriand, Tierra de los Siete Ríos, y también Lindon, por cuyos olmedos paseara antaño Bárbol.

También caminó entre los grandes pinos de las tierras altas de Dorthonion («Tierra bajo los Pinos»), que posteriormente se llamó Taur-nu-Fuin, «el Bosque bajo la Noche», cuando Morgoth lo convirtió en «una región de terror y encantamientos oscuros, de vagabundeos y desesperación» (p. 133); y llegó a Neldoreth, el bosque septentrional de Doriath, reino de Thingol.

Fue en Beleriand y las tierras al norte de la misma donde se cumplió el terrible destino de Túrin; y en efecto, tanto Dorthonion como Doriath, por donde caminó Bárbol, fueron cruciales en su vida. Nació en un mundo en guerra, aunque era todavía un niño cuando se libró la última y mayor de las batallas de las guerras de Beleriand. Un breve esbozo de cómo sucedió responderá las preguntas que surjan y explicará las referencias que aparecen en el curso de la narración.

Los límites septentrionales de Beleriand estaban formados al parecer por las Ered Wethrin, las Montañas de la Sombra, detrás de las cuales se extendía el país de Húrin, Dor-lómin, que formaba parte de Hithlum, mientras por el este, Beleriand se extendía hasta los pies de las Montañas Azules. Las tierras que quedan más al este rara vez aparecen en la historia de los Días Antiguos, sin embargo, los pueblos que aparecen en esta historia llegaron precisamente del este por los pasos de las Montañas Azules.

Los Elfos aparecieron en la Tierra en el lejano oriente, junto a un lago denominado Cuiviénen, Agua del Despertar; desde allí, fueron convocados por los Valar a abandonar la Tierra Media y, atravesando el Gran Mar, llegar al «Reino Bienaventurado» de Aman, en el extremo occidental del mundo, la tierra de los Dioses. Quienes aceptaron el llamamiento fueron guiados en una gran marcha a través de la Tierra Media desde Cuiviénen por el Vala Oromë, el Cazador, y son conocidos como Eldar, los Elfos del Gran Viaje, los Altos Elfos: son distintos de quienes, desoyendo la convocatoria, escogieron la Tierra Media como lugar de destino. Se trata de los «Elfos menores», llamados Avari, los Renuentes.

Pero no todos los Eldar, aunque cruzaron las Montañas Azules, atravesaron luego el Gran Mar; y los que se quedaron en Beleriand se denominan Sindar, los Elfos Grises. Su rey era Thingol (que significa «Capagrís»), quien gobernaba desde Menegroth, las Mil Cavernas de Doriath. Por otra parte, no todos los Eldar que atravesaron el Gran Mar se quedaron en la tierra de los Valar, porque uno de sus grandes linajes, los Noldor (los «Sabios»), regresó a la Tierra Media, y se los llama los Exiliados. El primer impulsor de la rebelión contra los Valar fue Fëanor, «Espíritu de Fuego»: era el hijo mayor de Finwë, que había conducido a la hueste de los Noldor desde Cuiviénen, pero ahora estaba muerto. Mi padre explicó así este acontecimiento fundamental en la historia de los Elfos en el Apéndice A de *El Señor de los Anillos*:

Fëanor fue el más grande de los Eldar en el ejercicio de las artes y de las ciencias, pero también el más orgulloso y el que menos se dejó regir por otra voluntad que la suya. Fabricó las Tres Joyas, los *Silmarilli*, e incluyó en ellas el fulgor de los Dos Árboles, Telperion y Laurelin, que iluminaban la tierra de los Valar. Morgoth el Enemigo codiciaba las Joyas, y las robó después de destruir los Árboles, las llevó consigo a la Tierra Media y las ocultó en su gran fortaleza de Thangorodrim [las montañas sobre Angband]. En contra de la voluntad de los Valar, Fëanor abandonó el Reino Bienaventurado y se exilió a la Tierra Media, arrastrando consigo a gran parte de su pueblo; porque, en su orgullo, se propuso arrebatar las Joyas a Morgoth por la fuerza. Después de eso, tuvo lugar la desdichada guerra de los Eldar y los Edain contra Thangorodrim, en la que fueron por fin totalmente derrotados.

Fëanor murió en combate, poco después del regreso de los Noldor a la Tierra Media, y sus siete hijos conservaron grandes extensiones de tierra al este de Beleriand, entre Dorthonion (Taur-nu-Fuin) y las Montañas Azules; pero su poder fue destruido en la terrible Batalla de las Lágrimas Innumerables, que se describe en «Los hijos de Húrin», y, desde entonces, «los hijos de Fëanor erraban como hojas en el viento» (p. 55).

El segundo hijo de Finwë fue Fingolfin (el hermanastro de Fëanor), quien era considerado señor supremo de todos los Noldor. Él y su hijo Fingon gobernaban Hithlum, que se encontraba al norte y el oeste de la gran cordillera de Ered Wethrin, las Montañas de la Sombra. Fingolfin residía en Mithrim, junto al gran lago de ese nombre, mientras que Fingon permanecía en Dor-lómin, al sur de Hithlum. Su fortaleza principal era Barad Eithel (la Torre de la Fuente) en Eithel Sirion (Fuente del Sirion), donde nacía el río Sirion, en la cara oriental de las Montañas de la Sombra. Sador, el viejo sirviente tullido de Húrin y Morwen, sirvió como soldado allí durante muchos años, tal como le contó a Túrin (pp. 37-38). Después de la muerte de Fingolfin en combate singular contra Morgoth, Fingon se convirtió en supremo rey de los Noldor en su lugar. Túrin lo vio una vez, cuando él «y muchos de sus señores habían cabalgado por Dor-lómin y habían cruzado el puente de Nen Lalaith, resplandecientes de blanco y plata» (p. 36).

El segundo hijo de Fingolfin era Turgon. Al principio, después del regreso de los Noldor, vivió en la casa llamada Vinyamar, junto al mar, en la región de Nevrast, al oeste de Dor-lómin; pero construyó en secreto la ciudad escondida de Gondolin, que se alzaba en una colina en medio de la llanura denominada Tumladen, completamente rodeada por las Montañas Circundantes, al este del río Sirion. Cuando Gondolin estuvo construida, al cabo de muchos años de trabajos, Turgon abandonó Vinyamar y moró con su pueblo, compuesto tanto de Noldor como de Sindar, en Gondolin; y, durante siglos, este hermosísimo reducto élfico permaneció en el mayor secreto, con su única entrada oculta y muy vigilada, para que ningún forastero pudiera entrar allí jamás; y Morgoth fue incapaz de descubrir dónde se encontraba. Hasta que se libró la Batalla de las Lágrimas Innumerables, cuando ya habían pasado más de trescientos cincuenta años desde que dejara Vinyamar, Turgon no salió con su gran ejército de Gondolin.

El tercer hijo de Finwë, hermano de Fingolfin y hermanastro de Fëanor, era Finarfin. Él no regresó a la Tierra Media, pero sus hijos y su hija se unieron a las huestes de Fingolfin y sus hijos. El primogénito de Finarfin era Finrod, que, inspirado por la magnificencia y la belleza de Menegroth en Doriath, fundó la ciudad fortaleza subterránea de Nargothrond, por lo que se lo llamó Felagund, que en la lengua de los Enanos significa «Señor de las Cavernas» o «Cavador de Cavernas». Las puertas de Nargothrond se abrían a la garganta del río Narog, en Beleriand Occidental, donde ese río discurría entre las altas colinas llamadas Taur-en-Faroth, o el Alto Faroth; pero el reino de Finrod se extendía a lo ancho y lo largo, por el este hasta el río Sirion, y por el oeste hasta el río Nenning, que desembocaba en el mar a través del puerto de Eglarest. Sin embargo, Finrod murió en las mazmorras de Sauron, principal sirviente de Morgoth, y Orodreth, el segundo hijo de Finarfin, accedió al trono de Nargothrond: esto tuvo lugar el año siguiente al nacimiento de Túrin en Dor-lómin.

Los otros hijos de Finarfin, Angrod y Aegnor, vasallos de su hermano Finrod, moraban en Dorthonion, hacia el norte, en la vasta planicie de Ard-galen. Galadriel, hermana de Finrod, vivió mucho tiempo en Doriath con Melian, la reina. Melian era una Maia, un espíritu de gran poder que adoptó forma humana y habitó en los bosques de Beleriand con el rey Thingol: fue la madre de Lúthien, y antepasada de Elrond. No mucho antes del regreso de los Noldor de Aman, cuando los grandes ejércitos de Angband se dirigieron al sur y entraron en Beleriand, Melian (en palabras de *El Silmarillion*) «desplegó su poder y cercó todo aquel dominio [los bosques de Neldoreth y Region] con un muro invisible de sombra y desconcierto: la Cintura de Melian, que nadie podía atravesar sin permiso de Melian, o del rey Thingol, a no ser que tuviera un poder más grande que el de Melian, la Maia». En adelante, ese país se llamó Doriath, «la Tierra del Cerco».

En el sexagésimo año después del regreso de los Noldor, una gran hueste de Orcos salió de Angband acabando así con muchos años de paz, aunque fue derrotada y destruida por completo por los Noldor. A ese enfrentamiento se le denominó *Dagor Aglareb*, la Batalla Gloriosa; pero los señores de los Elfos tomaron nota, y establecieron el Sitio de Angband, que duró casi cuatrocientos años.

Se dice que los Hombres (a quienes los Elfos llamaban *Atani* «los Segundos» y *Hildor* «los Seguidores») aparecieron en el lejano este de la Tierra Media hacia finales de los Días Antiguos; pero de los primeros inicios de su historia, los Hombres que entraron en Beleriand en los días de la Larga Paz, cuando Angband estaba sitiada y sus puertas cerradas, nunca hablaron. El caudillo de esos primeros hombres que cruzaron las Montañas Azules se llamaba Bëor el Viejo; y a Finrod Felagund, rey de Nargothrond, que fue el primero en encontrarse con ellos, Bëor le dijo: «Una oscuridad se extiende detrás de nosotros; le hemos dado la espalda, y no deseamos volver a ella ni siquiera con el pensamiento. Nuestros corazones se han vuelto hacia Occidente, y creemos que allí encontraremos la Luz». Sador, el viejo sirviente de Húrin, le habló del mismo modo a Túrin en su infancia (p. 38). Pero después se dijo que, cuando Morgoth supo del surgimiento de los Hombres, abandonó Angband y se fue hacia el este; y que los primeros Hombres que entraron en Beleriand «se habían lamentado y rebelado contra el Poder Oscuro, y fueron cruelmente perseguidos y oprimidos por aquellos que lo adoraban y sus sirvientes».

Estos hombres pertenecían a tres Casas, conocidas como la Casa de Bëor, la Casa de Hador y la Casa de Haleth. El padre de Húrin, Galdor el Alto, era de la Casa de Hador, del que era hijo, pero su madre era de la Casa de Haleth, mientras que Morwen, su esposa, era de la Casa de Bëor y estaba emparentada con Beren.

El pueblo de las Tres Casas eran los *Edain* (la forma sindarin de *Atani*), y se los llamaba Amigos de los Elfos. Hador vivió en Hithlum y el rey Fingolfin le dio el señorío de Dor-lómin; el pueblo de Bëor se instaló en Dorthonion; en la misma época, el pueblo de Haleth moraba en el Bosque de Brethil. Después del final del Sitio de Angband, Hombres de diferentes clases cruzaron las montañas; normalmente se los denominaba Orientales, y algunos de ellos desempeñaron un importante papel en la historia de Túrin.

El Sitio de Angband terminó con un terrible ataque repentino (aunque preparado durante mucho tiempo) en pleno invierno, 395 años después de que empezara. Morgoth lanzó ríos de fuego que bajaron desde Thangorodrim, y la gran llanura cubierta de hierba de Ard-galen, que se extendía al norte de las tierras altas de Dorthonion, se convirtió en un yermo agostado y baldío, que en adelante se conoció con un nuevo nombre, *Anfauglith*, el Polvo Asfixiante.

Este catastrófico ataque fue conocido como *Dagor Bragollach*, la Batalla de la Llama Súbita. Glaurung, Padre de los Dragones, emergió de Angband entonces por primera vez con todo su poder; vastos ejércitos de Orcos marcharon hacia el sur; los señores élficos de Dorthonion murieron, junto con una gran parte de los guerreros del pueblo de Bëor. El rey Fingolfin y su hijo Fingon se vieron obligados a retroceder con los guerreros de Hithlum hasta la fortaleza de Eithel Sirion, en el este, frente a las Montañas de la Sombra, y en su defensa murió Hador Cabeza Dorada. Entonces, Galdor, padre de Húrin, se convirtió en señor de Dor-lómin, porque la barrera de las Montañas de la Sombra detuvo los torrentes de fuego, y Hithlum y Dor-lómin no fueron conquistadas.

En el año posterior a la Bragollach, Fingolfin, furioso y desesperado, cabalgó a Angband y desafió a Morgoth. Al cabo de dos años, Húrin y Huor fueron a Gondolin. Cuatro años más tarde, en un nuevo ataque sobre Hithlum, el padre de Húrin, Galdor, murió defendiendo la fortaleza de Eithel Sirion: Sador estuvo allí, tal como le contó a Túrin (p. 38), y vio a Húrin (entonces un joven de veintiún años) «hacerse cargo del señorío y el mando».

Todas estas cosas estaban frescas en la memoria de Dor-lómin cuando nació Túrin, nueve años después de la Batalla de la Llama Súbita.

# NOTA SOBRE LA PRONUNCIACIÓN

La siguiente nota pretende clarificar unas cuantas características distintivas de la pronunciación de los nombres.

## Consonantes

C    siempre tiene el valor de *k*, nunca de *s* o de *z*; así, Celebros es *Kelebros*, no *Selebros* ni *Zelebros*.

CH    siempre tiene el sonido de *j* como en el escocés *loch* o el alemán *buch* y nunca el de *ch* como en el español *noche*; algunos ejemplos son *Anach, Narn i Chîn Húrin*.

DH    siempre se usa para representar el sonido de *d*. Algunos ejemplos son *Glóredhel, Eledhwen, Maedhros*.

G    siempre se pronuncia como la *g* del español *gato*; así, *Region* no se pronuncia como el español *región*, y la primera sílaba de *Ginglith* es como el español *guinda*, no como en *ginebra*.

## Vocales

AI   se pronuncia como en español *baile* o el inglés *eye*.

AU   tiene el mismo valor que en español *autor* o el inglés *ow* en *town*.

EI   como en *Teiglin*, tiene el mismo sonido que en español *deidad* o el inglés *grey*.

IE   deben pronunciarse las dos vocales como si fueran un diptongo, como en español *sierra*; así, *Nienor*.

AE   como en *Aegnor*, *Nirnaeth*, es una combinación de las vocales individuales *a-e*, pero puede pronunciarse de la misma manera que AI.

EA y EO   no se pronuncian juntas, sino que constituyen dos sílabas; estas combinaciones se escriben *ëa* y *ëo*, como en *Bëor*, o al principio de nombres *Eä*, *Eö*, como en *Eärendil*.

Ú   en nombres como *Húrin*, *Túrin*, debe pronunciarse *u*; así, *Túrin*.

IR, UR   antes de consonantes (como en *Círdan*, *Gurthang*) deben pronunciarse como en español *ir*, *ur*.

E   a final de palabra se pronuncia siempre; en esta posición se escribe *ë*. También se pronuncia en mitad de palabras como *Celebros*, *Menegroth*.

# NARN I CHÎN HÚRIN

*La historia de los hijos de Húrin*

# CAPÍTULO I

## LA INFANCIA DE TÚRIN

Hador Cabeza Dorada era señor de los Edain y amado por los Eldar. Vivió, mientras duraron sus días, bajo el señorío de Fingolfin, que le concedió vastas tierras en la región de Hithlum llamada Dor-lómin. Su hija Glóredhel se casó con Haldir, hijo de Halmir, señor de los Hombres de Brethil; y en la misma fiesta su hijo Galdor el Alto desposó a Hareth, la hija de Halmir.

Galdor y Hareth tuvieron dos hijos, Húrin y Huor. Húrin era tres años mayor, pero de menor estatura que otros hombres de su estirpe; en eso había salido al pueblo de su madre, pero en todo lo demás era como Hador, su abuelo, fuerte de cuerpo y de ánimo fiero. En él, el fuego ardía sin pausa, y tenía gran fuerza de voluntad. De todos los Hombres del Norte, nadie conocía como él los designios de los Noldor. Huor, su hermano, era alto, el más alto de todos los Edain a excepción de su propio hijo Tuor, y muy veloz en carrera; pero si la carrera era dura y prolongada, Húrin era quien primero llegaba a la meta, porque corría con tanto empuje al final como al principio. Ambos hermanos se querían mucho y en su juventud rara vez se separaron.

Húrin desposó a Morwen, la hija de Baragund, hijo de Bregolas, de la Casa de Bëor; era por tanto pariente cercana de Beren el Manco. Morwen era alta y de cabellos oscuros, y, por la luz de su mirada y la hermosura de su rostro, los hombres la llamaban Eledhwen, la de élfica belleza; no obstante era de temple algo severo y orgullosa. Los pesares de la Casa de Bëor habían entristecido su corazón; porque fue como exiliada a Dor-lómin desde Drothonion después del desastre de la Batalla de Bragollach.

Túrin era el nombre del hijo mayor de Húrin y Morwen, y nació el año en que Beren llegó a Doriath y encontró a Lúthien Tinúviel, hija de Thingol. Morwen le dio a Húrin también una hija, a la que llamaron Urwen; pero todos los que la conocieron durante su breve vida, la llamaban Lalaith, que significa Risa.

Huor desposó a Rían, la prima de Morwen; era la hija de Belegund, hijo de Bregolas. Un duro destino hizo que Rían naciera en aquellos días, porque era gentil de ánimo y no le gustaban la caza ni la guerra. Amaba los árboles y las flores silvestres, y cantaba y componía canciones. Dos meses sólo había estado casada con Huor cuando él partió con su hermano a la Nirnaeth Arnoediad, y nunca volvió a verlo.

Pero ahora la historia vuelve a Húrin y Huor en los días de su juventud. Se dice que, durante un tiempo, los hijos de Galdor vivieron en Brethil como hijos adoptivos de Haldir, su tío, según la costumbre de los Hombres del Norte en aquellos días. Con frecuencia, junto con los Hombres de Brethil, luchaban contra los Orcos, que ahora hostigaban las fronteras septentrionales de su tierra; porque Húrin, a pesar de tener sólo diecisiete años, era fuerte, y Huor, el más joven, era ya tan alto como la mayoría de los hombres crecidos de ese pueblo.

En una ocasión, Húrin y Huor iban con una compañía de exploradores que cayó en una emboscada de Orcos dispersándose, y los hermanos fueron perseguidos hasta el vado de Brithiach. Allí habrían sido capturados o muertos, pero el poder de Ulmo, aún era fuerte en las aguas del Sirion. Se dice que una niebla se levantó del río y los ocultó de sus enemigos, y así pudieron escapar por Brithiach hasta Dimbar. Allí, con grandes dificultades, erraron entre las colinas, bajo los muros escarpados de las Crissaegrim, hasta que fueron confundidos por los engaños de esa tierra y ya no supieron cuál era el camino de ida ni el de regreso. En ese lugar los vio Thorondor, que envió dos de sus Águilas en su ayuda; las Águilas los tomaron y los llevaron más allá de las Montañas Circundantes hasta el valle secreto de Tumladen y la ciudad escondida de Gondolin, que ningún Hombre había visto todavía.

Cuando supo a qué linaje pertenecían, el rey Turgon les dio la bienvenida; porque Hador era amigo de los Elfos, y Ulmo, además, había aconsejado a Turgon que tratara con bondad a los hijos de esa Casa, de quienes obtendría ayuda cuando llegasen momentos de necesidad. Húrin y Huor vivieron como huéspedes en la casa del rey durante casi un año; y se dice que, en ese tiempo, Húrin, que era de mente rápida y ansiosa, aprendió mucho de la ciencia de los Elfos, y algo entendió también de los juicios y propósitos del rey. Porque Turgon llegó a sentir un gran afecto por los hijos de Galdor, y conversaba mucho con ellos; y en verdad deseaba retenerlos en Gondolin por amor, no sólo por la ley que exigía que ningún forastero, fuera éste Elfo u Hombre, que encontrara el camino al reino secreto o contemplara la ciudad, nunca pudiera marcharse ya de allí hasta que el rey no abriera el cerco y el pueblo oculto saliera de ella.

Pero Húrin y Huor deseaban regresar con su gente, y compartir con ellos las guerras y pesares que ahora los afligían. Y Húrin le dijo a Turgon:

—Señor, sólo somos Hombres mortales, distintos de los Eldar. Ellos pueden pasar muchos años esperando batirse con sus enemigos algún día distante, pero nuestro tiempo es corto, y nuestra esperanza y fuerza pronto se marchitan. Además, nosotros no encontramos el camino a Gondolin y en realidad no sabemos dónde está esta ciudad, pues fuimos traídos con miedo y asombro por los elevados caminos del aire, y nos concedieron la gracia de velar nuestros ojos.

Entonces Turgon accedió, y dijo:

—Si Thorondor está dispuesto, podéis partir por el camino por el que vinisteis. Me apena esta separación; sin embargo, según las cuentas de los Eldar, puede que volvamos a vernos dentro de poco.

Pero Maeglin, el hijo de la hermana del rey, que era poderoso en Gondolin, no lamentó en absoluto que partiesen; les reprochaba el favor del rey, pues no sentía amor alguno por el linaje de los Hombres; y le dijo a Húrin:

—La gracia del rey es mayor de lo que crees, y algunos podrían extrañarse de que la severa ley se suavice por dos insignificantes hijos de los Hombres. Sería más seguro que se quedaran a vivir aquí como sirvientes hasta el final de sus días.

—Grande es en efecto la gracia del rey —respondió Húrin—, y si nuestra palabra no basta, pronunciaremos un juramento.

Los hermanos juraron no revelar nunca los designios de Turgon, y mantener en secreto todo lo que habían visto en su reino. Entonces se despidieron, y las Águilas fueron por la noche y se los llevaron, y los depositaron en Dor-lómin antes del amanecer. Sus parientes se regocijaron al verlos, pues los mensajeros llegados de Brethil los daban por perdidos; pero ellos no quisieron revelar ni siquiera a su padre dónde habían estado, salvo que habían sido rescatados en el páramo por las Águilas, que los habían llevado a casa.

Pero Galdor preguntó:

—¿Habéis vivido entonces un año a la intemperie? ¿O acaso las Águilas os albergaron en sus nidos? Sin embargo encontrasteis alimentos y vestidos hermosos, y volvéis como jóvenes príncipes, no como abandonados en el bosque.

—Conténtate, padre —respondió Húrin—, con que hayamos regresado; pues sólo por un voto de silencio nos fue permitido hacerlo. Ese juramento todavía nos ata.

Entonces Galdor no les hizo más preguntas, pero él y muchos otros adivinaron la verdad. Porque tanto el voto de silencio como las Águilas apuntaban a Turgon.

Fueron pasando los días, y la sombra del miedo de Morgoth se alargaba. Pero en el año cuatrocientos sesenta y nueve después del retorno de los Noldor a la Tierra Media hubo una nueva esperanza entre los Elfos y los Hombres, porque corrió el rumor entre ellos de las hazañas de Beren y Lúthien, y de la vergüenza sufrida por Morgoth en su propio trono, en Angband, y algunos decían que Beren y Lúthien vivían aún, o que habían regresado de entre los muertos. Aquel mismo año, los grandes designios de Maedhros estuvieron casi completos, y, con la renovación de las fuerzas de los Eldar y los Edain, el avance de Morgoth se detuvo y los Orcos fueron expulsados de Beleriand. Entonces, algunos empezaron a hablar de las victorias por venir y de una revancha inminente de la Batalla de Bragollach cuando Maedhros condujera a las huestes unidas, expulsara a Morgoth bajo tierra y sellara las Puertas de Angband.

Pero los más juiciosos estaban aún intranquilos, temiendo que Maedhros revelara sus fuerzas crecientes demasiado pronto y se le diera así tiempo a Morgoth de armarse contra él.

—Siempre habrá algún nuevo mal incubándose en Angband para los Elfos y los Hombres —decían.

En otoño de ese año, como para corroborar esas palabras, un viento maligno llegó desde el norte bajo cielos cargados. Se lo llamó el Mal Aliento, porque era pestilente; y muchos enfermaron y murieron ese mismo otoño en las tierras septentrionales que bordeaban el Anfauglith, y eran en su mayoría niños o jóvenes de las casas de los Hombres.

Ese año, al comienzo de la primavera, Túrin, hijo de Húrin, tenía tan sólo cinco años, y Urwen, su hermana, tres. Cuando corría por los campos, sus cabellos eran como los lirios amarillos en la hierba, y su risa como el alegre sonido del arroyo que bajaba cantando de las colinas y pasaba junto a los muros de la casa de su padre. Nen Lalaith se llamaba ese arroyo, y, por él, toda la gente de la casa llamó Lalaith a la niña; y sentían alegría en sus corazones mientras ella vivió.

Pero Túrin no era tan querido. Tenía los cabellos oscuros, como su madre, y también prometía tener la misma disposición de ánimo; pues no era alegre, y hablaba poco, aunque aprendió a hacerlo pronto, y pareció siempre mayor de lo que era. Túrin tardaba en ol-

vidar la injusticia o la burla; pero el fuego de su padre ardía también
en él, y podía ser brusco y fiero. No obstante, era rápido para la
compasión, y el dolor o la tristeza de las criaturas vivientes podían
conmoverlo hasta las lágrimas; y también en eso era como su padre,
porque Morwen era tan severa con los demás como consigo misma. Túrin amaba a su madre porque ella le hablaba de un modo directo y claro; pero a su padre lo veía poco, porque Húrin pasaba a
menudo largas temporadas fuera de casa, con las huestes de Fingon,
que guardaban las fronteras orientales; y cuando volvía, sus rápidos
parlamentos, salpicados de palabras extrañas y de dobles sentidos, lo
desconcertaban e inquietaban. En ese tiempo, todo el calor de su
corazón lo volcaba en Lalaith, su hermana, pero rara vez jugaba con
ella, y prefería observarla sin que ella se diera cuenta, y vigilarla
mientras la niña corría por la hierba o bajo los árboles, o cantaba las
canciones que los niños de los Edain inventaran hacía mucho tiempo, cuando la lengua de los Elfos todavía era nueva en sus labios.

—Lalaith es bella como una niña Elfa —decía Húrin a Morwen—;
pero más efímera, ¡ay! Y por ello más bella, quizá, o más querida.

Y Túrin, al oír esas palabras, meditó sobre ellas, pero no las entendió. Porque nunca había visto a un niño Elfo. Ninguno de los
Eldar vivía en ese tiempo en las tierras de su padre, y sólo en una
ocasión los había visto, cuando el rey Fingon y muchos de sus señores habían cabalgado por Dor-lómin y habían cruzado el puente de Nen Lalaith, resplandecientes de blanco y plata.

Pero antes de que acabara el año, la verdad de las palabras de su padre se confirmó; porque el Mal Aliento llegó a Dor-lómin, y Túrin
cayó enfermo y yació mucho tiempo presa de una fiebre y un sueño
tenebroso. Y cuando sanó, porque tal era su destino y la fuerza de la
vida que había en él, preguntó por Lalaith. Pero el aya respondió:

—No menciones más la palabra Lalaith, hijo de Húrin; en cuanto a tu hermana Urwen debes pedir nuevas a tu madre.

Y cuando Morwen fue a verlo, Túrin le dijo:

—Ya no estoy enfermo, y deseo ver a Urwen; pero ¿por qué no
debo decir nunca más la palabra Lalaith?

—Porque Urwen está muerta y ya no hay risa en esta casa —respondió ella–. Pero tú vives, hijo de Morwen; y también el Enemigo que nos ha hecho esto.

No le dio más consuelo a él del que ella misma se daba, pues se enfrentaba al dolor en silencio y con el corazón frío. Húrin en cambio se lamentaba abiertamente, y tomó el arpa y habría querido componer una elegía; sin embargo no pudo; quebró el arpa y, saliendo fuera, alzó las manos hacia el norte, gritando:

–¡Tú que desfiguras la Tierra Media, querría verme contigo cara a cara y desfigurarte como hizo mi señor Fingolfin!

Pero Túrin lloró amargamente solo por la noche, aunque nunca más pronunció ante Morwen el nombre de su hermana. A un solo amigo se volvió en ese trance, y le habló de su dolor y del vacío de la casa. Este amigo se llamaba Sador, un criado al servicio de Húrin; era tullido y de poca relevancia. Había sido leñador y, por mala suerte o un error de su hacha, ésta le había rebanado el pie derecho, y la pierna sin pie se le había marchitado. Túrin lo llamaba Labadal, que significa «Paticojo», aunque el nombre no disgustaba a Sador, pues le era dado por piedad, no por desprecio. Sador residía en los edificios anexos, fabricando o arreglando cosas de escaso valor que se precisaban en la casa, porque tenía cierta habilidad para trabajar la madera. Túrin le llevaba lo que necesitaba, para ahorrarle así esfuerzos a su pierna, y a veces también en secreto, alguna herramienta o trozo de madera que encontraba sin vigilancia, si pensaba que podía ser de utilidad para su amigo. Entonces Sador sonreía, pero le pedía que devolviera esos regalos a su sitio.

–Da con prodigalidad, pero da sólo de lo tuyo –decía.

Recompensaba en la medida de sus fuerzas la bondad del niño, y tallaba para él figuras de hombres y de animales; sin embargo, Túrin se deleitaba sobre todo con las historias de Sador, porque había sido joven en la época de la Bragollach y ahora gustaba de rememorar los breves días en que había sido un hombre entero, antes de convertirse en un mutilado.

–Ésa se dice que fue una gran batalla, hijo de Húrin. Fui convocado por la necesidad de aquel año, y abandoné mis tareas en el bosque, pero no estuve en la Bragollach; de lo contrario, hubiese podido ganarme mi herida con más honor. Llegamos demasiado tarde, salvo para traer de regreso el catafalco del viejo señor, Hador, que cayó defendiendo al rey Fingolfin. Después fui soldado, y estuve durante muchos años en Eithel Sirion, el gran fuerte de los reyes élficos; o así me lo parece ahora, pues los grises años transcurridos desde entonces poco tienen que los destaque. En Eithel Sirion estaba yo cuando el Rey Negro lo atacó, y Galdor, el padre de tu padre, era allí el capitán en sustitución del rey. Fue muerto en ese ataque; y entonces vi a tu padre hacerse cargo del señorío y el mando, aunque apenas había alcanzado la edad viril. Se dice que había un fuego en él que le calentaba la espada en la mano. Siguiéndolo, hicimos que los Orcos mordieran el polvo, y desde ese día nunca se han atrevido a dejarse ver cerca de las murallas. Pero, ¡ay!, mi amor por la lucha se había saciado, pues había visto ya bastantes heridas y sangre derramada, y obtuve permiso para volver a los bosques que tanto echaba de menos. Y allí recibí mi herida; porque el hombre que huye de lo que teme acaba comprobando que sólo ha tomado un atajo para encontrarse con ello.

De este modo le hablaba Sador a Túrin a medida que éste iba creciendo; y Túrin empezó a hacer muchas preguntas que a Sador le era difícil responder, ya que pensaba que otros más próximos debían ser quienes lo instruyeran. Un día Túrin le preguntó:

—¿Se asemejaba en verdad Lalaith a una niña Elfa, como decía mi padre? Y ¿a qué se refería cuando dijo que ella era más efímera?

—Seguramente sí —respondió Sador a su primera pregunta—; porque en su temprana juventud, los hijos de los Hombres y los de los Elfos se parecen mucho. Pero los hijos de los Hombres crecen más de prisa, y su juventud pasa pronto; tal es nuestro destino.

—¿Qué es el destino? —quiso saber entonces Túrin.

—En cuanto al destino de los Hombres —explicó Sador— tienes que preguntar a los que son más sabios que Labadal. Pero como todos podemos ver, envejecemos pronto y morimos; y, por desgracia, muchos encuentran la muerte incluso antes. En cambio, los Elfos no envejecen y no mueren, salvo a causa de una gran herida. De heridas y penas que matarían a los Hombres ellos pueden curarse;

y dicen algunos que, después de que sus cuerpos hayan desaparecido, pueden volver. No sucede lo mismo con nosotros.

—Entonces ¿Lalaith no volverá? —preguntó Túrin—. ¿Adónde ha ido?

—No volverá —contestó Sador—. Pero adónde ha ido nadie lo sabe; o yo no lo sé.

—¿Ha sido siempre así? ¿O somos víctimas de alguna maldición del rey malvado, quizá, como el Mal Aliento?

—No lo sé. Nuestro pasado es oscuro, y de él nos han llegado muy pocas historias. Puede que los padres de nuestros padres hubiesen podido contar algo, pero no lo hicieron. Incluso sus nombres están olvidados. Las Montañas se interponen entre nosotros y la vida de los que vinieron, huyendo nadie sabe de qué.

—¿Tenían miedo? —preguntó Túrin.

—Puede ser —respondió Sador—. Puede que huyéramos del temor a la Oscuridad sólo para hallarla aquí, delante de nosotros, y sin otro sitio adonde huir, excepto el Mar.

—Nosotros ya no tenemos miedo —dijo Túrin—, no todos. Mi padre no tiene miedo, y yo no lo tendré; o, cuando menos, haré como mi madre: tendré miedo pero no dejaré que se note.

A Sador le pareció entonces que los ojos de Túrin no eran los ojos de un niño, y pensó: «El dolor produce un temple duro». Pero en voz alta dijo:

—Hijo de Húrin y Morwen, lo que pasará con tu corazón, Labadal no puede adivinarlo, pero rara vez y a muy pocos mostrarás lo que hay en él.

Entonces Túrin contestó:

—Quizá sea mejor no decir lo que se desea, si no puede obtenerse, pero yo desearía, Labadal, ser uno de los Eldar. Así Lalaith podría regresar y yo estaría aquí todavía, aunque ella hubiera recorrido un largo camino. Prestaré servicio como soldado de un rey Elfo tan pronto como pueda, igual que hiciste tú, Labadal.

—Puedes aprender mucho de ellos —dijo Sador, y suspiró—. Son un pueblo bello y maravilloso, y tienen poder sobre los corazones de los Hombres. Y, sin embargo, a veces me parece que habría sido mejor que nunca nos hubiéramos encontrado con ellos, y que hubiéramos transitado caminos más humildes. Porque los Elfos poseen un conocimiento antiguo; y son orgullosos y resistentes. A su luz nosotros nos vemos apagados, o ardemos con una llama demasiado viva, y el peso de nuestro destino nos abruma entonces todavía más.

–Pero mi padre los ama –dijo Túrin–, y no es feliz sin ellos. Dice que de los Elfos hemos aprendido casi todo lo que sabemos, y así nos hemos convertido en un pueblo más noble; y dice que los Hombres que han cruzado últimamente las Montañas apenas son mejores que Orcos.

–Eso es verdad –respondió Sador–; verdad, al menos en algunos de nosotros. Pero el ascenso es penoso, y desde arriba es fácil caer.

Por ese tiempo, en el mes de gwaeron según el cómputo de los Edain, del año que no puede olvidarse, Túrin tenía casi ocho años. Corrían ya rumores entre sus mayores de una gran concentración de tropas y reclutamientos de fuerzas, de los que él nada sabía; aunque advertía que su padre lo miraba fijamente con frecuencia, como un hombre que mira algo querido de lo que debe separarse.

Ahora bien, Húrin, que conocía el coraje y la lengua prudente de Morwen, hablaba a menudo con ella de los designios de los reyes Elfos, y de lo que podría acaecer, para bien o para mal. Su corazón estaba lleno de esperanza, y temía poco las consecuencias de la batalla, porque no le parecía que fuerza alguna de la Tierra Media pudiese superar el poder y el esplendor de los Eldar.

–Han visto la Luz del Oeste –decía–, y al final la Oscuridad ha de desaparecer de sus rostros.

Morwen no lo contradecía; porque en compañía de Húrin la esperanza siempre parecía lo más probable. Pero también en su estirpe había quienes conocían la tradición élfica, y se decía a sí misma: «Pero, ¿no han abandonado la Luz acaso, y no han sido apartados de ella? Quizá los Señores del Oeste ya no los tienen presentes; ¿cómo pueden entonces, aun siendo ellos los Hijos Mayores, vencer a uno de los Poderes?».

Ninguna duda semejante parecía perturbar a Húrin Thalion; no obstante, una mañana de la primavera de ese año despertó apesadumbrado, como tras un sueño agitado, y una nube apagaba su brillo ese día; al anochecer dijo de pronto:

—Cuando sea convocado, Morwen Eledhwen, dejaré a tu cuidado al heredero de la Casa de Hador. La vida de los Hombres es corta, y en ella hay múltiples infortunios, aun en tiempos de paz.

—Eso siempre ha sido así —respondió ella—. Pero ¿qué hay bajo tus palabras?

—Prudencia, no duda —la tranquilizó Húrin; sin embargo, parecía perturbado—, pero quien mire hacia adelante, ve que las cosas no permanecerán siempre así. Habrá una gran conmoción, y una de las partes caerá más bajo de lo que está ahora. Si son los reyes de los Elfos los que sucumben, no ha de irles bien a los Edain; y nosotros somos los que vivimos más cerca del Enemigo. Esta tierra podría caer bajo su dominio. Pero si las cosas van mal, no te diré entonces: «¡No tengas miedo!». Porque tú sólo temes lo que ha de ser temido y nada más; y el miedo no te arredra. Pero si te digo ahora: «¡No esperes!». Yo volveré contigo en cuanto pueda, pero ¡no esperes! Ve al sur tan de prisa como te sea posible; yo te seguiré y daré contigo aunque tenga que registrar toda Beleriand.

—Beleriand es grande, y no hay hogar en ella para los exiliados —objetó Morwen—. ¿Adónde he de huir, con pocos o con muchos?

Entonces Húrin meditó un rato en silencio.

—En Brethil están los parientes de mi madre —respondió—. Se halla a unas treinta leguas a vuelo de pájaro.

—Si ese infortunado momento llega realmente, ¿qué ayuda se podría esperar de los Hombres? —dijo Morwen—. La Casa de Bëor ha caído. Si la gran Casa de Hador cae también, ¿a qué agujeros podría arrastrarse el pequeño Pueblo de Haleth?

—A los que puedan encontrar —respondió Húrin—. No dudes de su valor, aunque sean pocos y no instruidos. ¿En qué otra parte hay esperanza?

—No mencionas Gondolin —comentó Morwen.

—No, porque ese nombre nunca ha salido de mis labios —dijo

Húrin–. No obstante, es cierto lo que has oído: he estado allí. Pero también te digo, y es la verdad lo que nunca he dicho a nadie ni diré a nadie en el futuro: no sé dónde se encuentra.

–Pero lo supones, y tus suposiciones son bastante correctas, creo –insistió ella.

–Puede que así sea –dijo Húrin–, pero a menos que el propio Turgon me liberara de mi juramento, no podría decir lo que supongo, ni siquiera a ti; y por tanto tu búsqueda sería vana. Y si, para mi vergüenza, hablara, en el mejor de los casos sólo llegarías ante una puerta cerrada; porque, a no ser que Turgon vaya a la guerra (y de eso nada se ha oído hasta ahora, y no hay esperanzas de que así ocurra) nadie puede entrar.

–Entonces, si no hay esperanza en tus parientes y tus amigos te niegan –concluyó Morwen–, debo seguir mis propios designios; y lo que a mí se me ocurre es Doriath.

–Siempre apuntas demasiado alto –comentó Húrin.

–¿Demasiado alto, dices? –replicó Morwen–. Yo creo que la Cintura de Melian será la última defensa en romperse; y por otra parte, la Casa de Bëor no será despreciada en Doriath. ¿No soy ahora pariente del rey? Beren, hijo de Barahir, era nieto de Bregor, como lo era también mi padre.

–Mi corazón no se inclina hacia Thingol –reflexionó Húrin–. Ninguna ayuda ha de tener de él el rey Fingon; y no sé qué sombra me oscurece el espíritu cuando se nombra Doriath.

–Al nombre de Brethil también mi corazón se oscurece –dijo Morwen.

Entonces, de súbito, Húrin se echó a reír, y exclamó:

–Aquí estamos, discutiendo cosas que están fuera de nuestro alcance, y sombras surgidas de sueños. Las cosas no irán tan mal, pero si así ocurre realmente, a tu coraje y tu juicio queda todo encomendado. Haz entonces lo que tu corazón te indique, pero hazlo pronto. Y si alcanzamos nuestra meta, los reyes de los Elfos están decididos a devolver todos los feudos de la Casa de Bëor a sus herederos; y tú lo eres, Morwen, hija de Baragund. Poseeremos entonces extensos señoríos, y nuestro hijo recibiría una gran herencia.

Sin la malicia del norte dispondría de una gran riqueza, y sería un rey entre los Hombres.

—Húrin Thalion —dijo Morwen—, esto es lo que veo: tú tienes altas miras, pero yo temo la decadencia.

—Eso es lo peor que puedes temer —le respondió Húrin.

Esa noche, Túrin se despertó a medias, y le pareció que su padre y su madre estaban en pie junto a su cama, y lo miraban a la luz de las velas que llevaban consigo; pero no pudo verles la cara.

La mañana del cumpleaños de Túrin, Húrin le dio a su hijo un regalo, un cuchillo labrado por los Elfos, cuya empuñadura y vaina eran negras y de plata; y le dijo:

—Heredero de la Casa de Hador, he aquí un regalo. Pero ¡ten cuidado! Es una hoja amarga y este acero sirve sólo a aquellos que pueden empuñarlo. Es tan capaz de cortarte a ti una mano como de atacar a tus enemigos. —Y, subiendo a Túrin a una mesa, besó a su hijo y añadió—: Así ya me sobrepasas, hijo de Morwen; pronto serás igualmente alto sobre tus propios pies. Ese día, muchos serán los que teman tu hoja.

Entonces Túrin salió corriendo de la estancia para estar solo, y en su corazón sentía un calor como el del sol sobre la tierra fría que es capaz de hacer que crezca. Se repitió a sí mismo las palabras de su padre, «Heredero de la Casa de Hador»; pero otras palabras le vinieron también a la mente: «Da con prodigalidad, pero da sólo de lo tuyo». Y fue al encuentro de Sador y exclamó:

—¡Labadal, es mi cumpleaños, el cumpleaños del heredero de la Casa de Hador! Y te he traído un regalo para celebrarlo. He aquí un cuchillo justo como el que tú necesitas; cortará todo lo que quieras, incluso algo tan delgado como un cabello.

Entonces Sador se sintió turbado, porque sabía muy bien que Túrin había recibido ese cuchillo ese día como regalo. Pero los Hombres consideraban ofensivo rechazar un regalo dado libremente, viniera de quien viniese. Le habló con gravedad:

—Desciendes de una estirpe generosa, Túrin, hijo de Húrin. Yo no he hecho nada que iguale tu regalo, y no espero hacerlo en los días que me quedan; pero lo que esté en mi mano lo haré. –Y cuando Sador sacó el cuchillo de la vaina, dijo–: Es un verdadero regalo: una hoja de acero élfico. Mucho tiempo he echado en falta tocarla.

Húrin pronto se dio cuenta de que Túrin no llevaba el cuchillo, y le preguntó si su advertencia le había hecho temerlo. Entonces Túrin respondió:

–No; pero se lo he dado a Sador, el carpintero.

–¿Desprecias pues el regalo de tu padre? –preguntó Morwen.

–No, pero quiero a Sador, y siento piedad por él –respondió Túrin.

Entonces Húrin dijo:

–Poseías tres regalos para dar, Túrin: amor, piedad y el cuchillo de todos el menos valioso.

–Sin embargo –objetó Morwen–, dudo que Sador se los merezca. Se ha mutilado a sí mismo por torpeza, y es lento en el trabajo, porque pierde mucho tiempo en innecesarias bagatelas.

–Ten piedad de él, pese a todo –le aconsejó Húrin–. Una mano honesta y un corazón sincero también pueden equivocarse; y el daño autoinfligido puede ser más duro de sobrellevar que la obra de un enemigo.

–Bien, pero ahora tendrás que esperar para tener una nueva hoja –le dijo Morwen a Túrin–. Así el regalo será un verdadero regalo, y a tus expensas.

No obstante, Túrin advirtió que Sador era tratado con más amabilidad desde entonces, y se le encargó una gran silla para que el señor se sentara en ella en la sala.

Una mañana brillante del mes de lothron, Túrin fue despertado por súbitas trompetas. Corrió hacia las puertas y vio, en el patio, a muchos hombres a pie o a caballo, todos completamente armados, como si fueran a partir a la guerra. Allí estaba también Húrin, que hablaba con los hombres y daba órdenes. Túrin se enteró de que ese día partían para Barad Eithel. Aquéllos eran guardias y hombres de la casa de Húrin, pero todos los hombres de sus tierras que no

eran imprescindibles también habían sido convocados. Algunos habían partido ya con Huor, el hermano de su padre; y muchos otros
se unirían al Señor de Dor-lómin en el camino para, agrupados
bajo su estandarte, seguirlo hasta el gran acantonamiento del rey.

Entonces Morwen se despidió de Húrin sin derramar lágrimas,
y dijo:

–Cuidaré de lo que me dejas en custodia, tanto de lo que es
como de lo que será.

Húrin le respondió:

–Adiós, Señora de Dor-lómin; cabalgamos ahora con más esperanzas de las que hayamos tenido nunca. ¡Pensemos que, en mitad
del invierno, la fiesta será la más alegre de todas cuantas hayamos
gozado en todos nuestros años de vida, y que le seguirá una primavera libre de temores!

Luego levantó a Túrin sobre sus hombros, y gritó a sus hombres:

–¡Que el heredero de la Casa de Hador vea la luz de vuestras espadas!

De inmediato, el sol resplandeció sobre cincuenta hojas, y en el patio resonó el grito de guerra de los Edain del Norte: «*¡Lacho calad! ¡Drego morn!* ¡Resplandezca el día! ¡Huya la noche!*».

Entonces, Húrin montó de un salto, el estandarte dorado se desplegó y las trompetas resonaron de nuevo en la mañana. Así partió Húrin Thalion a la Nirnaeth Arnoediad.

Morwen y Túrin se quedaron inmóviles ante las puertas, hasta que, a lo lejos, oyeron la débil llamada de un único cuerno en el viento: Húrin había atravesado la colina, desde detrás de la cual ya no se podía ver la casa.

## CAPÍTULO II

## LA BATALLA DE LAS LÁGRIMAS INNUMERABLES

Muchas canciones de los Elfos cantan aún y muchas historias todavía cuentan la Nirnaeth Arnoediad, la Batalla de las Lágrimas Innumerables, en la que cayó Fingon y se marchitó la flor de los Eldar. Si se contara todo lo que sucedió, la vida de un hombre no bastaría para escucharlo. Aquí se contarán sólo los hechos que atañen al destino de la Casa de Hador y los hijos de Húrin el Firme.

Después de haber reunido por fin todas las fuerzas que le fue posible, Maedhros señaló una fecha, la mañana del solsticio de verano. Ese día, las trompetas de los Eldar saludaron la salida del sol, y en el este se izó el estandarte de los hijos de Fëanor, y en el oeste el de Fingon, rey de los Noldor.

Entonces, Fingon miró desde los muros de Eithel Sirion, y vio que sus huestes estaban en orden de batalla en los valles y los bosques al este de Ered Wethrin, perfectamente ocultas a los ojos del Enemigo, aunque eran muy numerosas. Allí se habían reunido todos los Noldor de Hithlum, junto con muchos Elfos de las Falas y de Nargothrond; y se contaba también con una gran fuerza de Hombres. A la derecha estaban las mesnadas de Dor-lómin y todo el valor de Húrin y su hermano Huor, y a ellos se había sumado Haldir de Brethil, su pariente, con muchos Hombres de los bosques.

Entonces Fingon miró hacia el este, y sus ojos élficos vieron a lo lejos polvo y el destello del acero como estrellas entre la niebla, y supo que Maedhros había partido y se regocijó. Entonces miró hacia Thangorodrim, rodeado por una nube oscura y del que ascendía un humo negro, y supo que la ira de Morgoth había despertado y que había aceptado el reto, y una sombra de duda cayó sobre su corazón. Pero en ese momento se oyó un grito, que fue avanzando llevado por el viento desde el sur de valle en valle, y los Elfos y los Hombres alzaron sus voces con asombro y alegría. Porque, aunque nadie lo había llamado y nadie lo esperaba, Turgon había abierto el cerco de Gondolin y avanzaba con un ejército de diez mil soldados, todos con brillantes cotas de malla, largas espadas y un bosque de lanzas. En ese momento, cuando Fingon oyó desde lejos la gran trompeta de Turgon, la sombra abandonó su corazón, y, fortalecido, gritó con voz fuerte:

—¡*Utulie'n aure!* ¡*Aiya Eldalië ar Atanatarni, utulie'n aure!* ¡El día ha llegado! ¡Pueblo de los Eldar y Padres de los Hombres, el día ha llegado!

Y todos los que oyeron el eco de su poderosa voz en las colinas respondieron gritando:

—¡*Auta i lome!* ¡Ya la noche ha pasado!

La gran batalla no tardó en comenzar, porque Morgoth sabía mucho de lo que hacían y se proponían sus enemigos y había elaborado planes para el momento de su ataque. Una gran hueste de Angband se aproximaba a Hithlum, mientras que otra, más grande, se dirigía al encuentro de Maedhros para evitar que las fuerzas de los reyes se uniesen. Quienes se dirigían hacia Fingon iban vestidos con ropas pardas y habían tenido cuidado de no mostrar ningún acero desnudo; de este modo, habían avanzado ya mucho por las arenas de Anfauglith antes de que fueran avistados.

Al descubrirlos, los Noldor se enardecieron y sus capitanes quisieron atacar al enemigo en la llanura, pero Fingon se opuso.

—¡Cuidaos de la astucia de Morgoth, señores! —dijo—. Su fuerza es siempre mayor de lo que parece, y su propósito distinto del que deja ver. No reveléis vuestras propias fuerzas, y dejad que el enemigo se desgaste en el asalto a las colinas.

Porque el propósito de los reyes era que Maedhros marchara abiertamente sobre Anfauglith con toda su fuerza, compuesta de Elfos, Hombres y Enanos; y cuando así hubiera hecho salir, según esperaba, al grueso de los ejércitos de Morgoth, Fingon debía llegar del oeste, para de este modo, atrapar el poder de Morgoth como entre un martillo y un yunque y hacerlo pedazos; la señal para este movimiento era el fuego de una gran almenara en Dorthonion.

Pero al capitán de Morgoth en el oeste se le había ordenado que desalojase como fuese a Fingon de las colinas, por lo que continuó avanzando hasta que el frente del ejército estuvo apostado delante de la corriente del Sirion, desde los muros de Barad Eithel hasta el Marjal de Serech; y las vanguardias de Fingon podían ver los ojos de sus enemigos. Sin embargo, no hubo respuesta a ese desafío, y las provocaciones de los Orcos fueron debilitándose a medida que vieron los muros silenciosos y percibieron la amenaza oculta de las colinas.

Entonces, el capitán de Morgoth envió jinetes con símbolos de parlamento que cabalgaron hasta los mismos muros de las defensas de Barad Eithel. Con ellos llevaban a Gelmir, hijo de Guilin, un señor de Nargothrond, a quien habían capturado en la Bragollach y habían cegado; y sus heraldos lo mostraron gritando:

—Tenemos muchos más como éste en casa, pero tenéis que daros prisa si los queréis. Porque cuando regresemos haremos con ellos esto.

Y diciéndolo, rebanaron las manos y los pies de Gelmir, y allí lo abandonaron.

La mala fortuna quiso que en las murallas estuviese Gwindor, hijo de Guilin, con muchas gentes de Nargothrond, que había ido a la guerra con toda la fuerza que pudo reunir precisamente por el dolor que le había causado la captura de su hermano. Ahora su ira era como una llama, montó a caballo de un salto y muchos jinetes lo acompañaron y persiguieron a los heraldos de Angband hasta darles alcance y matarlos. Y todas las gentes de Nargothrond los siguieron, internándose profundamente en las filas de Angband. Al ver esto, la hueste de los Noldor se inflamó, y Fingon se puso el yelmo blanco y ordenó que sonaran las trompetas, y todo su ejército bajó desde las colinas en súbita embestida.

La luz de las espadas desenvainadas de los Noldor era como un fuego en un campo de juncos; y tan fiera y rápida fue la arremetida que los designios de Morgoth casi fracasaron. Antes de que pudiera verse reforzado, el ejército que había enviado al oeste fue barrido y aniquilado, y los estandartes de Fingon atravesaron Anfauglith y fueron izados ante los muros de Angband.

En la vanguardia del ataque seguían Gwindor y las gentes de Nargothrond, y ni siquiera al llegar a las murallas pudieron ser contenidos; irrumpieron a través de las puertas exteriores y mataron a los guardas en los mismos patios de Angband, y Morgoth tembló en su trono al oírlos arremeter contra sus puertas. Pero Gwindor fue atrapado, y capturado vivo, y todos los suyos pasados por las armas; porque Fingon no pudo acudir en su ayuda. Por muchas puertas secretas de Thangorodrim, Morgoth hizo salir a su ejército principal, que había mantenido a la espera, y Fingon tuvo que retroceder, con grandes pérdidas, de los muros de Angband.

Entonces, en la llanura de Anfauglith, el cuarto día de la guerra, empezó la Nirnaeth Arnoediad, cuya pena no hay historia que pueda contar. De todo cuanto ocurrió en la batalla del este: de la derrota de Glaurung el Dragón por los Enanos de Belegost; de la traición de los Orientales y la derrota de las huestes de Maedhros y la huida de los hijos de Fëanor, nada más se dirá aquí. En el oeste, las fuerzas de Fingon se retiraron por las arenas, donde cayó Haldir, hijo de Halmir, junto con la mayoría de los hombres de Brethil. Pero al anochecer del quinto día, cuando el ejército de Fingon estaba todavía lejos de Ered Wethrin, las huestes de Angband lo rodearon, y el combate duró hasta el amanecer, el cerco cada vez más estrecho. Con la mañana llegó la esperanza, porque se oyeron los cuernos de Turgon, que avanzaba con el grueso del ejército de Gondolin. Turgon se había apostado al sur, guardando los pasos del

Sirion, y había evitado que la mayor parte de los suyos intervinieran en la frenética embestida, y ahora se apresuraba a ir en ayuda de su hermano. Los Noldor de Gondolin eran fuertes, y sus filas resplandecían como un río de acero al sol, porque la espada y los pertrechos del más insignificante guerrero de Turgon valían más que el rescate de cualquier rey de los Hombres.

Ahora, la falange de la guardia del rey irrumpió en las filas de los Orcos, y Turgon se abrió paso hasta llegar junto a su hermano. Y se dice que el encuentro entre Turgon y Húrin, que estaba al lado de Fingon, fue dichoso en mitad de la batalla. Entonces, durante un tiempo, las huestes de Angband fueron rechazadas, y Fingon reemprendió la retirada. Pero después de haber derrotado a Maedhros en el este, Morgoth disponía de nuevo de grandes fuerzas, y antes de que Fingon y Turgon pudieran alcanzar el refugio de las colinas, fueron atacados por una marea de enemigos tres veces superior a la fuerza que les quedaba. Gothmog, capitán supremo de Angband, estaba allí, y logró abrir una oscura cuña entre las huestes élficas, rodeando al rey Fingon, y rechazando a Turgon y Húrin hacia el Marjal de Serech. Luego se volvió hacia Fingon. Fue ése un amargo combate, con Fingon solo, rodeado de los cuerpos de sus guardias. Estuvo luchando con Gothmog sin descanso hasta que un Balrog lo inmovilizó desde atrás con un cinturón de acero. Gothmog lo golpeó entonces con su hacha negra, y una llamarada blanca brotó del yelmo hendido de Fingon. Así cayó el rey de los Noldor; y luego, los Orcos lo golpearon ya caído con sus mazos, y pisotearon y arrastraron su estandarte azul y plata por el barro ensangrentado.

El campo estaba perdido; pero Húrin y Huor y el resto de la Casa de Hador todavía se mantenían firmes junto a Turgon de Gondolin; y las huestes de Morgoth aún no habían llegado a los pasos del Sirion. Entonces Húrin le habló a Turgon, diciendo:

—¡Idos ahora, señor, mientras hay tiempo! Porque sois el último de la Casa de Fingolfin, y en vos habita la última esperanza de los Eldar. Mientras Gondolin se mantenga en pie, el corazón de Morgoth seguirá conociendo el miedo.

–No por mucho tiempo puede Gondolin permanecer oculta, y cuando sea descubierta, por fuerza ha de caer –dijo Turgon.

–Pero si resiste, aunque sólo sea un breve tiempo –dijo Huor–, vuestra casa sostendrá la esperanza de los Elfos y los Hombres. Esto os digo, señor, con la muerte a la vista: aunque nos separemos aquí para siempre y yo no vuelva a ver vuestros muros blancos, de vos y de mí surgirá una nueva estrella. ¡Adiós!

Maeglin, hijo de la hermana de Turgon, que estaba allí presente, oyó estas palabras y no las olvidó.

Entonces Turgon siguió el consejo de Húrin y Huor, y dio orden de que sus huestes iniciaran la retirada hacia los pasos del Sirion; y sus capitanes Ecthelion y Glorfindel guardaban los flancos de la derecha y de la izquierda para que ningún enemigo se acercase, porque el único camino de esa región era estrecho y discurría junto a la orilla occidental de la corriente creciente del Sirion. Los hombres de Dor-lómin, sin embargo, protegían la retaguardia, como Húrin y Huor deseaban; porque en realidad no querían abandonar las Tierras de Norte; y si no podían volver a sus hogares, querían resistir allí hasta el fin. De este modo, Turgon se abrió camino hacia el sur luchando, hasta que, protegido por la guardia de Húrin y Huor cruzó el Sirion y escapó, desapareciendo en las montañas y quedando oculto a los ojos de Morgoth. Los dos hermanos reunieron al resto de los poderosos hombres de la Casa de Hador a su alrededor, y palmo a palmo se fueron retirando hasta tener detrás el Marjal de Serech, el río Rivil ante ellos. Allí resistieron y no cedieron más terreno.

Entonces, todas las huestes de Angband embistieron. Con los muertos, levantaron un puente sobre el río, y arremetieron contra los supervivientes de Hithlum cubriéndolos como la marea va sumergiendo una roca. Allí, al ponerse el sol y alargarse las sombras de las Ered Wethrin, Huor cayó con el ojo atravesado por una flecha envenenada, rodeado por los cuerpos de los valientes hombres de Hador. Al ponerse el sol, los Orcos les cortaron las cabezas y las apilaron como un montículo de oro.

Cuando ya sólo Húrin permanecía en pie, arrojó el escudo, agarró el hacha de un capitán orco y la esgrimió con ambas manos; y se canta que el hacha humeaba de la sangre negra de la guardia de trolls de Gothmog, hasta que se marchitó, y cada vez que asestaba un golpe Húrin gritaba:

—*¡Aure entuluva!* ¡Llegará de nuevo el día!

Setenta veces lanzó ese grito; pero al cabo lo atraparon, vivo, por orden de Morgoth, que tenía previsto hacerle así más daño que con la muerte. Por tanto, los Orcos se lanzaron contra Húrin sin armas, intentando aferrarlo con las manos, aunque él se las cortaba; pese a ello, el caudal de enemigos se renovaba sin cesar, hasta que cayó sepultado debajo de ellos. Entonces Gothmog lo encadenó y lo arrastró a Angband, burlándose de él.

Así terminó la Nirnaeth Arnoediad, cuando el sol se ocultó en el Mar. Cayó entonces la noche sobre Hithlum, y del oeste vino una gran tormenta de viento.

Grande fue el triunfo de Morgoth, aunque todos los propósitos de su malicia no se habían cumplido aún. Un pensamiento lo perturbaba profundamente y empañaba su victoria: Turgon, de todos sus enemigos el que más deseaba atrapar o destruir, había escapado de su red. Porque Turgon, de la gran Casa de Fingolfin, era ahora por derecho rey de todos los Noldor; y Morgoth temía y odiaba a la Casa de Fingolfin, porque ésta lo había despreciado en Valinor y tenía la amistad de Ulmo, su enemigo; y por las heridas que Fingolfin le había causado en combate. Y al que más temía Morgoth de todos era a Turgon, porque hacía ya mucho, en Valinor, la mirada de Turgon se había fijado en él, y cada vez que se le acercaba, una sombra le oscurecía la mente, y tenía el presagio de que, en un tiempo todavía oculto en el destino, la ruina le vendría de Turgon.

## CAPÍTULO III

# LA CONVERSACIÓN DE
# HÚRIN Y MORGOTH

Por orden de Morgoth, los Orcos reunieron con gran trabajo los cuerpos de sus enemigos, así como todos sus pertrechos y armas, y los apilaron en un montículo en mitad de la llanura de Anfauglith, y era como una gran colina que podía verse desde lejos, y los Eldar la llamaron Haudh-en-Nirnaeth. Y la hierba volvió a crecer allí, larga y verde, sólo sobre esa colina rodeada de desierto; y, en adelante, ningún siervo de Morgoth holló jamás la tierra bajo la cual las herrumbrosas espadas de los Eldar y los Edain se desmenuzaban. El reino de Fingon había dejado de existir, y los Hijos de Fëanor erraban como hojas en el viento. A Hithlum no regresó ninguno de los Hombres de la Casa de Hador, ni hubo nuevas de la batalla y el destino de sus señores. Sin embargo, Morgoth envió allí Hombres que estaban bajo su dominio, Orientales cetrinos; y los confinó en esa tierra, y les prohibió abandonarla. Eso fue lo único que recibieron de las grandes recompensas que les había prometido por su traición a Maedhros: saquear y vejar a los ancianos, niños y mujeres del pueblo de Hador. Los Eldar de Hithlum supervivientes que no consiguieron escapar a las tierras salvajes y las montañas, fueron trasladados a las minas de Angband y convertidos en esclavos. Pero los Orcos iban sin traba por todo el norte y avanzaban cada vez más hacia el sur, internándose en Beleriand. Allí Doriath seguía en pie, y también Nargothrond, aunque Morgoth les prestaba poca atención, ya fuera porque sabía poco de ellas, o porque aún no les había llegado la hora en los designios de su malicia. En cambio su pensamiento volvía siempre a Turgon.

Así pues Húrin fue llevado ante Morgoth, porque éste sabía, por sus artes y sus espías, que Húrin tenía amistad con el rey, e intentó intimidarlo con su mirada. Pero aún no era posible intimidar a Húrin, que desafió a Morgoth. Morgoth lo hizo entonces encadenar y le dio lento tormento. Al cabo de un tiempo, fue a donde él estaba y le ofreció la posibilidad de escoger entre ser libre de ir a donde quisiera o bien recibir poder y rango como el mayor de los capitanes de Morgoth, si se avenía a revelarle dónde tenía Turgon su fortaleza y todo lo que supiese sobre los designios del rey. Pero Húrin el Firme se mofó de él, diciendo:

—Eres ciego, Morgoth Bauglir, y ciego serás siempre, pues tan sólo ves la oscuridad. Desconoces las normas que rigen el corazón de los Hombres, y si las conocieras no sabrías acatarlas. Pero necio es quien acepta lo que Morgoth le ofrece. Primero te quedarías con el precio y luego faltarías a tu promesa; y si te dijera lo que pides, yo sólo obtendría la muerte.

Entonces Morgoth rió, y dijo:

—Quizá acabes pidiéndome la muerte como una merced.

Entonces llevó a Húrin a la Haudh-en-Nirnaeth, que por entonces estaba recién construida, y en ella se respiraba el hedor de la muerte; y Morgoth lo puso en lo más alto de la cima y le ordenó que mirara al oeste, hacia Hithlum, y que pensara en su esposa y en su hijo y en el resto de los suyos.

—Porque ahora moran en mi reino —dijo Morgoth—, y los tengo en mi poder.

—No los tienes —respondió Húrin—. Pero no llegarás a Turgon a través de ellos; porque ellos no conocen sus secretos.

Entonces la cólera dominó a Morgoth, y dijo:

—Pero sí te tengo a ti, y llegaré a toda tu maldita casa; y os quebrantará mi voluntad, aunque estéis todos hechos de acero. —Y diciendo esto, alzó una larga espada que allí había y la quebró ante los ojos de Húrin, y un fragmento le hirió en la cara; pero Húrin no se doblegó. Entonces Morgoth, extendiendo el largo brazo hacia Dorlómin, maldijo a Húrin y Morwen y a sus hijos, diciendo—: ¡Mira! La sombra de mi pensamiento caerá sobre ellos dondequiera que vayan, y mi odio los perseguirá hasta los confines del mundo.

Pero Húrin replicó:

—Hablas en vano. Tú no puedes verlos ni gobernarlos desde lejos; no mientras conserves esta forma, y desees aún ser un rey visible en la tierra.

Entonces Morgoth se volvió hacia Húrin, y dijo:

—¡Necio, insignificante entre los Hombres, que son ya lo más insignificante de cuanto habla! ¿Has visto a los Valar, o medido el poder de Manwë y Varda? ¿Conoces el alcance de su pensamiento? ¿O crees, quizá, que ellos te tienen presente y que pueden protegerte desde lejos?

—No lo sé —contestó Húrin—. Pero bien podría ser así si ellos lo quisieran. Porque mientras Arda perdure el Rey Mayor no será destronado.

—Tú lo has dicho —dijo Morgoth—. Yo soy el Rey Mayor: Melkor, el primero y más poderoso de todos los Valar, que fue antes que el mundo y lo creó. La sombra de mis designios se extiende sobre Arda, y todo lo que hay en ella cede lenta e inexorablemente ante mi voluntad. Y a todos los que tú ames, mi pensamiento los cubrirá como una nube fatídica, y los envolverá en oscuridad y desesperanza. Dondequiera que vayan, el mal les saldrá al encuentro. Cada vez que hablen, sus palabras provocarán malentendidos. Todo lo que hagan se volverá contra ellos. Morirán sin esperanza, maldiciendo a la vez la vida y la muerte.

Pero Húrin respondió:

—¿Olvidas con quién hablas? Las mismas cosas se las dijiste hace mucho a nuestros padres; pero escapamos de tu sombra. Y ahora te conocemos, porque hemos contemplado los rostros que han visto la Luz, y hemos escuchado las voces que han hablado con Manwë. Existías antes que Arda, pero otros también; y tú no la creaste. Ni tampoco eres el más poderoso; porque has dedicado tu fuerza a ti mismo y la has malgastado en tu propio vacío. No eres más que un esclavo fugitivo de los Valar, y sus cadenas todavía te esperan.

—Has aprendido de memoria las lecciones de tus amos —replicó Morgoth—. Pero un conocimiento tan infantil no te ayudará, ahora que todos han huido.

—Esto es entonces lo último que te diré, esclavo Morgoth —dijo Húrin—, y no proviene de la ciencia de los Eldar, sino que me lo dicta mi corazón en este momento. Tú no eres el Señor de los Hombres, y nunca lo serás, aunque toda Arda y el Menel caigan bajo tu dominio. Más allá de los Círculos del Mundo no puedes perseguir a los que te rechazan.

—Más allá de los Círculos del Mundo no los perseguiré —contestó Morgoth—. Porque más allá de los Círculos del Mundo está la Nada. Pero hasta que entren en la Nada, dentro de ellos no se me escaparán.

—Mientes —afirmó Húrin.

—Ya lo verás, y reconocerás entonces que no miento —dijo Morgoth.

Y llevando a Húrin de nuevo a Angband, lo sentó en una silla de piedra sobre un sitio elevado de Thangorodrim desde donde podía ver a lo lejos la tierra de Hithlum al oeste y las tierras de Beleriand al sur. Allí quedó sujeto por el poder de Morgoth; y éste, de pie a su lado, lo maldijo de nuevo y le impuso su poder, de manera que Húrin no podía moverse ni morir en tanto que Morgoth no lo liberara.

—Siéntate aquí ahora —dijo Morgoth— y contempla las tierras donde aquellos que me has entregado conocerán el mal y la desesperación. Porque has osado burlarte de mí, y has cuestionado el poder de Melkor, amo de los destinos de Arda. Así pues, con mis ojos verás, y con mis oídos oirás, y nada te será ocultado.

## CAPÍTULO IV

## LA PARTIDA DE TÚRIN

Tres hombres solamente encontraron al final el camino de regreso a Brethil, a través de Taur-nu-Fuin, una ruta peligrosa; y cuando Glóredhel, hija de Hador, supo de la caída de Haldir, se apenó y murió.

A Dor-lómin no llegaron noticias. Rían, esposa de Huor, huyó perturbada a las tierras salvajes; pero recibió la ayuda de los Elfos grises de Mithrim, y cuando nació su hijo, Tuor, ellos lo criaron. Pero Rían fue al Haudh-en-Nirnaeth, y allí se tendió en el suelo y murió.

Morwen Eledhwen permaneció en Hithlum, silenciosa y triste. Su hijo Túrin sólo había alcanzado el noveno año, y ella estaba de nuevo encinta. Eran los suyos días de pesadumbre. Los Orientales llegaron allí en crecido número y trataron cruelmente al pueblo de Hador, les robaron todo cuanto tenían y los sometieron a esclavitud. Se llevaron a toda la gente de la patria de Húrin que podía trabajar o servir para algo, incluso a las niñas y los niños; a los viejos los mataron o los abandonaron para que murieran de hambre. Sin embargo, no se atrevieron a poner las manos sobre la Señora de Dor-lómin, ni a echarla de su casa; porque corría el rumor entre ellos de que era peligrosa, una bruja que tenía tratos con los demonios blancos: pues así llamaban ellos a los Elfos, a quienes odiaban, pero todavía temían más. Por esta razón, también temían y evitaban las montañas, en las que muchos de los Eldar se habían refugiado, sobre todo hacia el sur; y después de saquear y expoliar, los Orientales se retiraron al norte, pues la Casa de Húrin se levantaba en el sudeste de Dor-lómin, y las montañas estaban cerca. En realidad, Nen Lalaith brotaba de una fuente bajo la sombra de Amon Darthir, donde había un escarpado desfiladero. Por este desfiladero, los osados podían cruzar Ered Wethrin y descender a Beleriand por las fuentes del Glithui. Pero esto no lo sabían los Orientales, ni tampoco Morgoth todavía; porque todo ese país, mientras la Casa de Fin-golfin prevaleció, se mantuvo a salvo de él, y ninguno de sus siervos había ido nunca allí. Morgoth creía que Ered Wethrin era un muro inexpugnable, tanto para los que pretendieran escapar desde el norte como para quienes quisieran atacar desde el sur; y no había realmente ningún paso, excepto para los que tuvieran alas, entre Serech y el lejano occidente, donde Dor-lómin limitaba con Nevrast.

Así pues, después de las primeras correrías, dejaron en paz a Morwen, aunque había hombres que acechaban en los bosques y era peligroso aventurarse a ir muy lejos. Todavía estaban bajo la protección de Morwen Sador, el carpintero, y unos pocos viejos y viejas, y Túrin, a quien no dejaba salir del patio. Pero la Casa de Húrin no tardó en empezar a deteriorarse, y, aunque Morwen trabajaba duro, era pobre, y de hecho habría pasado hambre de no ser por la ayuda que le enviaba en secreto Aerin, pariente de Húrin, a la que un tal Brodda, uno de los Orientales, había convertido en su esposa por la fuerza. Aceptar caridad resultaba duro para Morwen; pero lo hacía por Túrin y su vástago no nacido, y porque, como ella decía, procedían de sus bienes. Pues ese tal Brodda se había apoderado de la gente, los bienes y el ganado de la tierra de Húrin, y se los había llevado a sus propias posesiones. Era un hombre audaz, pero poco considerado entre los suyos antes de llegar a Hithlum, por lo que, ávido de riquezas, estaba dispuesto a apoderarse de tierras que otros de los suyos no codiciaban. A Morwen la había visto una vez, cuando en una incursión cabalgó hasta su casa; y ante ella un gran temor lo había dominado. Le pareció que lo miraban los crueles ojos de un demonio blanco, y sintió un terror mortal a que algún mal le ocurriera. Así pues, no saqueó su casa, ni descubrió a Túrin, en caso contrario, la vida del heredero del verdadero señor habría sido corta.

Brodda esclavizó a los Cabezas de Paja, como llamaba al pueblo de Hador, y les hizo construir un palacio de madera en las tierras que se extendían al norte de la Casa de Húrin; guardaba los esclavos como a ganado, detrás de una empalizada, pero mal protegida. Entre ellos había algunos que aún no se habían acobardado y estaban dispuestos a ayudar a la Señora de Dor-lómin, incluso a riesgo de sus vidas; y con ellos llegaban en secreto nuevas a Morwen, aunque contenían pocas esperanzas esas noticias. Brodda había tomado a Aerin como esposa y no como esclava, porque había pocas mujeres entre los suyos, y ninguna que pudiera compararse con las hijas de los Edain; y albergaba esperanzas de convertirse un día en señor de esa tierra, y tener un heredero que lo sucediera.

De lo que había acaecido o lo que podría acaecer en los días por venir, Morwen le contaba poco a Túrin; y él temía romper su silencio con preguntas. Cuando los Orientales llegaron por primera vez a Dor-lómin, le preguntó a su madre:

—¿Cuándo volverá mi padre y echará de aquí a estos feos ladrones? ¿Por qué no vuelve?

Morwen respondió:

—No lo sé. Puede que lo hayan matado, o que lo tengan cautivo; o también que haya sido arrastrado lejos, y que no pueda regresar a través de los enemigos que nos rodean.

—Entonces creo que está muerto —dijo Túrin, y ante su madre contuvo las lágrimas—; porque nadie podría impedirle que volviera a ayudarnos, si estuviera vivo.

—No creo que ninguna de estas dos cosas sea cierta, hijo mío —dijo Morwen.

Con el paso del tiempo, el temor por su hijo Túrin, heredero de Dor-lómin y Ladros, fue oscureciendo el corazón de Morwen; porque no veía más futuro para él que convertirse en esclavo de los Orientales antes de no mucho tiempo. Recordó su conversación con Húrin, y su pensamiento se volvió otra vez hacia Doriath; finalmente, resolvió que, si podía, enviaría allí a Túrin en secreto, y le rogaría al rey Thingol que lo acogiera. Mientras estaba sentada cavilando cómo hacerlo, oyó claramente en su mente la voz de Húrin que le decía: «¡Ve de prisa! ¡No me esperes!». Pero ya el parto se avecinaba, y el camino sería duro y peligroso; cuantos más fueran, menores serían las posibilidades de escapar. Además, su corazón la engañaba todavía con esperanzas inconfesadas; en lo más íntimo creía que Húrin no estaba muerto, y aguardaba el sonido de sus pasos en la insomne vela de la noche, o despertaba creyendo que había oído en el patio el relincho de *Arroch*, el caballo de Húrin. Por otra parte, aunque estaba dispuesta a que su hijo se criara en moradas ajenas, según la costumbre de la época, era una humillación para su orgullo vivir de la limosna, aunque fuera la de un rey. Por tanto, la voz de Húrin, o el recuerdo de su voz, no fue escuchada por ella, y así se tejió la primera hebra del destino de Túrin.

El otoño del Año de la Lamentación se aproximaba a su fin y Morwen aún no se había decidido. Pero entonces resolvió apresurarse; porque el tiempo para viajar se acortaba y temía que Túrin fuera atrapado si esperaba a que el invierno acabara. Los Orientales merodeaban en derredor del patio enclaustrado y espiaban la casa. Así pues, le dijo repentinamente a Túrin:

—Tu padre no va a venir. De modo que tienes que partir, y pronto. Así lo habría deseado él.

—¿Partir? —exclamó Túrin—. ¿Adónde iremos? ¿Al otro lado de las Montañas?

—Sí —respondió Morwen—, al otro lado de las Montañas, hacia el sur. El sur... Quizá haya allí alguna esperanza. Pero no he hablado de *nosotros*, hijo mío. Tú debes partir, yo en cambio debo quedarme.

—¡No puedo partir solo! —replicó Túrin—. No te dejaré. ¿Por qué no podemos irnos juntos?

—Yo no puedo ir —dijo Morwen—. Pero no te marcharás solo. Enviaré a Gethron contigo, y también a Grithnir, quizá.

—¿Y a Labadal? —preguntó Túrin.

—No, pues Sador es cojo —le contestó Morwen—, y el camino será duro. Y como eres mi hijo y éstos son días sombríos, te hablaré sin rodeos: puede que mueras en el camino. El año ya está avanzado. Pero si te quedas, tu fin será peor todavía: te convertirás en un esclavo. Si deseas ser un hombre, como por edad estás cerca de ser, harás lo que te digo, y con valor.

—Pero te quedarás sólo con Sador, y Ragnir el ciego, y las viejas —dijo Túrin—. ¿No dijo mi padre que yo soy el heredero de Hador? El heredero debería quedarse en la Casa de Hador para defenderla. ¡Ojalá tuviera aún mi cuchillo!

—El heredero debería quedarse, pero no puede —replicó Morwen—. Sin embargo, puede regresar un día. Ahora, ¡ánimo! Yo te seguiré si las cosas empeoran; y si puedo hacerlo.

—Pero ¿cómo me encontrarás, perdido en las tierras salvajes? —preguntó Túrin; y de pronto el corazón le flaqueó, y se echó a llorar abiertamente.

—Si lloriqueas, será más difícil —dijo Morwen—. Pero yo sé adónde vas, y si llegas allí y allí te quedas, yo te encontraré, si puedo. Porque te envío al rey Thingol de Doriath. ¿No prefieres ser huésped de un rey antes que esclavo?

—No lo sé —dijo Túrin—. No sé qué es un esclavo.

—Te envío lejos para que no tengas que averiguarlo —respondió Morwen. Entonces puso a Túrin ante sí y lo miró a los ojos, como si estuviera tratando de descifrar en ellos un acertijo—. Es duro, Túrin, hijo mío —dijo al fin—. No solamente para ti. Me es difícil en días tan sombríos decidir lo que más conviene. Pero hago lo que me parece mejor; ¿por qué si no me separaría de lo más querido de cuanto me queda?

No hablaron más de ello, y Túrin estaba afligido y desconcertado. Por la mañana fue en busca de Sador, que había estado cortando maderos para el fuego, pues no se atrevían a errar por los bosques, y tenían poca leña. Estaba inclinado sobre la muleta y miraba la gran silla de Húrin, que había sido arrojada a un rincón, sin terminar.

—Habrá que destruirla —reflexionó en voz alta—, pues en estos días sólo pueden atenderse las más extremas necesidades.

—No lo hagas todavía —dijo Túrin—. Quizá vuelva a casa, y entonces le gustará ver lo que hiciste para él en su ausencia.

—Las falsas esperanzas son más peligrosas que los miedos —le respondió Sador—, y no nos mantendrán abrigados en los días invernales. —Acarició las tallas de la silla, y suspiró—. Fue una pérdida de tiempo —prosiguió—, aunque las horas transcurrieran placenteras. Pero todas las cosas de este tipo tienen corta vida; y la alegría de hacerlas es su único fin verdadero, supongo. Ahora estaría bien que te devolviera tu regalo.

Túrin extendió la mano, pero la retiró enseguida.

—Los hombres no retiran lo que regalan —dijo.

—Pero si es mío, ¿no puedo dárselo a quien yo quiera? —preguntó Sador.

—Sí —contestó Túrin—, a cualquiera menos a mí. Y además ¿por qué querrías darlo?

—No espero ya utilizarlo en tareas dignas —dijo Sador—. No habrá otro trabajo para Labadal en los días por venir que el trabajo de esclavo.

—¿Qué es un esclavo? —preguntó Túrin.

—Un hombre que fue un hombre, pero es tratado como una bestia —respondió Sador—. Que es alimentado sólo para mantenerlo con vida, que es mantenido con vida sólo para trabajar, que trabaja sólo por miedo al dolor o a la muerte. Y estos bandidos pueden dispensar el dolor y la muerte sólo por diversión. He oído que escogen a algunos de los más ligeros de pies y les dan caza con perros. Han aprendido más de prisa de los Orcos que nosotros del Hermoso Pueblo.

—Ahora entiendo mejor las cosas —comentó Túrin.

—Es una lástima que tengas que entender estas cosas tan pronto

—dijo Sador; luego, viendo la extraña mirada de Túrin, añadió—: ¿Qué es lo que entiendes ahora?

—Por qué mi madre quiere que me aleje —le explicó Túrin, y se le llenaron los ojos de lágrimas.

—¡Ah! —dijo Sador, y musitó para sí—: ¿Por qué entonces con tanto retraso? —Luego, volviéndose hacia Túrin, añadió—: No me parece ésa una noticia para derramar lágrimas. Pero no has de hablar en voz alta de los designios de tu madre con Labadal ni con nadie. Todas las paredes y cercados tienen orejas estos días, orejas que no pertenecen a nobles cabezas.

—Pero ¡tengo que hablar con alguien! —exclamó Túrin—. Y a ti siempre te lo he contado todo. No quiero dejarte, Labadal. No quiero dejar esta casa ni a mi madre.

—Pero si no lo haces —dijo Sador—, la Casa de Hador pronto habrá llegado a su fin para siempre, eso es lo que tienes que entender ahora. Labadal no quiere que te vayas, pero Sador, servidor de Húrin, se sentirá más feliz cuando el hijo de Húrin esté fuera del alcance de los Orientales. No puede evitarse: tenemos que decirnos adiós. ¿No tomarás mi cuchillo como regalo de despedida?

—¡No! —reiteró Túrin—. Me voy con los Elfos, con el rey de Doriath, según dice mi madre. Puede que allí me den otros objetos como ése. Pero no podré enviarte regalos, Labadal. Estaré lejos, lejos y completamente solo.

Entonces Túrin lloró; pero Sador le dijo:

—¡Vaya, pues! ¿Dónde está el hijo de Húrin? Porque yo le oí decir, no hace mucho: «Marcharé como soldado de un rey Elfo tan pronto como pueda».

Entonces Túrin contuvo las lágrimas, y declaró:

—Muy bien: si ésas fueron las palabras del hijo de Húrin, ha de ser fiel a ellas e irse. Pero cada vez que digo que haré esto o lo otro resulta muy diferente llegado el momento. Ahora ya no deseo hacer lo que dije. Debo tener cuidado con lo que digo.

—Sería mejor, en verdad —dijo Sador—. Así lo enseñan muchos hombres y pocos lo aprenden. Déjense en paz los días que aún no se ven. El de hoy es más que suficiente.

Túrin se preparó pues para el viaje, se despidió de su madre, y partió en secreto con sus dos compañeros. Pero cuando éstos le dijeron que se volviera a contemplar la casa de su padre, la angustia de la separación lo hirió como una espada, y gritó:

—¡Morwen, Morwen! ¿Cuándo te volveré a ver?

Morwen, de pie en el umbral, oyó el eco de ese grito en las colinas boscosas y se aferró a la jamba de la puerta hasta que sus dedos sangraron. Esa despedida fue el primero de los pesares de Túrin.

A principios del año que siguió a la partida de Túrin, Morwen dio a luz una niña, y la llamó Niënor, que significa Luto; Túrin estaba ya lejos cuando ella nació. Largo y penoso fue su camino, porque el poder de Morgoth se extendía a gran distancia; pero tenía como guías a Gethron y Grithnir, que habían sido jóvenes en los días de Hador y, aunque ahora eran viejos, eran valientes, y conocían bien las tierras, porque habían viajado a menudo por Beleriand en otros tiempos. Así, ayudados por el destino y el coraje, atravesaron las Montañas Sombrías y, una vez cruzado el Valle del Sirion, penetraron en el Bosque de Brethil; por fin, cansados y débiles, llegaron a los confines de Doriath. Sin embargo, allí se desorientaron, y se perdieron en los laberintos de la reina, y erraron perdidos entre árboles, sin senderos, hasta que se les terminó la comida. Estuvieron cerca de la muerte, porque el invierno descendía frío desde el norte; pero no debía ser tan breve el destino de Túrin. Cuando yacían sumidos en la desesperación oyeron el sonido de un cuerno. Beleg Arcofirme estaba de caza por esa región, porque moraba cerca de las fronteras de Doriath, y era quien mejor conocía los bosques en aquel tiempo. Oyó sus gritos y acudió a ellos, y cuando les hubo dado de comer y de beber, supo sus nombres y de dónde venían, y sintió asombro y piedad. Contempló con agrado a Túrin, porque tenía la belleza de su madre y los ojos de su padre, y era lozano y fuerte.

—¿Qué querías pedirle al rey Thingol? —le preguntó Beleg al muchacho.

—Ser uno de sus caballeros para cabalgar contra Morgoth y vengar a mi padre —respondió Túrin.

—Eso bien podría ser, cuando los años te hayan hecho fuerte

—dijo Beleg—. Porque aunque eres todavía pequeño tienes la actitud de un hombre valiente, digno hijo de Húrin el Firme. —Porque el nombre de Húrin era honrado en todas las tierras de los Elfos.

Por tanto, Beleg sirvió de buen grado de guía a los viajeros, y los llevó a la morada que compartía por entonces con otros cazadores, y allí les dieron albergue mientras un mensajero se encaminaba a Menegroth. Y cuando llegó la respuesta, diciendo que Thingol y Melian recibirían al hijo de Húrin y a sus custodios, Beleg los condujo por caminos secretos al Reino Escondido.

Así llegó Túrin al gran puente del Esgalduin, y atravesó las puertas de la morada de Thingol; y, como niño que era, contempló las maravillas de Menegroth, que ningún hombre mortal había visto antes, salvo Beren. Entonces Gethron transmitió el mensaje de Morwen a Thingol y Melian; y Thingol los recibió con bondad, y sentó a Túrin sobre su rodilla en honor a Húrin, el más poderoso de entre los Hombres, y de Beren, su pariente. Y todos los que estaban presentes lo observaron con asombro, porque era signo de que Thingol aceptaba a Túrin como hijo adoptivo; y eso no era cosa que hicieran los reyes por aquel entonces, ni lo hizo nunca más un señor de los Elfos con un Hombre.

Entonces Thingol le dijo:

—Aquí, hijo de Húrin, estará tu hogar; y toda mi vida te tendré por hijo, aunque seas Hombre. Se te impartirá una sabiduría mucho mayor que la que reciben los Hombres mortales, y las armas de los Elfos se pondrán en tus manos. Quizá llegue el momento en que reconquistes las tierras de tu padre en Hithlum; pero reside ahora aquí con amor.

Así empezó la estancia de Túrin en Doriath. Durante un tiempo se quedaron con él Gethron y Grithnir, sus custodios, aunque anhelaban volver otra vez a Dor-lómin con su señora. La vejez y la enfermedad ganaron a Grithnir, y se quedó junto a Túrin hasta que murió; pero Gethron partió, y Thingol envió con él una escolta para guiarlo y protegerlo, y llevaban unas palabras de Thingol para Morwen. Llegaron por fin a la Casa de Húrin, y cuando Morwen supo que Túrin había sido recibido con honor en las estancias de Thingol se sintió menos apenada; y los Elfos llevaban también ricos regalos de Melian, y un mensaje en el que se la invitaba a viajar a Doriath con las gentes de Thingol. Porque Melian era sabia y previsora, y esperaba de ese modo evitar el mal que se preparaba en el pensamiento de Morgoth. Pero Morwen no quiso abandonar su casa, porque su corazón no había cambiado aún y su orgullo seguía siendo grande; además, Niënor era todavía un bebé. Por tanto, despidió a los Elfos de Doriath con agradecimiento, y les dio como regalo los últimos pequeños objetos de oro que aún conservaba, ocultando así la pobreza que la afligía; y les pidió que le llevaran a Thingol el Yelmo de Hador. Túrin esperaba impaciente el regreso de los mensajeros de Thingol, y cuando volvieron solos se ocultó en los bosques y lloró, porque conocía la invitación de Melian y había albergado la esperanza de que Morwen la aceptase. Éste fue el segundo de los pesares de Túrin. Cuando los mensajeros comunicaron a Melian la respuesta de Morwen se apiadó de ella, pues comprendía su pensamiento; y vio que no sería fácil evitar el destino por ella previsto.

El Yelmo de Hador le fue entregado a Thingol. Estaba hecho de acero gris y adornado de oro, y tenía grabadas runas de victoria. Poseía el poder de proteger a quien lo llevara de ser herido o muerto, porque la espada que en él daba se quebraba, y el dardo que lo golpeaba era desviado. Fue forjado por Telchar, el herrero de Nogrod, cuyas obras gozaban de renombre. Tenía visera (parecida a las que usaban los Enanos en sus forjas para protegerse los ojos), y el rostro de quien lo llevaba despertaba el miedo en los corazones de cuantos lo veían, mientras él estaba protegido de la flecha y el fuego. En la cresta tenía montada la imagen dorada y desafiante de Glaurung el dragón; porque había sido forjado poco después de que Glaurung atravesase por primera vez las puertas de Morgoth. Hador, y Galdor después de él, lo habían llevado a menudo en la guerra; y las huestes de Hitlum se enardecían cuando lo veían sobresalir en medio de la batalla, y gritaban: «¡Es más valiente el Dragón de Dor-lómin que el gusano dorado de Angband!». Pero a Húrin el

Yelmo-Dragón no le resultaba cómodo, y en cualquier caso no quería usarlo, porque decía: «Prefiero presentar a mis enemigos mi verdadero rostro». Pese a todo, consideraba el yelmo uno de los mayores tesoros de su casa.

Thingol tenía en Menegroth inmensas armerías repletas de una gran cantidad de armas: mallas de metal tejidas como escamas de peces, brillantes como el agua a la luz de la luna; espadas y hachas, escudos y yelmos, forjados por el propio Telchar o por su maestro, Gamil Zirak el viejo, o por herreros Elfos todavía más hábiles. Y muchas otras cosas recibidas como regalos traídos de Valinor, obra de Fëanor, el maestro herrero, cuyo arte nunca ha sido igualado desde que el mundo es mundo. No obstante, sostuvo el Yelmo de Hador como si sus tesoros fueran escasos, y habló con palabras corteses, diciendo:

—Orgullosa era la cabeza que llevó este yelmo, de quien descienden los antepasados de Húrin. —Entonces se le ocurrió una idea, llamó a Túrin, y le dijo que Morwen le había enviado a su hijo una cosa de gran poder, el legado de sus padres—. Recibe ahora la Cabeza del Dragón del Norte —dijo—, y cuando llegue el día, llévala para bien.

Pero Túrin era demasiado joven todavía para aquel yelmo, y no hizo caso de él por la pena que sentía.

## CAPÍTULO V

## TÚRIN EN DORIATH

Durante los años que pasó en el reino de Doriath, Túrin estuvo bajo la tutela de Melian, aunque rara vez la veía. Sin embargo, había una joven llamada Nellas que vivía en los bosques y, a petición de Melian, seguía los pasos de Túrin si éste se adentraba entre los árboles, y a menudo se encontraba allí con él, como si fuera por casualidad. Entonces jugaban juntos, o caminaban de la mano; porque él crecía con rapidez, mientras que ella no parecía más que una doncella de su misma edad, y así lo era interiormente, a pesar de todos sus años élficos. De Nellas aprendió Túrin mucho sobre las costumbres y las criaturas silvestres de Doriath, y ella le enseñó a hablar la lengua Sindarin a la manera del antiguo reino, más antigua, más cortés y más rica en hermosas palabras. Así, por un breve tiempo, a Túrin se le aligeró el ánimo, hasta que la sombra lo oprimió otra vez, y esa amistad se desvaneció como una mañana de primavera. Porque Nellas no iba a Menegroth, y no deseaba habitar bajo techos de piedra; de modo que cuando la adolescencia de Túrin quedó atrás y dedicó sus pensamientos a asuntos de hombres, la fue viendo cada vez con menor frecuencia, y por último no la buscó más. Pero ella lo vigilaba todavía, aunque ahora se mantenía oculta.

Nueve años vivió Túrin en las estancias de Menegroth. Su corazón y sus pensamientos estaban siempre puestos en los suyos, y de vez en cuando le traían alguna noticia, que lo consolaba. Porque Thingol enviaba mensajeros a Morwen con tanta frecuencia como le era posible, y ella enviaba palabras para su hijo; así supo Túrin que las dificultades de Morwen se aliviaban, y que su hermana Niënor crecía en belleza, una flor en la grisura del norte. Y Túrin creció en estatura, hasta que fue considerado alto entre los Hombres y superó a los Elfos de Doriath; y su fuerza y temeridad alcanzaron renombre en el reino de Thingol. En esos años aprendió muchas cosas, pues escuchaba con ansia las historias de los Días Antiguos y las grandes hazañas de antaño, y se volvió pensativo y parco en palabras. A menudo, Beleg Arcofirme iba a Menegroth en su busca, y lo conducía lejos por el campo, enseñándole los caminos del bosque y a tirar con el arco y (lo que a él más le gustaba) el manejo de la espada; en cambio las habilidades de la fabricación no se le daban tan bien, pues no calculaba bien sus propias fuerzas y con frecuencia estropeaba lo que hacía con algún golpe excesivo. En otros asuntos tampoco la fortuna le era propicia, pues a menudo, lo que se proponía no llegaba a buen término, y lo que deseaba no se cumplía; tampoco hacía amistad fácilmente, pues no era alegre, y rara vez reía, y una sombra envolvía su juventud. No obstante, era querido y apreciado por quienes lo conocían bien, y además era honrado como hijo adoptivo del rey.

Sin embargo, había uno en Doriath que le envidiaba ese honor, y cada vez más a medida que Túrin se hacía hombre: su nombre era Saeros. Era orgulloso, y trataba con altivez a quienes consideraba de menor condición y valor que él. Se hizo amigo de Daeron el trovador, porque también él era hábil para el canto; y no sentía aprecio alguno por los Hombres, y menos todavía por cualquiera que fuera pariente de Beren el Manco.

—¿No es extraño —decía— que esta tierra acoja a otro miembro de esa desdichada raza? ¿No hizo el otro bastante daño a Doriath?

Miraba por tanto con malevolencia a Túrin y todo cuanto éste hacía, y decía de él todo el mal que podía. Pero sus palabras eran astutas, y disimulaba su malicia. Sin embargo, si se encontraba con Túrin a solas, le hablaba con altivez y le mostraba claramente su desprecio. Túrin se cansó de él, y decidió contestar con el silencio a sus retorcidas palabras, porque Saeros era grande entre el pueblo de Doriath y consejero del rey. Pero el silencio de Túrin desagradaba a Saeros tanto como sus palabras.

En el año en que Túrin cumplió los diecisiete, se reavivó su pena; porque por entonces dejó de recibir noticias de su hogar. El poder de Morgoth había ido creciendo año tras año, y toda Hithlum estaba ahora bajo su sombra. Sin duda sabía mucho de lo que hacía la gente y los parientes de Húrin, aunque no los había molestado durante un tiempo, a la espera de que sus designios pudieran cumplirse; pero ahora había apostado una estrecha vigilancia en todos los pasos de las Montañas Sombrías, para que nadie pudiera salir de Hithlum ni entrar en ella, de no ser a riesgo de gran peligro, mientras los Orcos pululaban alrededor de las fuentes del Narog y el Teiglin y el curso superior del Sirion. Así, llegó un momento en que los mensajeros enviados por Thingol no regresaron, y él no quiso volver a enviar a ninguno más. Siempre había sido reacio a dejar que nadie se alejara más allá de las fronteras guardadas, y en nada había demostrado mejor voluntad hacia Húrin y sus parientes que en el hecho de haber enviado a gentes de su pueblo por los peligrosos caminos que llevaban a Morwen, en Dor-lómin.

En consecuencia, el corazón de Túrin se llenó de pesadumbre al no saber qué nuevo mal acechaba, y temía que un destino desdichado se cerniera sobre Morwen y Niënor; y durante muchos días permaneció sentado en silencio, pensando en la caída de la Casa de Hador y de los Hombres del Norte. Luego se puso en pie y fue al encuentro de Thingol. Lo encontró sentado junto con Melian bajo Hirilorn, la gran haya de Menegroth.

Thingol miró a Túrin asombrado, al ver de pronto frente a él, en lugar de a su hijo adoptivo, a un hombre silencioso y extraño, alto, de cabellos oscuros, que lo miraba con ojos profundos en un rostro blanco, severo y orgulloso.

–¿Qué deseas, hijo adoptivo? –preguntó Thingol, y adivinó que no quería pedirle algo pequeño.

–Cota de malla, espada y escudo de mi tamaño, señor –respondió Túrin–. Además, con vuestro permiso, reclamaré ahora el Yelmo-Dragón de mis antepasados.

–Tendrás lo que pides –le concedió Thingol–. Mas ¿para qué necesitas esas armas?

–Las necesita un hombre –respondió Túrin–; y un hijo que tiene parientes que recordar. Y también necesitará compañeros de armas valientes.

–Te asignaré un lugar entre mis caballeros de la espada, porque la espada será siempre tu arma –dijo Thingol–. Con ellos puedes aprender a guerrear en las fronteras, si tal es tu deseo.

–Mi corazón me insta a ir más allá de las fronteras de Doriath –replicó Túrin–. Pues deseo atacar a nuestro enemigo, más que defendernos.

–Entonces deberás partir solo –dijo Thingol–. El papel que tiene que desempeñar mi pueblo en la guerra con Angband lo dicto según mi criterio, Túrin, hijo de Húrin. Y no enviaré por el momento fuerzas de armas de Doriath; ni en momento alguno que ahora pueda prever.

–Pero tú eres libre de ir a donde te plazca, hijo de Morwen –intervino Melian–. La Cintura de Melian no estorba la partida de los que la traspasaron con nuestro permiso.

–A no ser que un buen consejo te retenga –dijo Thingol.

–¿Cuál es vuestro consejo, señor? –preguntó Túrin.

–Pareces un hombre por tu estatura, en realidad más que muchos ya –respondió Thingol–; pero sin embargo no has alcanzado aún la plenitud de la hombría que llegarás a tener. Mientras no sea así, deberías ser paciente, probar y poner en práctica tu fuerza. Porque hoy por hoy, por más que puedas recordar a los tuyos, hay pocas esperanzas de que un hombre solo pueda hacer más contra el Señor Oscuro que ayudar a la defensa de los señores Elfos, en tanto ésta dure.

Entonces Túrin dijo:

—Beren, mi pariente, hizo algo más que eso.

—Beren y Lúthien —le recordó Melian—, aunque eres en exceso audaz al hablarle así al padre de Lúthien. Creo que no es tan alto tu destino, Túrin, hijo de Morwen, aunque hay grandeza en ti, y tu destino está entretejido con el del pueblo de los Elfos, para bien o para mal. Ten cuidado de que no sea para mal. —Luego, tras un breve silencio, habló otra vez, diciendo—: Vete ahora, hijo adoptivo; y escucha el consejo del rey. Siempre será más sabio que el tuyo. No obstante, no creo que permanezcas mucho con nosotros en Doriath una vez seas un hombre. Y si en los días por venir recuerdas estas palabras de Melian, será para tu bien: teme a la vez el calor y la frialdad de tu corazón, e intenta ser paciente, si puedes.

Entonces Túrin se inclinó ante ellos y se despidió. Poco después, se puso el Yelmo-Dragón, tomó las armas, y se dirigió a las fronteras septentrionales, donde se unió a los guerreros Elfos que mantenían una guerra incesante con los Orcos y todos los siervos y las criaturas de Morgoth. Así, apenas salido de la niñez, su fuerza y su coraje fueron puestos a prueba; y recordando los males sufridos por los suyos, era siempre el primero en acciones arriesgadas, y recibió muchas heridas de lanza y de flecha y de las retorcidas espadas de los Orcos.

Pero su destino lo libró de la muerte; y por los bosques, y más allá de Doriath, corrió el rumor de que el Yelmo-Dragón de Dorlómin había vuelto a verse. Entonces muchos se asombraron, diciendo:

—¿Es posible que el espíritu de un hombre pueda regresar de la muerte? ¿O en verdad ha escapado Húrin de Hithlum del abismo del Infierno?

En ese tiempo, sólo uno era más fuerte que Túrin entre los guardianes de la frontera de Thingol, y ése era Beleg Arcofirme; y Beleg y Túrin eran compañeros en todos los peligros, y juntos recorrían largamente todo lo largo y lo ancho de los bosques salvajes.

Así transcurrieron tres años, y, durante ese tiempo, Túrin rara vez visitaba las estancias de Thingol. Ya no cuidaba su apariencia ni sus vestiduras, y llevaba los cabellos desgreñados, y la cota de malla cubierta por una capa gris manchada por la intemperie. Pero en el tercer verano tras su partida a las fronteras, cuando ya tenía veinte años, deseando descansar y necesitado de ciertos trabajos de reparación de sus armas, Túrin llegó inesperadamente a Menegroth, y una noche entró en la sala. Thingol no se encontraba allí, porque estaba paseando por los bosques en compañía de Melian, como le gustaba hacer a veces en pleno verano. Fatigado por el viaje y ensimismado en sus pensamientos, Túrin fue a tomar asiento y, por mala fortuna se acercó a una mesa en la que estaban los principales del reino, e inadvertidamente, se sentó justo en el sitio que acostumbraba a ocupar Saeros. Éste, que llegó tarde, se enfadó creyendo que Túrin lo había hecho por orgullo y con intención de ofenderlo; y no contribuyó a apaciguar su enfado el hecho de que los que estaban allí sentados no rechazaran a Túrin, sino que le dieran la bienvenida como si mereciera un sitio entre ellos.

Sin embargo, durante un rato, Saeros fingió el mismo talante de los otros y ocupó un asiento al otro lado de la mesa, frente al de Túrin.

—Rara vez el guardián de la frontera nos honra con su compañía —dijo—; y de buen grado le cedo mi asiento por la oportunidad de conversar con él.

Pero Túrin, que estaba hablando con Mablung, el Cazador, no se levantó, y se limitó a decirle un breve «Gracias».

Entonces Saeros lo asedió a preguntas acerca de las nuevas de las fronteras y de sus hazañas en las tierras salvajes; pero aunque sus palabras parecían amables, el tono de burla era evidente. Entonces Túrin dejó de responder, y miró alrededor, y probó la amargura del exilio; y a pesar de la luz y las risas de las moradas élficas, su pensamiento se volvió a Beleg y su vida en los bosques, y, más lejos todavía, a Morwen, en Dor-lómin, la casa de su padre; y frunció el entrecejo, tan negros eran entonces sus pensamientos. Saeros, creyendo que el mal gesto le iba dirigido, ya no reprimió su enfado;

tomó un peine dorado y lo arrojó sobre la mesa, delante de Túrin, gritando:

—Sin duda, Hombre de Hithlum, viniste con prisa a esta mesa, y es posible disculpar tu capa andrajosa; pero no es necesario que tus cabellos parezcan un matorral de la maleza. Y quizá, si tuvieras las orejas destapadas, oirías mejor lo que se te dice.

Túrin guardó silencio, pero volvió los ojos a Saeros, y se vio un destello en su oscuridad. Saeros sin embargo no hizo caso de la advertencia y le devolvió la mirada con desprecio, diciendo, de modo que todos pudieran oírlo:

—Si los Hombres de Hithlum son tan salvajes y fieros, ¿cómo serán las mujeres de esa tierra? ¿Corren como los ciervos vestidas sólo con sus cabellos?

Entonces Túrin tomó una copa y la arrojó a la cara de Saeros, que cayó hacia atrás haciéndose gran daño; y Túrin desenvainó la espada, y lo habría atacado, de no ser porque Mablung lo retuvo. Entonces Saeros, poniéndose en pie, escupió sangre sobre la mesa, y habló lo mejor que pudo con su boca herida:

—¿Cuánto tiempo daremos albergue a este salvaje de los bosques? ¿Quién tiene el mando aquí esta noche? La ley del rey es dura para quienes hieren a sus súbditos en palacio; y para quienes desenvainan las espadas, el destierro es la menor condena. ¡Fuera de esta sala podría decirte, Hombre salvaje!

Pero cuando Túrin vio la sangre, el ánimo se le enfrió; y encogiéndose de hombros se soltó de Mablung y abandonó la sala sin una palabra. Entonces Mablung dijo a Saeros:

—¿Qué te pasa esta noche? De este mal te hago responsable; y puede que la ley del rey juzgue que una boca herida es una justa retribución a tus provocaciones.

—Si el cachorro se ha sentido ofendido, que lo exponga a juicio del rey —respondió Saeros—. Pero aquí dentro es inexcusable desenvainar espadas por un motivo así. Fuera de la sala, si el salvaje me desafía, lo mataré.

—Bien podría suceder otra cosa —advirtió Mablung—. Sin embargo será mala cosa que uno de los dos muriese, más propia de Angband que de Doriath, y mayor sería el mal que de ella proviniera. En verdad, creo que parte de la sombra del Norte nos ha alcanzado hoy. Ten cuidado, Saeros, no sea que la voluntad de Morgoth esté influyendo en tu orgullo, y recuerda que perteneces a los Eldar.

—No lo olvido —dijo Saeros; pero no obstante no se apaciguó y, a medida que pasaba la noche crecía su rencor, alimentando su agravio.

Por la mañana atacó a Túrin cuando éste se disponía a abandonar Menegroth para volver a las fronteras. Túrin había avanzado sólo un breve trecho cuando Saeros cayó sobre él desde atrás con la espada desenvainada y un escudo en el brazo. Pero Túrin, que en las tierras salvajes había aprendido a estar alerta, lo vio con el rabillo del ojo y, haciéndose a un lado, desenvainó con prontitud y se volvió hacia su enemigo.

—¡Morwen —gritó—, quien se ha burlado de ti pagará su escarnio!

Y una vez dicho esto, hendió el escudo de Saeros, lucharon juntos con rápidas estocadas. Pero Túrin había pasado largo tiempo en dura escuela, y se había vuelto tan ágil como cualquier Elfo, pero más fuerte. Pronto dominó el lance e, hiriendo el brazo con el que Saeros esgrimía la espada, lo tuvo a su merced. Entonces puso el pie sobre la espada que Saeros había dejado caer.

—Saeros —le dijo—, te espera aún un largo trecho de vuelta, y tus ropas serán un estorbo; creo que el pelo te bastará.

Y de repente, arrojándolo al suelo, Túrin lo desnudó, y Saeros sintió su gran fuerza, y tuvo miedo. Luego, Túrin dejó que se pusiera en pie, y entonces le gritó:

—¡Corre ahora, tú que te has burlado de Morwen! ¡Corre! Y a menos que seas tan veloz como el ciervo, te ensartaré por detrás.

Entonces pinchó con la punta de la espada las nalgas de Saeros, y éste huyó aterrorizado, hacia el bosque, pidiendo frenéticamente socorro, mientras Túrin lo perseguía como un sabueso, y, por dondequiera que Saeros corriera o virara, tenía siempre la espada de Túrin detrás de él, urgiéndolo a seguir adelante.

Los gritos de Saeros atrajeron a muchos otros, que empezaron a

seguirlos, aunque sólo los más rápidos podían mantenerse a la par
de los dos corredores. Mablung iba delante de los que habían acu-
dido al oír los gritos, y tenía la mente turbada, porque todo aquello le parecía mal «malicia que despierta por la mañana, es regocijo
para Morgoth antes de la noche»; y se consideraba además cosa grave avergonzar a alguien del pueblo de los Elfos por iniciativa propia, sin que el asunto fuera sometido a juicio. Nadie sabía todavía
entonces que Saeros había sido el primero en atacar a Túrin y que
lo habría matado de haberle sido posible.

—¡Detente, detente, Túrin! —exclamó—. ¡Esto es un acto propio
de Orcos de los bosques!

—Acto de los Orcos lo ha habido; esto es sólo un juego de Orcos
—respondió Túrin.

Antes de que Mablung hablara había estado a punto de dejar ya
en paz a Saeros, pero ahora, con un grito, volvió a correr tras él; y
Saeros, desesperado al creer que la muerte lo seguía de cerca, continuó corriendo hasta que de pronto llegó a un precipicio, donde un afluente que alimentaba el Esgalduin corría a través de una
profunda hendidura entre altas rocas, demasiado ancha como para
atravesarla de un salto. Aterrado, Saeros intentó saltar, pero resbaló al llegar a la orilla opuesta y cayó hacia atrás con un grito, es-
trellándose contra una gran piedra en el agua. Así terminó su vida
en Doriath; y permanecería en poder de Mandos durante mucho
tiempo.

Túrin miró el cuerpo que yacía en la corriente, y pensó: «¡Desdichado necio! Lo habría dejado volver andando a Menegroth.
Ahora ha puesto sobre mí una culpa inmerecida». Se volvió y miró
sombrío a Mablung y a sus compañeros, que a medida que llegaban
se detenían junto a él en el borde del precipicio. Luego, tras un silencio, Mablung dijo solemnemente:

—¡Qué desgracia! Vuelve ahora con nosotros, Túrin, porque el
rey ha de juzgar estos hechos.

Pero Túrin contestó:

—Si el rey fuera justo, me juzgaría inocente. Sin embargo ¿no era
éste uno de sus consejeros? Y ¿por qué un rey justo escogería como

consejero a un amigo de corazón malicioso? Abjuro de su ley y de su juicio.

—Tus palabras son demasiado orgullosas —dijo Mablung, aunque sentía piedad por el joven—. ¡Intenta ser más prudente! No querrás convertirte en un fugitivo. Te ruego como amigo que regreses conmigo. Tienes además otros testigos. Cuando el rey sepa la verdad, te concederá el perdón.

Pero Túrin estaba cansado de morar entre los Elfos, y temía ser retenido allí en cautiverio, por lo que le dijo a Mablung:

—Me niego a lo que me pides. No pediré el perdón del rey Thingol e iré ahora donde su justicia no pueda alcanzarme. No tienes sino dos opciones: dejarme ir en libertad o matarme, si eso es aceptado por tu ley. Porque sois demasiado pocos para atraparme vivo.

Vieron en el fuego de sus ojos que lo que decía era verdad, y lo dejaron partir.

—Una muerte es suficiente —dijo Mablung.

—Yo no la quise, pero no la lamento —declaró Túrin—. Que Mandos le haga justicia; y si alguna vez vuelve a las tierras de los vivos, ojalá lo haga más sabio. ¡Adiós!

—¡Ve en libertad! —dijo Mablung—, ya que tal es tu deseo. Desearte que te vaya bien es en vano si te vas de este modo. Una sombra hay sobre ti. Ojalá no se haya oscurecido cuando volvamos a vernos.

Túrin no contestó a eso, sino que los dejó y se fue de prisa, solo, nadie supo adónde.

Se dice que, al no volver Túrin a las fronteras septentrionales de Doriath y no tener allí noticia alguna de él. Beleg Arcofirme fue personalmente a buscarlo a Menegroth. Con pesadumbre en el corazón escuchó el relato de los hechos y la posterior huida de Túrin.

Poco después, Thingol y Melian volvieron a su palacio, pues ya menguaba el verano; y cuando el rey escuchó el informe de lo que había sucedido dijo:

—Es éste un asunto grave que debo escuchar en su totalidad.

Aunque Saeros, mi consejero, esté muerto y Túrin, mi hijo adoptivo, haya huido, mañana me sentaré en la silla del juicio y volveré a escucharlo todo en el orden debido antes de pronunciar mi sentencia.

Al día siguiente, el rey se sentó en su trono en la sala del juicio, y a su alrededor estaban todos los principales y ancianos de Doriath. Entonces se oyó a muchos testigos, entre los cuales Mablung habló más y con mayor claridad. Y mientras relataba la pelea de la mesa, al rey le pareció que el corazón de Mablung se inclinaba hacia Túrin.

—¿Hablas como amigo de Túrin, hijo de Húrin? —preguntó Thingol.

—Lo era, pero he amado la verdad más y durante más tiempo —respondió Mablung—. ¡Escuchadme hasta el final, señor!

Cuando todo se hubo dicho, incluso las palabras de despedida de Túrin, Thingol suspiró, y miró a quienes se encontraban ante él, y dijo:

—¡Ay! Veo una sombra en vuestros rostros. ¿Cómo ha podido infiltrarse en mi reino? La malicia está aquí presente. Tenía a Saeros por fiel y prudente, pero si estuviese vivo conocería mi cólera, pues maligna fue su provocación, y lo culpo de todo lo que sucedió en la sala. En esto tiene Túrin mi perdón. Sin embargo, no puedo pasar por alto sus acciones posteriores, cuando la ira debería haberse enfriado. Haber avergonzado a Saeros y haberlo perseguido hasta la muerte fueron males mayores que la ofensa y son signo de un corazón duro y orgulloso.

Entonces Thingol guardó silencio durante un rato, y al cabo habló con tristeza.

—Túrin es un hijo adoptivo desagradecido, y en verdad un hombre demasiado orgulloso para su condición. ¿Cómo puedo seguir albergando a alguien que me desprecia y desprecia mi ley, o perdonar a alguien que no se arrepiente? Ésta es mi sentencia: destierro a Túrin de Doriath. Si intenta volver, será traído ante mí para que lo juzgue; y hasta que no pida perdón a mis pies no será ya hijo mío. Si alguien considera esto injusto, que hable ahora.

Entonces se hizo un silencio en la sala, y Thingol levantó la mano para pronunciar su sentencia. En ese momento, sin embargo, Beleg entró apresurado, y gritó:

—Señor, ¿puedo hablar aún?

—Llegas tarde —dijo Thingol—. ¿No fuiste invitado con los demás?

—Así es, señor —respondió Beleg—, pero me he retrasado; buscaba a alguien que conocía. Traigo ahora por fin un testigo que debe ser escuchado antes de que dictéis vuestra sentencia.

—Todos los que tenían algo que decir fueron convocados —dijo el rey—. ¿Qué puede decir él ahora que tenga más peso que lo que han dicho aquellos a quienes he escuchado?

—Vos juzgaréis cuando lo hayáis oído —dijo Beleg—. Concededme esto si he merecido alguna vez vuestra gracia.

—Te está concedido —dijo Thingol.

Entonces Beleg salió, y entró de nuevo llevando de la mano a la doncella Nellas, que vivía en los bosques y jamás iba a Menegroth. Ella tenía miedo, tanto de la gran sala con columnas como del techo de piedra y de los muchos ojos que la miraban, por tanto, cuando Thingol le pidió que hablase, empezó:

—Señor, estaba yo sentada en un árbol... —Para luego, en seguida, vacilar con respetuoso temor ante el rey, y no serle ya posible decir nada más.

A esto el rey sonrió, y dijo:

—Otros han hecho lo mismo antes que tú, pero no sintieron necesidad de venir a contármelo.

—Otros lo han hecho, en verdad —prosiguió ella, animada por la sonrisa—. ¡Incluso Lúthien! Y en ella estaba pensando esa mañana, y en Beren, el Hombre.

A esto Thingol no dijo nada, y dejó de sonreír, pero esperó a que Nellas continuara hablando.

—Porque Túrin me recordaba a Beren —dijo ella al fin—. Son parientes, según se me ha dicho, y algunos pueden ver ese parentesco: algunos que miran de cerca.

Entonces Thingol se impacientó.

—Es posible —comentó—. Pero Túrin, hijo de Húrin, se ha ido de aquí menospreciándome, y no volverás a verlo para leer en él su parentesco. Porque ahora pronunciaré mi sentencia.

—¡Señor rey! —exclamó ella entonces—. Tened paciencia conmigo y dejadme hablar primero. Estaba sentada en un árbol para ver partir a Túrin cuando vi a Saeros salir del bosque con espada y escudo, y saltar sobre Túrin por sorpresa.

Un murmullo creció en la sala; y el rey levantó la mano, diciendo:

—Traes a mis oídos nuevas más graves de lo que creía. Sé prudente con todo lo que dices, porque ésta es una corte de justicia.

—Así me lo ha dicho Beleg —respondió ella—, y sólo por eso me he atrevido a venir aquí, para que Túrin no fuera juzgado mal. Es valiente, pero también compasivo. Lucharon, señor, hasta que Túrin despojó a Saeros de espada y escudo; sin embargo no lo mató, por tanto, no creo que quisiera su muerte. Si Saeros fue sometido a vergüenza, era una vergüenza que se había ganado.

—A mí me corresponde juzgar —la advirtió Thingol—. Pero lo que has dicho gobernará mi juicio. —Entonces interrogó a Nellas con detalle; y por fin se volvió a Mablung, diciendo: —Me extraña que Túrin no te dijera nada de todo esto.

—Pues no lo hizo —respondió Mablung—, o yo lo habría contado. Y, de haberlo sabido, otras habrían sido mis palabras de despedida.

—Como otra será ahora mi sentencia —declaró Thingol—. ¡Escuchadme! La falta que pudo cometer Túrin la perdono ahora, pues considero que fue ofendido y provocado. Y dado que fue en verdad, como él lo dijo, uno de los miembros de mi consejo el que lo maltrató, no ha de ser Túrin quien busque este perdón, sino que yo se lo enviaré dondequiera que pueda encontrárselo; y lo convocaré a volver a mi palacio con honores.

Pero cuando esta sentencia fue pronunciada, Nellas de pronto se echó a llorar.

—¿Dónde podría encontrárselo ahora? —dijo—. Ha abandonado nuestra tierra, y el mundo es vasto.

—Se le buscará —afirmó Thingol. Entonces se puso en pie, y Beleg se llevó a Nellas de Menegroth y le dijo:

—No llores, porque si Túrin vive, esté donde esté, yo lo encontraré, aunque todos los demás fracasen.

Al día siguiente Beleg fue convocado ante Thingol y Melian, y el rey le dijo:

—Aconséjame, Beleg; porque estoy apenado. Recibí al hijo de Húrin como hijo propio, y lo seguirá siendo, a menos que el propio Húrin vuelva de las sombras a reclamar lo que es suyo. No quiero que nadie diga que Túrin fue expulsado injustamente a las tierras salvajes, y con agrado volvería a darle la bienvenida; porque lo quise bien.

—Dadme permiso, señor —respondió Beleg—, y en vuestro nombre repararé este mal, si puedo. Porque la hombría que Túrin prometía no debe quedar reducida a la nada en las tierras salvajes. Doriath lo necesita, y esa necesidad aumentará. Y yo también lo quiero.

Entonces Thingol dijo a Beleg:

—¡Ahora tengo esperanzas en la búsqueda! Ve con mi buena voluntad y, si lo encuentras, protégelo y guíalo tanto como te sea posible. Beleg Cúthalion, mucho tiempo has sido el mejor en la defensa de Doriath, y por numerosas acciones de valor y sabiduría te has ganado mi agradecimiento. Consideraré la mayor de todas que encuentres a Túrin. En esta despedida, pídeme cualquier cosa y nada te negaré.

—Pido entonces una espada de valor —solicitó Beleg—; porque los Orcos son ahora demasiados y están demasiado cerca para un solo arco, y la hoja de que dispongo no es rival para su armadura.

—Escoge entre todas las que tengo —dijo Thingol—, exceptuando sólo Aranrúth, la mía.

Entonces Beleg escogió Anglachel, que era una espada de gran fama, llamada así porque fue forjada con hierro que cayó del cielo como una estrella resplandeciente; podía penetrar cualquier metal extraído de la tierra. En la Tierra Media, sólo una espada podía comparársele. Esa espada no interviene en esta historia, aunque fue forjada del mismo metal por el mismo herrero; y ese herrero era Eöl, el Elfo Oscuro, que desposó a Aredhel, hermana de Turgon.

Eöl le dio Anglachel a Thingol, con gran pesar como pago a cambio de que se le permitiera vivir en Nan Elmoth; pero guardó la otra espada, Anguirel, su compañera, hasta que se la robó Maeglin, su hijo.

Pero cuando Thingol tendió la empuñadura de Anglachel a Beleg, Melian miró la hoja, y dijo:

—Hay maldad en esta espada. El corazón del herrero sigue morando en ella, y era un corazón oscuro. No amará la mano a la que sirva, y tampoco estará contigo mucho tiempo.

—No obstante, la empuñaré mientras pueda —dijo Beleg; y dando gracias al rey tomó la espada y partió. Con muchos peligros, buscó en vano por toda Beleriand noticias de Túrin, y ese invierno pasó, y también la primavera que lo siguió.

## CAPÍTULO VI

## TÚRIN ENTRE LOS PROSCRITOS

Ahora la historia vuelve otra vez a Túrin. Éste, creyéndose un proscrito perseguido por el rey, no volvió con Beleg a las fronteras septentrionales de Doriath, sino que partió hacia el oeste y, abandonando en secreto el Reino Guardado, llegó a los bosques del sur del Teiglin. Allí, antes de la Nirnaeth, habitaban muchos hombres en moradas aisladas; eran en su mayoría del pueblo de Haleth, pero no tenían señor, y vivían de la caza y también de la agricultura, criando cerdos con bellotas y despejando terrenos en el bosque, que cercaban contra la flora silvestre. Pero por entonces, la mayoría habían sido aniquilados, o bien habían huido a Brethil, y toda esa región vivía bajo el terror de los Orcos y los proscritos. Porque en ese tiempo de ruina, hombres sin casa y desesperados vagaban sin norte: supervivientes de batallas, derrotas y tierras devastadas; y algunos otros, hombres expulsados a las tierras salvajes por malas acciones. Cazaban y recolectaban los alimentos que podían, pero muchos se acostumbraron a robar y se volvían crueles, cuando el hambre u otra necesidad los acosaba. En invierno eran especialmente temibles, como los lobos; y Gaurwaith, hombres lobo, los llamaban aquellos que todavía defendían sus hogares. Unos sesenta de esos hombres lobo se habían unido en una banda, y erraban por los bosques más allá de las fronteras occidentales de Doriath. Eran apenas menos odiados que los Orcos, porque había entre ellos proscritos duros de corazón que guardaban rencor a los de su propia especie.

El más cruel e insensible era uno llamado Andróg, al que habían echado de Dor-lómin por haber dado muerte a una mujer; y otros también procedían de esa tierra: el viejo Algund, el de más edad de la banda, que había huido de la Nirnaeth, y Forweg, como se llamaba a sí mismo, un hombre de cabellos rubios y ojos brillantes de mirada huidiza, corpulento y audaz, pero muy alejado de las costumbres de los Edain del pueblo de Hador. Sin embargo, en ocasiones podía ser sabio y generoso, y era el capitán de la compañía. Habían quedado reducidos a una cincuentena de hombres, debido a las muertes causadas por las penurias o bien por las peleas. Se habían vuelto cautelosos, y ahora mantenían exploradores o guardianes a su alrededor, tanto si avanzaban como si se quedaban en un sitio. De este modo, no tardaron en conocer la presencia de Túrin cuando éste se adentró en los parajes donde tenían su guarida. Le siguieron el rastro, y formaron un anillo a su alrededor, de manera que, de pronto, al salir a un claro junto a un arroyo, Túrin se encontró rodeado de un círculo de hombres con los arcos tensados y las espadas desenvainadas.

Entonces Túrin se detuvo, pero no mostró ningún temor.

—¿Quiénes sois? —preguntó—. Creí que sólo los Orcos asaltaban a los hombres, pero veo que estaba equivocado.

—Pues es un error que quizá tengas que lamentar —dijo Forweg—, porque ésta es nuestra guarida, y mis hombres no permiten que otros hombres entren en ella. Nos quedamos su vida como pago, a no ser que puedan entregar un rescate por ella.

Entonces Túrin rió tristemente:

—No obtendréis un rescate de mí, marginado y proscrito. Podéis registrarme cuando esté muerto, pero es posible que comprobar la verdad de mis palabras os cueste caro. Probablemente muchos de vosotros moriréis antes.

No obstante, su muerte parecía cercana, porque muchas flechas se apoyaban en las cuerdas a la espera de la orden del capitán y, aunque Túrin llevaba una cota de malla élfica bajo la túnica y la capa gris, algunas encontrarían sin duda un blanco mortal. Por otra parte, ninguno de sus enemigos estaba al alcance de su espada desenvainada. Pero de repente Túrin se inclinó, para recoger unas piedras que había visto a sus pies, junto a la orilla del arroyo. En ese momento, uno de los proscritos, molesto por sus orgullosas palabras, disparó un venablo en dirección a su rostro; pero la flecha pasó sobre Túrin sin tocarlo, y éste, irguiéndose de nuevo como un resorte, tomó y arrojó una piedra al arquero con gran fuerza y puntería; el hombre cayó al suelo con el cráneo roto.

—Vivo podría seros de mucha más utilidad que ese desdichado —dijo Túrin; y volviéndose hacia Forweg añadió—: Si eres el capitán, no deberías permitir que tus hombres dispararan sin que se les diese la orden.

—Y no lo permito —dijo Forweg—; pero tú no has dejado tiempo para la reprimenda. Te aceptaré en su lugar si haces más caso de mis palabras que él.

—Lo haré —respondió Túrin— mientras seas el capitán, y en todo lo que corresponda al capitán. Pero la decisión de aceptar a un nuevo hombre en la compañía no la toma uno solo, creo. Todas las voces deben ser escuchadas. ¿Hay alguien que no me dé la bienvenida?

Entonces dos de los proscritos clamaron contra él; uno era amigo del hombre caído, y se llamaba Ulrad.

—Extraño modo de ingresar en una compañía —ironizó—, matando a uno de nuestros mejores hombres.

—No sin motivo —dijo Túrin—. Pero ¡venid, pues! Os haré frente a los dos juntos, con armas o la sola fuerza. Entonces veréis si soy apto para reemplazar a uno de vuestros mejores hombres. Sin embargo, si hay arcos en la prueba, también yo debo tener uno.

Entonces avanzó hacia ellos, pero Ulrad se retiró y no quiso luchar. El otro arrojó su arco y caminó al encuentro de Túrin. Era

Andróg de Dor-lómin. Permaneció ante Túrin y lo miró de arriba abajo.

—No —decidió al fin, sacudiendo la cabeza—. Como saben los hombres, no soy cobarde, pero no puedo rivalizar contigo. Creo que no hay nadie aquí que pueda. Por lo que a mí respecta, puedes unirte a nosotros. Pero hay una extraña luz en tus ojos; eres un hombre peligroso. ¿Cómo te llamas?

—Me llamo Neithan, el Ofendido —dijo Túrin, y Neithan lo llamaron en adelante los proscritos; pero aunque les dijo que había sufrido una injusticia (y a cualquiera que declarara lo mismo le prestaban gran atención), nada más quiso revelar acerca de su vida o su patria. No obstante, ellos advirtieron que había gozado de una posición elevada y que, aunque sólo poseía sus armas, éstas eran obra de herreros Elfos. Pronto se ganó su aprecio, porque era fuerte y valiente, y conocía los bosques más que ellos; por otra parte, confiaban en él, porque no era codicioso y pensaba poco en sí mismo. Sin embargo, le tenían miedo a causa de sus súbitas cóleras, que apenas comprendían.

A Doriath, Túrin no podía volver, o su orgullo no se lo permitía; en Nargothrond nadie era admitido desde la caída de Felagund. Al pueblo menor de Haleth, en Brethil, no se dignaba ir; y a Dorlómin no se atrevía, pues estaba estrechamente vigilado y, pensaba, un hombre solo, en aquel tiempo, no podía atravesar los pasos de las Montañas de la Sombra. Por tanto, Túrin se quedó con los proscritos, pues la compañía de cualquier hombre hacía más soportable la dureza de las tierras salvajes; y como deseaba vivir y no podía estar luchando siempre con ellos, no se empeñó demasiado en impedirles sus malas acciones. De este modo, ante una vida mezquina y con frecuencia cruel, no tardó en endurecerse, aunque a veces la piedad y la repugnancia despertaban en él y estallaba entonces en una cólera temible. De esta manera malvada y peligrosa vivió Túrin hasta el final de ese año, y soportó las privaciones y el hambre del invierno hasta que llegó el despertar, y después una hermosa primavera.

Ahora bien, en los bosques del Teiglin, como se ha dicho, vivían todavía algunos Hombres, resistentes y cautelosos, aunque en número escaso. A pesar de que no los apreciaban en absoluto y sentían muy poca compasión por ellos, en lo más crudo del invierno, ponían los alimentos que les sobraban donde los Gaurwaith pudieran encontrarlos; esperando así evitar el ataque de la banda de hambrientos. Pero obtenían menos gratitud de los proscritos que de las bestias y las aves, y eran sobre todo los perros y las cercas los que los protegían. Cada vivienda tenía grandes setos alrededor de sus terrenos, y en torno a las casas había una zanja y un vallado; había también senderos de vivienda a vivienda, y los hombres podían pedir ayuda en momentos de necesidad haciendo sonar los cuernos.

Sin embargo, cuando llegaba la primavera, era peligroso para los Gaurwaith permanecer cerca de las casas de los hombres del bosque, que entonces solían reunirse para perseguirlos; por eso a Túrin le extrañó tanto que Forweg no diera orden de alejarse. Había más caza y alimento y menos peligro en el sur, donde no quedaban Hombres. Un día, Túrin echó en falta a Forweg, y también a Andróg, su amigo; y preguntó dónde estaban, pero sus compañeros se rieron.

—Se ocupan de sus propios asuntos, supongo —dijo Ulrad—. Volverán pronto, y entonces nos pondremos en marcha. De prisa, quizá; porque seremos afortunados si no traen tras ellos a las abejas de las colmenas.

El sol brillaba y las hojas jóvenes verdeaban, y Túrin se cansó del sórdido campamento de los proscritos, y se alejó a solas por el bosque. Contra su voluntad, recordaba el Reino Escondido, y le parecía oír el nombre de las flores de Doriath como un eco de una vieja lengua casi olvidada. Pero de pronto oyó gritos, y de una espesura de avellanos salió corriendo una joven; tenía la ropa desgarrada por los espinos, y estaba muy asustada; tropezó y cayó al suelo, jadeando. Entonces Túrin saltó hacia la espesura con la espada desenvainada y derribó a un hombre que salía de ella a la carrera; sólo en el momento mismo de asestar el golpe vio que era Forweg.

Mientras miraba asombrado la sangre sobre la hierba, apareció Andróg y se detuvo también, atónito.

—¡Mala cosa, Neithan! —exclamó, y desenvainó la espada.

Pero entonces el ánimo de Túrin se enfrió, y preguntó a Andróg:

—¿Dónde están los Orcos? ¿Los habéis dejado atrás para socorrerla?

—¡¿Orcos?! —exclamó Andróg—. ¡Necio! ¿Y tú te consideras un proscrito? Los proscritos no conocen otra ley que la de sus necesidades. Cuídate de las tuyas, Neithan, y deja que nosotros cuidemos de las nuestras.

—Así lo haré —convino Túrin—, pero hoy nuestros caminos se han cruzado. Me dejarás a mí a esta mujer, o te unirás a Forweg.

Andróg rió.

—Si así está la cosa, haz como quieras —dijo—. No pretendo medirme contigo a solas; pero puede que nuestros compañeros tomen a mal esta muerte.

Entonces la mujer se levantó y puso una mano sobre el brazo de Túrin. Miró la sangre y miró a Túrin, y había alegría en sus ojos.

—¡Matadlo, señor! —le pidió—. ¡Matadlo también a él! Y luego venid conmigo. Si traéis sus cabezas, Larnach, mi padre, no se sentirá disgustado. Por dos «cabezas de lobo» recompensa bien a los hombres.

Pero Túrin le preguntó a Andróg:

—¿Queda lejos su hogar?

—A un par de kilómetros más o menos —respondió—, en una casa cercada en aquella dirección. Ella paseaba fuera de la cerca.

—Vete, pues, de prisa —dijo Túrin volviéndose hacia la mujer—. Dile a tu padre que te guarde mejor. Pero no cortaré las cabezas de mis compañeros para comprar su favor, ni el de nadie.

Entonces envainó la espada.

—¡Vamos! —dijo luego dirigiéndose a Andróg—. Volvamos. Pero si quieres dar sepultura a tu capitán, tendrás que hacerlo solo. Y de prisa, pues la muchacha puede dar la alarma. ¡Trae sus armas!

La mujer se fue por los bosques, y miró atrás muchas veces antes de que los árboles la ocultaran. Entonces Túrin siguió su camino sin más palabras, y Andróg lo observó partir, y frunció el entrecejo como quien trata de resolver un acertijo.

Cuando Túrin volvió al campamento de los proscritos los encontró inquietos e incómodos, porque habían permanecido ya mucho tiempo en un mismo sitio, cerca de casas bien guardadas, y murmuraban en contra de Forweg.

—Corre riesgos a nuestras expensas —decían—; nos puede tocar tener que pagar por sus placeres.

—Entonces ¡escoged a un nuevo capitán! —dijo Túrin, irguiéndose delante de ellos—. Forweg ya no puede conduciros porque está muerto.

—¿Cómo lo sabes? —preguntó Ulrad—. ¿Buscaste miel en la misma colmena? ¿Lo picaron las abejas?

—No —dijo Túrin—. Una picadura bastó. Yo lo maté. Perdoné en cambio a Andróg, y pronto volverá. —Entonces les contó todo lo acaecido, reprochando semejantes acciones; y mientras todavía estaba hablando, Andróg regresó cargando las armas de Forweg.

—¡Ya ves, Neithan! —exclamó—. No ha cundido la alarma. Quizás ella tiene esperanzas de volver a verte.

—Si sigues con esa broma —respondió Túrin—, quizá lamente no haberle dado tu cabeza. Cuenta ahora tu historia, y sé breve.

Entonces Andróg contó sin faltar demasiado a la verdad todo cuanto había sucedido.

—Me pregunto qué estaría haciendo Neithan allí —dijo—. No lo que nosotros, parece, porque cuando yo aparecí, ya había matado a Forweg. A la mujer eso le gustó, y le ofreció ir con él, pidiéndole nuestras cabezas como precio nupcial. Pero él no la quiso, y la despidió; de modo que no puedo adivinar qué tendría en contra del capitán. Me dejó la cabeza sobre los hombros, lo cual le agradezco, aunque estoy muy desconcertado.

—Niego entonces tu pretensión de pertenecer al Pueblo de Hador —dijo Túrin—. A Uldor el Maldecido perteneces más bien, y tendrías que prestar servicios en Angband. Pero ¡escuchadme ahora! —exclamó dirigiéndose a todos—. Os doy dos opciones. Me escogeréis como capitán en lugar de Forweg, o de lo contrario tendréis que dejarme partir. Yo gobernaré ahora esta compañía, o la abandonaré. Pero si lo que deseáis es matarme, ¡intentadlo!

Lucharé con todos hasta que esté muerto... o estéis muertos vosotros.

En ese momento, muchos hombres cogieron sus armas, pero Andróg gritó:

—¡No! La cabeza que él no rebanó no carece de juicio. Si luchamos con él, más de uno morirá innecesariamente, antes de que matemos al mejor hombre que hay entre nosotros. —Entonces se echó a reír—. Lo que sucedió cuando se nos unió, sucede ahora. Mata para hacerse sitio. Si salió bien una vez, puede que salga bien de nuevo; y tal vez nos conduzca a una fortuna mejor que el mero merodear por estercoleros ajenos.

Y el viejo Algund dijo:

—El mejor de entre nosotros. Hubo un tiempo en que habríamos hecho lo mismo, de habernos atrevido; pero hemos olvidado muchas cosas. Quizá al final nos conduzca a casa.

Eso le hizo pensar a Túrin que, con aquella pequeña banda, tal vez podría alzarse y conquistar un pequeño señorío propio. Sin embargo, miró a Algund y Andróg, y dijo:

—¿A casa, dices? Altas y frías se interponen las Montañas de la Sombra. Detrás de ellas está el pueblo de Uldor, y en derredor las legiones de Angband. Si tales cosas no os amilanan siete veces siete hombres, puede que entonces os conduzca a casa. Pero ¿cuán lejos llegaremos, antes de morir?

Todos guardaron silencio. Entonces Túrin habló otra vez.

—¿Me escogéis como capitán? Si así lo hacéis os conduciré primero a las tierras salvajes, lejos de las casas de los Hombres. Quizá allí encontremos mejor fortuna o quizá no, pero al menos no seguiremos ganándonos el odio de los de nuestra propia especie.

Entonces, todos los que pertenecían al Pueblo de Hador lo rodearon y lo escogieron como capitán; y los demás, de no tan buen grado, los imitaron. Túrin se los llevó inmediatamente lejos de aquel país.

Muchos mensajeros fueron enviados por Thingol en busca de Túrin dentro de Doriath y en las tierras próximas a las fronteras; pero lo buscaron en vano, porque nadie sabía ni podía adivinar que estaba entre los proscritos y los enemigos de los Hombres. Cuando llegó el invierno, se presentaron ante el rey, todos excepto Beleg. Después de que todos los demás hubieran regresado, él continuó solo.

Pero en Dimbar, y a lo largo de las fronteras septentrionales de Doriath, las cosas no marchaban bien. El Yelmo-Dragón ya no se veía en la batalla, y también se echaba en falta a Arcofirme; y los sirvientes de Morgoth se envalentonaron y crecían de continuo en número y atrevimiento. El invierno llegó y pasó, y con la primavera se renovaron los ataques: Dimbar fue invadida, y los Hombres de Brethil tenían miedo, porque el mal estaba ahora en todas sus fronteras, salvo en la del sur.

Había transcurrido casi un año desde la huida de Túrin, y Beleg seguía buscándolo, con la esperanza cada vez más menguada. En el curso de sus viajes fue hacia el norte, hasta los Cruces del Teiglin, y allí, al oír malas noticias de una nueva incursión de Orcos venidos de Taur-nu-Fuin, dio la vuelta y llegó por casualidad a las casas de los Hombres de los Bosques poco después de que Túrin hubiera abandonado esa región. Allí escuchó una extraña historia que circulaba entre ellos. Un hombre alto y de noble porte, o un guerrero Elfo, según algunos, había aparecido en los bosques, y había matado a uno de los Gaurwaith y rescatado a la hija de Larnach, a quien éstos estaban persiguiendo.

—Era muy orgulloso —dijo la hija de Larnach a Beleg—, con ojos brillantes que apenas se dignaron mirarme. No obstante, llamaba a los hombres lobo sus compañeros, y no dio muerte a otro que allí se encontraba, y éste lo conocía por su nombre. Neithan, lo llamó.

—¿Puedes descifrar este acertijo? —preguntó Larnach al Elfo.

—Sí puedo, desdichadamente —respondió Beleg—. El Hombre de quien me habláis es uno a quien yo busco. —Nada más dijo de Túrin a los Hombres de los Bosques; pero les advirtió del mal que se estaba congregando hacia el norte—. Pronto los Orcos asolarán esta región con fuerzas demasiado grandes como para que podáis resistiros —dijo—. Este año tendréis que sacrificar vuestra libertad o vuestras vidas. ¡Id a Brethil mientras todavía hay tiempo!

Entonces Beleg siguió de prisa su camino, y buscó la guarida de los proscritos, y los signos que pudieran indicarle adónde habían ido. No tardó en encontrarlos; pero Túrin le llevaba ahora varios días de ventaja, y marchaba con rapidez, temiendo la persecución de los Hombres de los Bosques; utilizaba además todas las artes que conocía para derrotar o desorientar a cualquiera que intentase seguirlos.

Condujo a sus hombres hacia el oeste, lejos de los Hombres de los Bosques y de las fronteras de Doriath, hasta que llegaron al extremo septentrional de las grandes tierras altas que se alzaban entre los valles del Sirion y el Narog. Allí la tierra era más seca, y el bosque terminaba abruptamente a los pies de una cordillera. Abajo podía verse el antiguo Camino del Sur, que subía desde los Cruces del Teiglin para pasar junto al extremo occidental de las llanuras pantanosas, en dirección a Nargothrond. Allí los proscritos vivieron con cautela durante un tiempo, permaneciendo rara vez dos noches en el mismo campamento, y dejando pocas huellas de su paso o estancia.

Así fue como incluso Beleg los buscó en vano. Guiado por signos que podía leer, o por el rumor del paso de unos hombres entre las criaturas silvestres con las que podía hablar, se acercaba a menudo a ellos, pero cuando llegaba la guardia estaba siempre desierta; porque mantenían una guardia alrededor, de día y de noche, y al menor rumor de que alguien se aproximaba levantaban el campamento de prisa y se iban.

—¡Ay! —exclamó—. ¡Demasiado bien enseñé a este hijo de los Hombres las artes de los bosques y los campos! Casi podría pensarse que se trata de un grupo de Elfos.

Pero ellos sabían que un infatigable perseguidor al que no podían ver les seguía la pista, sin que pudieran esquivarlo; y se inquietaron.

No mucho después, tal como Beleg había temido, los Orcos atravesaron el Brithiach y, pese a la resistencia que les pudo oponer Handir de Brethil, se encaminaron hacia el sur por los Cruces del Teiglin en busca de botín. Muchos de los Hombres de los Bosques habían seguido el consejo de Beleg y habían enviado a sus mujeres y sus hijos a pedir refugio en Brethil. Éstos y sus escoltas lograron escapar atravesando a tiempo los Cruces; pero los hombres armados que les seguían fueron alcanzados por los Orcos y cayeron derrotados. Unos pocos se abrieron camino luchando y consiguieron llegar a Brethil, pero muchos fueron muertos o hechos prisioneros; mientras, los Orcos entraron en las casas, las saquearon y las incendiaron. A continuación se dirigieron de nuevo hacia el oeste, en busca del Camino, porque deseaban ahora regresar al norte tan pronto como pudieran junto con el botín y los cautivos.

Pero los exploradores de los proscritos no tardaron en darse cuenta de su presencia, y, aunque poco les importaban los cautivos, el botín de los Hombres de los Bosques despertó su codicia. A Túrin le parecía peligroso dar a conocer su presencia a los Orcos en tanto no supiesen cuántos eran éstos; pero los proscritos no le hicieron caso, porque tenían necesidad de muchas cosas en tierras salvajes, y empezaban a lamentar que estuviera al mando. Por su parte, Túrin, escogiendo a un tal Orleg como único compañero, fue a espiar a los Orcos, y, dejando el mando de la banda a Andróg, le encomendó que se mantuvieran juntos y bien escondidos en su ausencia.

Los Orcos eran mucho más numerosos que la banda de los proscritos, pero se encontraban en tierras en las que muy pocas veces se habían atrevido a entrar, y sabían también que más allá del Camino estaba la Talath Dirnen, la Planicie Guardada, en la que vigilaban los rastreadores y espías de Nargothrond; por tanto, temiendo el peligro, eran cautelosos, y sus exploradores se deslizaban entre los árboles a ambos lados de las líneas antes de que éstas avanzaran. Así fue como Túrin y Orleg fueron descubiertos, porque tres exploradores tropezaron con ellos mientras yacían escondidos; y aunque lograron matar a dos, el tercero escapó gritando: «¡*Golug*! ¡*Golug*!», que era un nombre con el que designaban a los Noldor. Inmediatamente, el bosque se llenó de Orcos, que avanzaban en silencio y rastreando hasta el último rincón. Entonces Túrin, viendo que ha-

bía pocas esperanzas de escapar, pensó que, como mínimo los enga-
ñarían alejándolos del escondite de sus hombres, y, dándose cuenta
por el grito de «¡*Golug!*» de que tenían miedo de los espías de Nargothrond, huyó con Orleg hacia el oeste. No tardaron en perseguirlos, y por más que giraron y esquivaron al final tuvieron que salir del bosque quedando al descubierto. Cuando trataban de cruzar
el Camino, Orleg fue alcanzado por muchas flechas, pero a Túrin lo
salvó la malla élfica, y escapó solo a las tierras salvajes de más allá.
Por su rapidez y su habilidad esquivó a sus enemigos, internándose
en tierras desconocidas para él. Entonces, los Orcos, temiendo que
los Elfos de Nargothrond fuesen advertidos, dieron muerte a los
cautivos que llevaban consigo y se dirigieron rápidamente al norte.

Transcurridos tres días, al ver que Túrin y Orleg no regresaban, algunos de los proscritos quisieron abandonar la caverna en la que se
escondían, pero Andróg se opuso. Y, mientras estaban metidos en
este debate, una figura gris se irguió de repente ante ellos. Beleg los
había encontrado por fin. Avanzó sin arma alguna en las manos, y
mostrando las palmas; pero ellos dieron un salto de miedo y Andróg, acercándose por detrás, le echó un lazo corredizo y tiró de él
amarrándole fuertemente los brazos.

—Si no queréis huéspedes, tendríais que vigilar mejor —dijo Beleg—. ¿Por qué me dais esta bienvenida? Vengo como amigo, y sólo
busco a un amigo. He oído que lo llamáis Neithan.

—No está aquí —dijo Ulrad—. Pero a menos que nos espíes desde
hace tiempo, ¿cómo conoces ese nombre?

—Nos espía desde hace tiempo —dijo Andróg—. Ésta es la sombra
que nos viene siguiendo los pasos. Ahora quizá descubramos su
verdadero propósito.

Entonces ordenó que ataran a Beleg a un árbol junto a la caverna; y cuando estuvo bien amarrado de manos y de pies lo interro-
garon. Pero a todas sus preguntas Beleg daba sólo una respuesta:

—He sido amigo de Neithan desde que por primera vez lo encontré en los bosques, y no era entonces más que un niño. Sólo lo
busco por amor, y para darle buenas noticias.

—Matémoslo, y librémonos del espía —dijo Andróg, colérico, mirando el gran arco de Beleg y codiciándolo, porque él era arquero.

Pero otros de mejor corazón hablaron en contra de esa propuesta, y Algund le advirtió:

—El capitán todavía puede volver; y entonces te arrepentirás cuando sepa que le has privado de un amigo además de buenas noticias.

—No me creo la historia de este Elfo —replicó Andróg—. Es un espía del rey de Doriath. Pero si tiene en verdad nuevas, que nos las diga; y juzgaremos si justifican que lo dejemos vivir.

—Esperaré a vuestro capitán —dijo Beleg.

—Te quedarás aquí hasta que hables —insistió Andróg.

Entonces, a instancias de Andróg, dejaron a Beleg atado al árbol, sin comida ni agua, y se sentaron cerca a comer y beber; pero Beleg ya no les habló más. Cuando hubieron pasado de este modo dos días y dos noches, los proscritos sintieron enfado y temor, y estaban ansiosos por partir, y la mayoría de ellos estaba entonces dispuesta a matar al Elfo. A medida que avanzó la noche se reunieron a su alrededor, y Ulrad cogió una rama encendida del pequeño fuego que ardía en la entrada de la caverna. Pero en ese momento regresó Túrin. En silencio, como era su costumbre, se detuvo en las sombras más allá del círculo de hombres y vio la cara macilenta de Beleg a la luz de la pequeña llama.

En cuanto lo vio se sintió como herido por una flecha, y el súbito deshielo de las lágrimas congeladas durante mucho tiempo le anegaron los ojos. Dio un salto y corrió hacia el árbol.

—¡Beleg! ¡Beleg! —gritó—. ¿Cómo has llegado hasta aquí? ¿Y por qué estás atado?

Sin demora, cortó las ligaduras de su amigo, y Beleg cayó hacia adelante, en sus brazos.

Cuando Túrin hubo escuchado todo lo que los hombres tuvieron que decir, sintió enfado y ofensa, pero en primer lugar prestó atención únicamente a Beleg. Mientras lo atendía con toda la habilidad de que era capaz, pensó en la vida que había estado llevando como proscrito, y volvió la ira contra sí mismo. Porque muchos forasteros habían muerto al haber sido sorprendidos cerca de sus guaridas, o habían sido asaltados por ellos, y él no lo había impedido; y a menudo él mismo había hablado mal del rey Thingol y de los Elfos Grises, de modo que, si se los trataba como enemigos, parte de la culpa era suya. Entonces se volvió con amargura hacia sus hombres.

—Habéis sido crueles —dijo—, y lo habéis sido sin necesidad. Nunca hasta ahora habíamos dado tormento a un prisionero, pero a tal comportamiento de Orco nos ha llevado la vida que arrastramos. Sin ley y sin fruto han sido todos nuestros actos, puesto que sólo a nosotros nos han servido y han sembrado odio en nuestros corazones.

Pero Andróg dijo:

—Pues ¿a quién serviremos, sino a nosotros mismos? ¿A quién amaremos, cuando todos nos odian?

—Cuando menos mis manos no se levantarán otra vez contra Elfos u Hombres —le respondió Túrin—. Angband ya tiene bastantes sirvientes. Si otros no hacen este voto conmigo, caminaré solo.

Entonces Beleg abrió los ojos y levantó la cabeza.

—¡Solo no! —dijo—. Ahora por fin puedo comunicarte las nuevas que te traigo. No eres un proscrito, y Neithan no es el nombre que te corresponde. La falta que se creyó ver en ti está perdonada. Durante un año se te ha buscado para devolverte el honor y al servicio del rey. Durante demasiado tiempo se ha echado de menos el Yelmo-Dragón.

Pero Túrin no dio muestras de alegría al escuchar las nuevas, y se quedó sentado largo tiempo en silencio, porque al escuchar las palabras de Beleg una sombra había caído otra vez sobre él.

—Dejemos que transcurra la noche —dijo al fin—. Luego decidiré. Sea como fuere, hemos de abandonar mañana esta guarida; porque no todos los que nos siguen nos desean el bien.

—No, ninguno —intervino Andróg, y echó a Beleg una mirada torcida.

A la mañana siguiente, Beleg, que ya se había curado de sus heridas, como les sucedía a los Elfos de antaño, habló aparte con Túrin.

—Esperaba que mis noticias te alegrasen más —le dijo—. ¿Volverás ahora a Doriath?

Y rogó a Túrin que lo hiciera de todas las maneras que pudo, pero cuanto más insistía él, más se oponía Túrin. No obstante, interrogó a Beleg con detalle acerca de la sentencia de Thingol. Entonces Beleg le contó todo lo que sabía, y por fin Túrin preguntó:

—Entonces ¿Mablung demostró que era mi amigo, como pareció serlo una vez?

—Amigo de la verdad, más bien —dijo Beleg—, y eso es mejor, a fin de cuentas; aunque la sentencia habría sido menos justa de no ser por el testimonio de Nellas. ¿Por qué, por qué, Túrin, no le dijiste a Mablung que Saeros te había atacado? Muy diferentes habrían sido entonces las cosas. —Y mirando a los hombres que yacían tendidos cerca de la entrada de la caverna, añadió—: Podrías haber mantenido el yelmo en alto, y no habrías caído en esto.

—Es posible, si caída lo consideras —respondió Túrin—. Es posible. Pero así fue; y las palabras se me trabaron en la garganta. Mablung me miró con aire de reprobación, sin una sola pregunta, por un acto que yo no había cometido. Mi corazón de Hombre era orgulloso, como dijo el rey Elfo. Y todavía lo es, Beleg Cúthalion. No soporto la idea de regresar a Menegroth y aguantar miradas de piedad y perdón, como un niño descarriado que ha vuelto al buen camino. Soy yo quien tendría que conceder perdón, en lugar de recibirlo. Y no soy ya un niño, sino un hombre, según ocurre en mi especie; y un hombre endurecido por el destino.

Entonces Beleg se sintió perturbado.

—¿Qué vas a hacer, entonces? —preguntó.

—Vagar en libertad —contestó Túrin—. Es lo que me deseó Mablung al despedirnos. Supongo que la gracia de Thingol no se extiende hasta abarcar a los compañeros de mi caída, y yo no me separaré de ellos, si es que ellos no quieren separarse de mí. Los quiero a mi manera, aun a los peores de entre ellos. Son de mi propia especie, y en cada uno de ellos hay un cierto bien que podría fructificar. Creo que se quedarán conmigo.

—Ves con ojos diferentes de los míos —dijo Beleg—. Si tratas de separarlos del mal, te abandonarán. Dudo de ellos, de uno sobre todo.

—¿Cómo juzga un Elfo a los Hombres? —preguntó Túrin.

—Como juzga todos los actos, no importa quien los ejecute —respondió Beleg, pero ya no dijo más, y no habló de la malicia de Andróg, principal responsable del maltrato a que había sido sometido, pues al advertir el estado de ánimo de Túrin temió que no lo creyera y que se dañara así la vieja amistad que había entre ellos, empujándolo a recaer en malas acciones.

—Vagar en libertad, dices, Túrin, amigo mío. ¿Cuáles son tus intenciones? —quiso saber.

—Conduciré a mis propios hombres, y haré la guerra a mi propio modo —respondió Túrin—. Pero en esto, al menos sí ha cambiado mi corazón: me arrepiento de todos los golpes que hemos dado, salvo los asestados contra el enemigo de Hombres y Elfos. Y, por encima de todo, querría tenerte junto a mí. ¡Quédate conmigo!

—Si me quedara contigo, lo haría por amor, no por sabiduría —dijo Beleg—. El corazón me advierte que deberíamos volver a Doriath. En cualquier otro lugar hay una sombra ante nosotros.

—No obstante, yo no volveré allí —se reafirmó Túrin.

—Lo lamento —respondió Beleg—, pero como un padre cariñoso que concede un deseo a su hijo en contra de su instinto, me pliego ante tu voluntad. Si me lo pides, me quedaré.

—¡Eso está verdaderamente bien! —exclamó Túrin. Entonces, de repente, guardó silencio, como si él mismo fuera consciente de la sombra, y luchó con su orgullo, que no le dejaba volverse atrás. Durante mucho tiempo permaneció sentado, meditando sobre los años pasados.

Saliendo de golpe de sus pensamientos miró a Beleg, y dijo:

—La doncella Elfa que mencionaste, cuyo nombre no recuerdo: estoy en deuda con ella por su oportuno testimonio; sin embargo, no sé quién es. ¿Por qué vigilaba mis idas y venidas?

Entonces Beleg lo miró de un modo extraño.

—Realmente —dijo al fin—, has vivido siempre con el corazón y la mitad de la mente ausentes. Cuando eras niño, andabas con Nellas por los bosques.

—Eso debió de ser hace mucho —replicó Túrin—. O así de distante me parece mi infancia ahora, y una neblina lo envuelve todo, salvo el recuerdo de la casa de mi padre en Dor-lómin. ¿Por qué habría andado yo con una doncella Elfa?

—Para aprender lo que ella pudiera enseñarte, quizá —respondió Beleg—. Si más no unos cuantos nombres élficos de flores de los bosques. Cuando menos, esos nombres no los has olvidado. ¡Ay! Hijo de los Hombres, hay otras penas en la Tierra Media además de las tuyas, y heridas que no abren las armas. En verdad, empiezo a pensar que los Elfos y los Hombres no deberían conocerse ni mezclarse.

Túrin no dijo nada, pero miró largo rato el rostro de Beleg, como si quisiera descifrar en él el enigma de sus palabras. Nellas de Doriath no volvió a verlo, y la sombra de Túrin se alejó de ella.

Beleg y Túrin volvieron a otros asuntos, debatiendo dónde habrían de vivir.

—¡Regresemos a Dimbar, en las fronteras septentrionales, donde antaño caminamos juntos! —propuso Beleg ansioso—. Allí nos necesitan. Últimamente, los Orcos han descubierto una ruta para bajar de Taur-nu-Fuin, a través del Paso de Anach.

—No recuerdo ese paso —dijo Túrin.

—No, nunca nos alejamos tanto de las fronteras —le explicó Beleg—. Pero sí has visto las cumbres de las Crissaegrim en la lejanía, y al este los oscuros muros de Gorgoroth. Anach se encuentra entre ellos, por encima de las altas fuentes del Mindeb. Es un camino difícil y peligroso, y sin embargo muchos llegan ahora a través de él. Dimbar, antes en paz, está cayendo bajo la Mano Oscura, y los Hombres de Brethil están perturbados. ¡A Dimbar te convoco!

—No, no retrocederé en la vida —se opuso Túrin—. Y tampoco puedo llegar fácilmente a Dimbar ahora. El Sirion se interpone, sin más puentes ni vados que los de debajo del Brithiach, lejos, al norte; es peligroso atravesarlo. Salvo por Doriath. Y ya te he dicho que no entraré en Doriath, ni usaré el permiso y el perdón de Thingol.

—Has dicho que te has convertido en hombre duro, Túrin. Tienes razón, si por duro querías decir terco. Ahora es mi turno de elegir. Con tu permiso, me iré en cuanto pueda, separándome de ti. Si en verdad deseas tener a Arcofirme a tu lado, búscame en Dimbar.

Túrin se quedó en silencio.

Al día siguiente, Beleg partió, y Túrin lo acompañó un corto trecho desde el campamento, pero sin decir nada.

—¿Es esto un adiós, pues, hijo de Húrin? —preguntó Beleg.

—¡Si deseas mantener tu palabra y quedarte a mi lado búscame en Amon Rûdh! —respondió Túrin, yendo en pos de su destino y sin saber lo que le aguardaba—. De lo contrario, ésta es nuestra última despedida.

—Tal vez sea lo mejor —dijo Beleg, y prosiguió su camino.

Se dice que Beleg regresó a Menegroth, y se presentó ante Thingol y Melian y les contó todo cuanto había ocurrido, excepto el maltrato sufrido por parte de los compañeros de Túrin.

Thingol suspiró, y dijo:

—Recibí al hijo de Húrin como hijo propio, y eso no puede cambiarse ni por odio ni por amor, a menos que regrese el mismo Húrin el Valiente. ¿Qué más podría hacer por él?

Entonces Melian intervino:

—Un regalo te daré ahora, Cúthalion, para ayudarte, y honrarte, pues nada de más valor tengo para dar. —Y le entregó una ración de *lembas*, el pan del camino de los Elfos, envuelto en hojas de plata; y las hebras que las ataban llevaban en los nudos el sello de la reina, un óvalo de cera blanca con la forma de una flor de Telperion, porque, según las costumbres de los Eldalië, sólo a la reina correspondía guardar y dar este alimento—. Este pan del camino, Beleg —prosiguió—, te será de ayuda en las tierras salvajes y en invierno, y ayudará también a aquellos a quienes tú escojas. Pues esto te encomiendo, que lo distribuyas como tú desees en mi lugar.

Con ningún otro presente hubiera podido mostrar Melian mayor favor a Túrin que con este regalo; porque los Eldar nunca antes habían permitido que los Hombres consumieran el pan del camino, y rara vez volvieron a hacerlo.

Beleg partió entonces de Menegroth y regresó a las fronteras septentrionales, donde tenía su casa y numerosos amigos; pero cuando llegó el invierno y la guerra se apaciguó, sus viejos compañeros lo echaron de menos de repente. Beleg no volvió con ellos nunca más.

# CAPÍTULO VII

# DE MÎM EL ENANO

Ahora la historia vuelve a Mîm, el Enano Mezquino. Los Enanos Mezquinos llevan mucho tiempo olvidados, puesto que Mîm fue el último. Poco se sabía de ellos, incluso en los Días de Antaño. Nibin-nogrim los llamaban los Elfos de Beleriand tiempo atrás, pero no les tenían simpatía; y, por su parte, los Enanos Mezquinos no amaban a nadie salvo a sí mismos. Odiaban y temían a los Orcos, pero también odiaban a los Eldar, sobre todo a los Exiliados, porque los Noldor, decían, les habían robado sus tierras y hogares. Los Enanos Mezquinos fueron los primeros en hablar y empezar a excavar Nargothrond, mucho antes de que Finrod Felagund llegara desde el otro lado del Mar.

Provenían, decían algunos, de los Enanos que habían sido expulsados de las ciudades Enanas del este en los Días Antiguos. Mucho antes del retorno de Morgoth habían viajado hacia el oeste. Como no tenían señor y eran escasos en número, les resultaba difícil conseguir metales, y sus trabajos de herrería y provisiones de armas disminuyeron, por lo que se acostumbraron a llevar una vida de sigilo, y hasta su estatura menguó un tanto respecto a sus parientes del este, puesto que caminaban con los hombros inclinados y pasos rápidos y furtivos. No obstante, como todos los Enanos, eran mucho más fuertes de lo que indicaba su altura, y podían aferrarse a la vida en caso de gran apuro. Pero con el tiempo, habían ido siendo cada vez menos hasta desaparecer de la Tierra Media, todos salvo Mîm y sus dos hijos; y Mîm era viejo incluso para la cuenta de los Enanos, viejo y olvidado.

Tras la partida de Beleg (que tuvo lugar en el segundo verano después de que Túrin huyera de Doriath), no les fue bien a los proscritos. Hubo lluvias fuera de estación, y los Orcos, más numerosos que nunca, venían desde el norte y a lo largo del viejo Camino del Sur sobre el Teiglin, causando problemas en todos los bosques de las fronteras occidentales de Doriath. Los proscritos tenían poca seguridad y descanso, y eran más veces perseguidos que perseguidores.

Una noche, mientras acechaban, sin fuego, en medio de la oscuridad, Túrin pensó en su vida, y le pareció que podía mejorarse. «He de encontrar algún refugio seguro –pensó–, y reunir provisiones para el invierno.» Pero no sabía adónde dirigirse.

Al día siguiente condujo a sus hombres hacia el sur, más lejos de lo que habían estado nunca del Teiglin y de las fronteras de Doriath, y al cabo de tres días de viaje se detuvieron en la linde occidental de los bosques del Valle del Sirion. Allí, a medida que empezaba a ascender hacia las llanuras pantanosas, la tierra era más seca y desnuda.

Poco después, cuando la luz grisácea menguaba, Túrin y sus hombres se refugiaron en un matorral de acebos, tras el que se extendía un espacio vacío, sin árboles, con grandes piedras erguidas, apoyadas unas en otras, o bien caídas en el suelo. Todo estaba en silencio, excepto por el sonido de las gotas de lluvia sobre las hojas.

De pronto, uno de los hombres que estaba de guardia dio la alarma y, saliendo de su refugio, vieron tres figuras encapuchadas, vestidas de gris, que andaban furtivas entre las piedras. Cada una de ellas cargaba un gran saco, pero a pesar de ello se movían ligeros. Túrin les dio el alto, y sus hombres corrieron tras ellos como sabuesos. Sin embargo, los encapuchados siguieron su camino, y aunque Andróg les disparaba flechas, dos de ellos se desvanecieron en el crepúsculo. Pero uno quedó rezagado, pues era más lento o cargaba un peso mayor, y pronto fue alcanzado y derribado, y sujetado por muchas manos fuertes mientras se debatía y mordía como una bestia. Cuando llegó Túrin reprendió a sus hombres.

—¿Qué tenéis ahí? —preguntó—. ¿Qué necesidad hay de ser tan feroces? Es viejo y pequeño. ¿Qué mal puede haceros?

—Muerde —respondió Andróg, mostrándole una mano que sangraba—. Es un Orco, o de la especie de los Orcos. ¡Matadlo!

—No se merecería menos por darnos falsas esperanzas —dijo otro que se había apoderado del saco—. Aquí no hay nada más que raíces y piedrecitas.

—No es un Orco —intervino Túrin de nuevo—, tiene barba. Es sólo un Enano, creo. Dejad que se ponga en pie y hable.

Así fue como Mîm entró en la Historia de los Hijos de Húrin. Pues se irguió con dificultad hasta quedar de rodillas a los pies de Túrin y suplicó que le perdonaran la vida.

—Soy viejo —empezó—, y pobre. Sólo un Enano, como decís, no un Orco. Mîm es mi nombre. No dejéis que me maten sin causa alguna, señor, como harían los Orcos.

Entonces el corazón de Túrin se apiadó de él, aunque dijo:

—Pobre pareces, Mîm, aunque sería extraño en un Enano; sin embargo, creo que nosotros lo somos todavía más: hombres sin casa ni amigos. Si te dijera que no podemos perdonarte sólo por piedad pues muy grande es la necesidad que padecemos, ¿qué rescate ofrecerías?

—No sé qué deseáis, señor —respondió Mîm con cautela.

—¡En este momento, bastante poco! —exclamó Túrin, mirando amargamente alrededor con la lluvia entrándole en los ojos—. Un sitio seguro donde dormir al abrigo de los húmedos bosques. Sin duda tienes eso.

—Así es —confirmó Mîm—; pero no puedo darlo en rescate. Soy demasiado viejo para vivir al raso.

—Pues no es necesario que envejezcas más —dijo Andróg, avanzando con un cuchillo en la mano que no tenía herida—. Yo puedo ahorrarte eso.

—¡Señor! —gritó Mîm muy asustado, aferrándose a las rodillas de Túrin—. Si yo pierdo la vida, vosotros perderéis la morada; porque no la encontraréis sin Mîm. No puedo dárosla, pero la compartiré. Hay más espacio en ella que hubo otrora, tantos son los que se han ido para siempre. —Y se echó a llorar.

—Se te perdona la vida, Mîm —dijo Túrin.

—Hasta que lleguemos a su guarida, al menos —añadió Andróg.

Pero Túrin se volvió hacia él, y dijo:

—Si Mîm nos lleva a su hogar sin engaño, y es un buen hogar, habrá pagado rescate por su vida; y ningún hombre de los que me siguen lo matará. Lo juro.

Entonces Mîm besó las rodillas de Túrin y dijo:

—Mîm será vuestro amigo, señor. Al principio creí que erais un Elfo por vuestra lengua y vuestra voz. Pero si sois un Hombre, mejor. A Mîm no le gustan los Elfos.

—¿Dónde se encuentra esa casa tuya? —preguntó Andróg—. Tendrá que ser muy buena, en verdad, para compartirla con un Enano. Porque a Andróg no le gustan los Enanos. Entre los suyos se contaban pocas historias buenas sobre esa raza que vino del este.

—Peores historias sobre sí mismos dejaron los Hombres atrás —dijo Mîm—. Juzga mi casa cuando la veas. Pero necesitaréis luz para el camino, Hombres vacilantes. Volveré pronto y os guiaré. —Entonces se levantó y tomó su saco.

—¡No, no! —exclamó Andróg—. No permitirás esto, ¿no es cierto, capitán? Nunca volverías a ver al viejo bribón.

—Está oscureciendo —dijo Túrin—. Que nos deje alguna prenda. ¿Te guardamos el saco con su contenido, Mîm?

Pero al oír eso Mîn volvió a caer de rodillas, muy perturbado.

—Si Mîm no tuviera intención de volver, no lo haría por un viejo saco de raíces —afirmó—. Volveré. ¡Dejadme partir!

—No lo haré —dijo Túrin—. Si no quieres separarte de tu saco, deberás permanecer aquí con él. Pasar una noche a la intemperie hará que quizá también tú te apiades de nosotros. —Pero observó, y también los demás, que Mîm daba más importancia a su cargamento de la que éste parecía tener a simple vista.

Condujeron al viejo Enano al miserable campamento entre los acebos y, mientras caminaba, murmuraba en una lengua extraña y áspera que parecía contener un antiguo odio; pero cuando le ataron las piernas calló de repente. Y los que estaban de guardia lo vieron sentado durante toda la noche, silencioso e inmóvil como una piedra, salvo los ojos insomnes que resplandecían mientras escrutaban la oscuridad.

Poco antes del amanecer amainó la lluvia, y un viento agitó los árboles. La luz del alba llegó más brillante que desde hacía muchos días, y los aires ligeros del sur despejaron el cielo, pálido y claro en torno al sol naciente. Mîm continuaba sentado sin moverse, y parecía muerto; porque ahora tenía cerrados los pesados párpados, y la luz de la mañana lo mostraba marchito y arrugado por la vejez. Túrin se levantó y lo miró.

—Ahora hay luz suficiente —dijo.

Entonces Mîm abrió los ojos y señaló sus ataduras; cuando lo desataron, habló con fiereza.

—¡Enteraos de esto, necios! —gritó—. ¡No atéis jamás a un Enano! No os lo perdonará. No deseo morir, pero tengo el corazón airado por lo que habéis hecho. Me arrepiento de mi promesa.

—Pero yo no —le respondió Túrin—. Me conducirás a tu casa. Hasta entonces no hablaremos de muerte. Ésa es mi voluntad. —Y miró fijamente a los ojos al Enano. Mîm no pudo soportarlo; pocos eran en verdad los que podían desafiar la mirada de Túrin cuando había en ella decisión o cólera. El Enano no tardó en volver la cabeza, y se puso en pie.

—¡Seguidme, señor! —dijo.

—¡Bien! —exclamó Túrin—. Pero quiero añadir una cosa: comprendo tu orgullo. Puede que mueras, pero no se te volverá a atar.

–Que así sea –asintió Mîm–. Pero ¡venid ahora! –Y diciendo esto, los guió de nuevo al lugar donde lo habían capturado y señaló hacia el oeste–. ¡Allí está mi casa! –les dijo–. La habréis visto a menudo, supongo, porque es elevada. La llamábamos Sharbhund antes de que los Elfos cambiaran todos los nombres.

Entonces vieron que estaba señalando Amon Rûdh, la Colina Calva, cuya cima desnuda dominaba muchas leguas de tierras salvajes.

–La hemos visto, pero nunca nos hemos acercado a ella –explicó Andróg–. Porque ¿qué guarida segura puede haber allí, o agua, o cualquier otra cosa que necesitemos? Adiviné que había alguna trampa. ¿Acaso los Hombres se esconden en la cima de las colinas?

–Una vista amplia puede ser más segura que el acecho –dijo Túrin–. Desde Amon Rûdh se dominan grandes distancias. Bien, Mîm, iré hasta allí y veré qué puedes ofrecernos. ¿Cuánto nos llevará a nosotros, Hombres vacilantes, llegar hasta tu casa?

–Todo este día hasta que anochezca si partimos ahora –respondió Mîm.

Pronto el grupo se puso en marcha hacia el oeste, con Túrin en cabeza y Mîm a su lado. Al dejar atrás los bosques caminaban cautelosos, pero toda la tierra parecía vacía y en silencio. Pasaron sobre rocas caídas, y comenzaron a trepar, porque Amon Rûdh se hallaba al este de las elevadas llanuras pantanosas que había entre los valles del Sirion y el Narog, y la cima se levantaba sobre el baldío pedregoso a gran altura. En la ladera oriental, un terreno accidentado ascendía lentamente hasta los altos riscos, entre grupos de abedules y serbales y viejos arbustos espinosos arraigados en la roca. Más allá, en las llanuras pantanosas y las pendientes inferiores de Amon Rûdh, crecían malezas de *aeglos*; pero la escarpada cabeza gris se veía desnuda, salvo por el *seregon* rojo que cubría la piedra.

Al atardecer, los proscritos llegaron cerca del pie de la montaña. Venían ahora desde el norte, porque por ese camino los había conducido Mîm. La luz del sol poniente caía sobre la cima de Amon Rûdh, y sobre el *seregon* plenamente florecido.

—¡Mirad! Hay sangre en la cima de la montaña —dijo Andróg.

—Aún no —contestó Túrin.

El sol se ponía y en las hondonadas la luz declinaba. La colina se alzaba ahora por delante y por encima de ellos, y se preguntaban qué necesidad había de guía para llegar a una meta tan evidente. Pero a medida que Mîm los conducía y emprendían el ascenso de las últimas pendientes, advirtieron que el Enano estaba siguiendo un sendero para él evidente por signos secretos o por una vieja costumbre. Ahora, el camino serpenteaba de continuo, y, a un lado y a otro, se abrían valles y barrancos oscuros, o la tierra descendía hasta desiertos de piedra gris, con precipicios y agujeros ocultos por arbustos y espinos. Allí, sin guía, habrían tenido que esforzarse y trepar durante días para encontrar un camino.

Al fin llegaron a un terreno más empinado pero menos irregular. Pasaron bajo la sombra de unos viejos serbales, hasta llegar a unas avenidas de altos *aeglos*; una penumbra que exhalaba un dulce aroma. Entonces, de repente, se encontraron ante un muro de piedra, liso y escarpado, de unos quince metros de altura, aunque el crepúsculo difuminaba el cielo de arriba y no podían estar seguros.

—¿Es ésta la puerta de tu casa? —preguntó Túrin—. A los Enanos les encanta la piedra, según dicen. —Y se acercó a Mîm, por temor a que éste les hiciese alguna jugarreta en el último momento.

—No es la puerta de la casa, sino el portón del patio —respondió Mîm. Entonces se volvió a la derecha siguiendo la pared, y al cabo de veinte pasos se detuvo de súbito. Túrin vio que, obra de unas manos o del tiempo, en la piedra había una falla y, a la izquierda de ésta, una abertura. Unas largas plantas colgantes arraigadas en las grietas que había en lo alto, disimulaban la entrada; una vez dentro, un empinado sendero de piedra ascendía en la oscuridad. Debajo de él corría el agua, y estaba húmedo.

Fueron entrando en fila, uno por uno. En la cima, el sendero doblaba a la derecha y otra vez al sur y, tras atravesar un grupo de espinos, desembocaba en una planicie verde que pronto quedó atrás, antes de que el camino se internase de nuevo entre las sombras.

Habían llegado a la casa de Mîm, Bar-en-Nibin-noeg, que sólo se recordaba en las antiguas historias de Doriath y Nargothrond, y que ningún hombre había visto. Pero anochecía, y en el este sólo había la luz de las estrellas, por lo que no podían ver todavía la forma de aquel extraño lugar.

Amon Rûdh tenía una corona: una gran masa parecida a una escarpada gorra de piedra con una cima chata y desnuda. En el lado norte había una terraza, nivelada y casi cuadrada, que no podía verse desde abajo, porque estaba protegida por la corona de la colina como por un muro, y las vertientes este y oeste eran unos riscos escarpados. Sólo desde el norte, por donde ellos habían venido, podían llegar allí quienes conocieran el camino. Desde la «entrada» salía una senda, que pronto se internaba en un bosquecillo de abedules enanos que crecían en torno a un límpido estanque formado por una cuenca abierta en la roca. Estaba alimentado por una fuente que manaba al pie del muro que tenía detrás, y se vertía como una hebra blanca desde el borde occidental de la terraza. Cerca de la fuente, detrás de la pantalla de árboles y entre dos altas estribaciones de roca, había una cueva. Parecía una gruta poco profunda, con un arco bajo y quebrado, pero había sido excavada profundamente en la montaña por las pacientes manos de los Enanos Mezquinos, en los largos años que habían vivido allí sin que los Elfos Grises de los bosques vinieran a perturbarlos.

A través de la profunda oscuridad, Mîm los condujo más allá del estanque, donde ahora se reflejaban las pálidas estrellas entre las sombras de los abedules. A la entrada de la cueva, se volvió e hizo una reverencia a Túrin.

—¡Entrad, señor! —dijo—: Bar-en-Danwedh, la casa del Rescate. Porque ése será ahora su nombre.

—Tal vez lo sea —dijo Túrin—. Echaré primero un vistazo. —Entonces entró con Mîm, y los otros, al ver que no mostraba ningún temor, lo siguieron, aun Andróg, el que más desconfiaba del Enano. Pronto se encontraron inmersos en una negra oscuridad, pero Mîm batió palmas, y en un rincón apareció una lucecita: desde un pasaje del fondo de la gruta exterior, otro enano avanzaba llevando una pequeña antorcha.

—¡Ja! ¡Ahí lo tenéis, lo que yo me temía! —exclamó Andróg.

Pero Mîm y el otro empezaron a hablar el uno con el otro de prisa en su áspera lengua y, aparentemente perturbado o enfadado por lo que oía, Mîm se precipitó hacia el pasaje y desapareció.

—¡Ataquemos primero! —gritó Andróg—. Puede que haya todo un enjambre de ellos, pero son pequeños.

—Creo que sólo hay tres —dijo Túrin; y se internó en el pasaje detrás de Mîm, mientras detrás de él los proscritos avanzaban palpando las rugosas paredes. El camino doblaba muchas veces abruptamente a un lado y a otro, pero al fin una tenue luz brilló delante de ellos, y llegaron a una estancia pequeña pero alta, iluminada débilmente por unas lámparas que colgaban de delgadas cadenas desde el techo en sombras. Mîm no estaba allí, pero se oía su voz y, guiado por ella, Túrin llegó a una habitación que se abría al fondo de la estancia. Dentro vio a Mîm arrodillado en el suelo. Junto a él, en silencio, estaba el Enano de la antorcha, pero sobre un lecho de piedra pegado a la pared más alejada, yacía otro.

—¡Khîm, Khîm, Khîm! —gemía el viejo Enano, mesándose la barba.

—No todas tus flechas volaron en vano —dijo Túrin a Andróg—. Pero es probable que ésta haya resultado ser un tiro poco acertado. Disparas demasiado a la ligera, y puede que no vivas lo suficiente como para corregirte.

Dejando a los demás, Túrin avanzó despacio hasta quedar detrás de Mîm.

—¿Qué ocurre, maestro? —preguntó—. Conozco algunas artes curativas. ¿Puedo ayudarte?

Mîm volvió la cabeza, y había una luz roja en sus ojos.

—No, a no ser que puedas volver el tiempo atrás y cortar las crueles manos de tus hombres —respondió—. Éste es mi hijo. Una flecha lo alcanzó en el pecho. Ahora está más allá de toda palabra. Murió al ponerse el sol. Tus ligaduras me impidieron curarlo.

Otra vez la piedad, durante mucho tiempo petrificada, inundó el corazón de Túrin como agua que brotase de una roca.

—¡Ay! —se lamentó—. Haría volver atrás esa flecha, si pudiera. Ahora Bar-en-Danwedh, Casa del Rescate, se llamará ésta en verdad. Porque vivamos en ella o no, me tendré por tu deudor; y si alguna vez llego a poseer alguna fortuna, te pagaré un rescate en oro macizo por tu hijo en señal de dolor, aunque eso no devuelva la alegría a tu corazón.

Entonces Mîm se puso en pie y miró largo rato a Túrin.

—Te escucho —dijo—. Hablas como los señores Enanos de antaño, y eso me maravilla. Mi corazón está ahora más sereno, aunque no complacido. Pagaré mi rescate: puedes vivir aquí, si lo deseas, pero añadiré lo siguiente: el que disparó ha de romper el arco y las flechas y ponerlo todo a los pies de mi hijo; y nunca más tomará una flecha ni llevará un arco. Si lo hace, morirá. De este modo lo maldigo.

Andróg tuvo miedo cuando oyó la maldición; y, aunque de muy mala gana, quebró el arco y las flechas y los puso a los pies del Enano muerto. Sin embargo, cuando salió de la cámara, miró a Mîm con malevolencia, y murmuró:

—Dicen que la maldición de un Enano no muere jamás, pero la de un Hombre también puede llegar a su destino. ¡Que muera con la garganta atravesada por un dardo!

Esa noche se quedaron allí, aunque durmieron inquietos a causa de los lamentos de Mîm y de Ibun, su otro hijo. Cuándo cesaron, no podían decirlo, pero cuando se despertaron, los Enanos se habían ido y una piedra sellaba la cámara.

El día había amanecido nuevamente hermoso, y, al sol de la mañana, los proscritos se lavaron en el estanque y se prepararon los alimentos de que disponían. Mientras estaban comiendo, Mîm se presentó delante de ellos.

Hizo una reverencia ante Túrin.

—Se ha ido y todo está terminado —dijo—. Yace con sus antepasados. Volvemos ahora a la vida que nos ha quedado, aunque los días que tengamos por delante sean cortos. ¿Te complace la casa de Mîm? ¿Está pagado y aceptado el rescate?

—Lo está —contestó Túrin.

—Entonces todo te pertenece y puedes ordenar la morada a tu antojo, pero con una excepción: la cámara que está cerrada, nadie puede abrirla más que yo.

—Así se hará —dijo Túrin—. Pero en lo que respecta a nuestra vida aquí, está segura, o así lo parece, sin embargo, tenemos que conseguir alimentos y otras cosas. ¿Cómo saldremos de aquí? O, mejor dicho, ¿cómo volveremos?

Para inquietud de los proscritos, Mîm rió para sí.

—¿Temes haber seguido a una araña hasta el centro de su tela? —preguntó—. No, Mîm no devora Hombres. Y mal se las arreglaría una araña con treinta avispas al mismo tiempo. Mirad, vosotros estáis armados, y yo en cambio estoy aquí despojado. Tenemos que compartir lo que tenemos, vosotros y yo: casa, alimento y fuego, y quizá otras ganancias. Creo que guardaréis y mantendréis la casa en secreto por vuestro propio bien, aun cuando conozcáis el camino por el que se sale y se entra. Lo conoceréis cuando sea oportuno. Entretanto Mîm debe guiaros, o Ibun, su hijo, cada vez que salgáis; iremos a donde vosotros vayáis y volveremos cuando vosotros volváis, u os esperaremos en algún lugar que conozcáis y podáis encontrar sin ayuda. Lugar que cada vez estará más cerca de casa, supongo.

Túrin lo aceptó así, y dio las gracias a Mîm, y la mayoría de sus hombres se alegraron, porque al sol de la mañana, cuando todavía era pleno verano, parecía un sitio hermoso para vivir. Sólo Andróg no estaba satisfecho.

—Cuanto antes seamos dueños de nuestras idas y venidas tanto mejor —dijo—. Nunca habíamos puesto nuestra ventura en manos de un prisionero ofendido.

Ese día descansaron, limpiaron las armas y compusieron sus enseres, porque tenían alimentos aún para un día o dos, y Mîm añadió algo a lo que ya poseían. Les prestó tres grandes ollas y fuego, y luego trajo un saco.

—Basura —dijo—. Indigna de robo. Sólo raíces silvestres.

Pero una vez lavadas, las raíces eran blancas y carnosas, con piel, y cuando las hirvieron resultaron buenas para comer, bastante parecidas al pan; y los proscritos se alegraron por ello, porque durante mucho tiempo habían carecido de pan, salvo cuando podían robarlo.

–Los Elfos Salvajes no las conocen; los Elfos Grises no las han encontrado; los orgullosos de allende el Mar lo son demasiado como para cavar –explicó Mîm.

–¿Cómo se llaman? –preguntó Túrin.

Mîm lo miró de soslayo.

–No tienen nombre, salvo en la lengua enana, que no compartimos –respondió–. Y no enseñamos a los Hombres a encontrarlas, porque los Hombres son codiciosos y derrochadores, y no pararían hasta que todas las plantas hubieran desaparecido; mientras que ahora pasan junto a ellas sin verlas mientras andan dando traspiés por las tierras salvajes. No sabréis más por mí, pero podréis contar con mi generosidad, en tanto habléis con amabilidad y no espiéis ni robéis. –Entonces volvió a reír para sí–. Tienen un gran valor –prosiguió–. Más que el oro en la hambruna del invierno, porque pueden atesorarse como las nueces de una ardilla, y ahora estamos empezando a recoger las primeras maduras. Pero sois tontos si creéis que no habría estado dispuesto a perder una pequeña cantidad de ellas por salvar la vida.

–Escucho lo que dices –comentó Ulrad, que había examinado el saco cuando capturaron a Mîm–, y no obstante, no quisiste separarte de ellas; tus palabras no hacen sino asombrarme.

Mîm se volvió y lo miró sombrío.

–Tú eres uno de esos tontos a los que la primavera no echaría en falta si murieras en invierno –le dijo–. Había dado mi palabra, y por tanto habría vuelto, lo quisiera o no, con saco o sin él. ¡Que un hombre sin ley y sin fe crea lo que quiera! Sin embargo, no me gusta que unos malvados me quiten por la fuerza lo que es mío, aunque sólo sea una tirilla de calzado. ¿Acaso tus manos no estaban entre las de los que me amarraron y me impidieron volver a hablar con mi hijo? Cuando saque el pan de la tierra de mi almacén, a ti no te daré nada, y si lo comes será por la generosidad de tus compañeros, no por la mía.

Entonces Mîm se apartó, pero Ulrad, que había callado ante su ira, habló ahora a sus espaldas:

—¡Altivas palabras! Sin embargo, el viejo bribón tenía algo más en el saco; de forma parecida a las raíces, pero más duro y pesado. ¡Quizá haya otras cosas en las tierras salvajes además del pan de la tierra que los Elfos no han encontrado y los Hombres no deben conocer!

—Quizá sea así —respondió Túrin—. No obstante, el Enano ha dicho la verdad en un punto al menos, cuando te ha llamado tonto. ¿Por qué das voz a tus pensamientos? Si eres incapaz de pronunciar buenas palabras, el silencio serviría mejor a nuestros fines.

El día transcurrió en paz, y ninguno de los proscritos tuvo deseos de moverse de allí. Túrin se paseó largo rato sobre la verde hierba de la terraza, de un extremo a otro, y miró hacia el este, y el oeste, y el norte, y se asombró al ver a cuánta distancia llegaba la vista en el aire claro. Hacia el norte, que parecía extrañamente cercano, pudo divisar el Bosque de Brethil, que verdeaba en las laderas de Amon Obel. Descubrió que sus ojos volvían allí con más frecuencia de la deseada, aunque no sabía por qué, dado que su corazón se le inclinaba más bien hacia el noroeste, donde al cabo de muchas leguas, casi en la línea del horizonte, creía atisbar las Montañas de la Sombra y las fronteras de su hogar. Sin embargo, al atardecer, Túrin miró la puesta de sol en el oeste, mientras el disco rojo atravesaba las nieblas que cubrían las costas distantes, y el Valle del Narog aparecía envuelto en sombras.

Así empezó la estancia de Túrin, hijo de Húrin, en los recintos de Mîm, en Bar-en-Danwedh, la Casa del Rescate.

Durante mucho tiempo, la vida de los proscritos transcurrió según sus deseos. La comida no escaseaba, y tenían un buen refugio, cálido y seco, con espacio suficiente y aun de sobra; porque descubrieron que las cavernas podrían haber albergado a un centenar de

Hombres o más en caso de necesidad. Más adentro había otra estancia más pequeña. Disponía de un hogar, cuyo humo escapaba por una hendidura de la roca hasta un respiradero astutamente oculto en una grieta de la ladera de la colina. Había también muchas otras cámaras que se abrían en las estancias o en el pasaje que las unía, algunas destinadas a viviendas, otras a talleres o a almacenes. Sobre almacenaje, Mîm tenía muchos más conocimientos que ellos, y poseía vasijas así como cofres de piedra y madera que parecían muy antiguos. Pero la mayoría de las cámaras estaban ahora vacías: en las armerías colgaban hachas y otras herramientas oxidadas y polvorientas, las estanterías y alacenas estaban desnudas, y las herrerías ociosas. Con una excepción: un cuarto reducido al que se accedía desde la pequeña cámara interior, y que tenía un hogar que compartía la salida de humo con el de la estancia. Allí trabajaba Mîm a veces, pero no permitía que nadie estuviese entonces con él. Tampoco les habló nunca de una escalera, oculta y secreta, que iba de la casa a la cima plana del Amon Rûdh. Andróg se topó con ella cuando, hambriento, buscaba los almacenes de comida de Mîm y se perdió en las cavernas; pero mantuvo este descubrimiento en secreto.

Durante el resto de ese año ya no hicieron incursiones, y si salían para cazar o recolectar alimentos lo hacían casi siempre en pequeños grupos. Pero durante mucho tiempo les era difícil encontrar la ruta de regreso, y no más de seis de los hombres, además de Túrin, conocían el camino con seguridad. No obstante, al ver que los más hábiles en este tipo de cosas podían llegar a la guarida sin ayuda de Mîm, apostaron una guardia día y noche cerca de la grieta del muro septentrional. Desde el sur no esperaban enemigos, ni había por qué temer que nadie escalara el Amon Rûdh por ese lado; sin embargo, de día había la mayor parte de las veces un guardián sobre la corona, desde donde podía divisar los alrededores a gran distancia. Aunque los flancos de la corona eran escarpados, se podía llegar a ella, pues al este de la entrada de la caverna se habían tallado unos peldaños en la roca por lo que los Hombres podían trepar sin ayuda.

Así fue transcurriendo el año, sin daño ni alarma, pero a medida que pasaban los días y el estanque se volvía gris y frío, los abedules perdían sus hojas y regresaban las fuertes lluvias, los hombres tuvieron que quedarse más tiempo en el refugio. Entonces no tardaron en cansarse de la oscuridad bajo la colina, o de la penumbra de las estancias, y a la mayoría les parecía que la vida sería mejor si no tuvieran que compartirla con Mîm. Con mucha frecuencia surgía de algún rincón oscuro o de una entrada cuando lo creían en otro sitio; y cuando Mîm estaba cerca sus conversaciones se volvían incómodas. Se acostumbraron a hablar entre ellos siempre en susurros.

No obstante, y por extraño que les pareciera, Túrin no sentía como ellos, y se mostraba cada vez más amistoso con el viejo Enano, y prestaba cada vez más atención a sus consejos. Permanecía muchas horas sentado con Mîm, escuchando sus narraciones y la historia de su vida; y Túrin no lo reconvenía si hablaba mal de los Eldar. Mîm parecía complacido, y a su vez demostraba una gran predilección por Túrin; sólo a él le permitía que visitara la herrería de vez en cuando, y allí hablaban los dos en voz baja.

Pero cuando llegó el invierno, las cosas se pusieron muy difíciles para los proscritos. Antes de yule llegaron del norte las primeras nieves, las más copiosas que nunca se habían visto en los valles fluviales; por ese entonces, y cada vez más a medida que el poder de Angband crecía, los inviernos fueron siendo más crudos en Beleriand. Amon Rûdh quedó totalmente cubierto, y sólo los más fuertes se atrevían a salir. Algunos enfermaron, y a todos les apretaba el hambre.

En el crepúsculo gris de un día de pleno invierno, de repente apareció un Hombre; era grande y corpulento, y llevaba capa y capucha blancas. Había eludido a los vigilantes, y caminó hacia el fuego sin decir una palabra. Cuando los Hombres se levantaron de un salto, se rió y se echó la capucha hacia atrás, entonces vieron que era Beleg Arcofirme. Bajo la capa blanca ocultaba un gran paquete que contenía muchas cosas para ayudar a los Hombres.

De este modo regresó Beleg con Túrin, anteponiendo el afecto a la sabiduría. Túrin se alegró profundamente, pues con frecuencia había lamentado su propia testarudez, y ahora el deseo de su corazón se había cumplido sin necesidad de humillarse o doblegar su voluntad. Pero si Túrin estaba complacido, no era ése el caso de Andróg, ni de algunos otros del grupo. Creían que Beleg y su capitán habían acordado ese encuentro, manteniéndolo en secreto; y Andróg los contempló celoso hablar sentados aparte.

Beleg había traído consigo el Yelmo de Hador, porque con él esperaba poder elevar de nuevo el pensamiento de Túrin por encima de aquella vida en las tierras salvajes como jefe de una mezquina compañía.

—Te traigo algo que te pertenece —le anunció mientras sacaba el yelmo—. Quedó a mi custodia en las fronteras septentrionales, pero creo que no fue olvidado.

—Casi olvidado —dijo Túrin—; pero eso no volverá a suceder. —Y guardó silencio, mirando a la lejanía con los ojos del pensamiento, hasta que de pronto atisbó otra cosa que Beleg tenía en la mano. Era el regalo de Melian, pero las hojas de plata se veían rojas a la luz del fuego; sin embargo, cuando Túrin vio el sello, se le oscureció la mirada—. ¿Qué tienes ahí? —preguntó.                        .

—El mayor don que alguien que aún te ama tiene para dar —respondió Beleg—. He aquí el *lembas in Elidh*, el pan del camino de los Eldar que ningún Hombre ha probado todavía.

—El yelmo de mis padres lo recibo de buen grado porque tú lo guardaste —replicó Túrin—. Pero no aceptaré regalos de Doriath.

—Entonces devuelve allí tu espada y tus armas —indicó Beleg—. Envía también las enseñanzas y la comida que recibiste en tu juventud. Y que tus hombres, que, según dices, te han sido fieles, mueran en el desierto para complacer tu talante. No obstante, este pan del camino no fue un regalo para ti, sino para mí, y puedo hacer con él lo que se me antoje. No lo comas, si se te atraviesa en la garganta, pero otros pueden estar más hambrientos y ser menos orgullosos.

Los ojos de Túrin destellaron, pero al mirar el rostro de Beleg, el fuego que había en ellos se apagó y se volvieron grises; luego, con una voz que apenas podía oírse dijo:

—Me asombra, amigo, que te hayas dignado volver con semejante patán. De ti aceptaré todo cuanto me des, incluso reprimendas. En adelante, me aconsejarás en todo, salvo en lo que respecta a tomar el camino que lleva a Doriath.

# CAPÍTULO VIII

# LA TIERRA DEL ARCO Y EL YELMO

En los días que siguieron, Beleg trabajó mucho por el bien de la compañía. A los que estaban heridos o enfermos los cuidaba y sanaban con rapidez, porque en aquel entonces, los Elfos Grises eran todavía un pueblo noble, que poseía un gran poder y conocían las manifestaciones de la vida y de todas las criaturas vivientes; y aunque eran inferiores en habilidades y conocimientos a los Exiliados de Valinor, tenían muchas artes que estaban más allá del alcance de los Hombres. Por otra parte, Beleg Arcofirme era grande entre el pueblo de Doriath; era fuerte, y resistente, y de mente y vista penetrantes, y, en caso de necesidad, era valiente en combate, porque no sólo contaba con las rápidas flechas de su gran arco, sino también con la espada Anglachel. Pero el odio por él crecía cada vez más en el corazón de Mîm, que, como se ha dicho, odiaba a todos los Elfos, y contemplaba con celos el amor que Túrin sentía por Beleg.

Cuando pasó el invierno y llegó el despertar y la primavera, los proscritos pronto tuvieron un trabajo más serio al que dedicarse. El poder de Morgoth se movía; y como los largos dedos de una mano que tantea, las avanzadillas de sus ejércitos exploraban los caminos a Beleriand.

¿Quién conoce los designios de Morgoth? ¿Quién puede medir el alcance del pensamiento de aquel que había sido Melkor, poderoso entre los Ainur de la Gran Canción, y era ahora el señor oscuro en un trono oscuro del norte, que desmenuzaba con su malicia todas las nuevas que recibía, ya fuera por espía o traidor, y veía con los ojos de su mente y de su conocimiento las acciones y los propósitos de sus enemigos mucho más allá de lo que temían los más sabios de entre ellos, excepto Melian, la reina? Hacia ella se dirigía con frecuencia el pensamiento de Morgoth, pero nunca la alcanzaba.

Ese año volvió su malicia hacia la tierra al oeste del Sirion, donde todavía había un poder capaz de oponerle resistencia. Gondolin seguía en pie, pero estaba escondida. Sabía dónde estaba Doriath, pero aún no podía penetrar en ella. Más allá estaba Nargothrond, cuyo camino no había encontrado todavía ninguno de sus siervos, que temían su nombre; en ella moraba el pueblo de Finrod, en una fortaleza oculta. Y de lejos, en el sur, más allá de los bosques blancos de abedules de Nimbrethil, desde la costa de Arvernien y la desembocadura del Sirion, llegaban rumores de los Puertos de los Navíos, que no podía alcanzar mientras todo lo demás no hubiera caído.

Así pues los Orcos bajaban del norte aún en mayor número. Llegaron por Anach y Dimbar fue tomada, y todas las fronteras septentrionales de Doriath estaban infestadas. Recorrieron el antiguo camino que atravesaba el largo desfiladero del Sirion, más allá de la isla donde se había levantado Minas Tirith, de Finrod, y por la tierra que se extiende entre el Malduin y el Sirion y las orillas de Brethil hasta los Cruces del Teiglin. Desde allí, el camino conducía a la Planicie Guardada, y luego, siguiendo la parte baja de las elevaciones dominadas por el Amon Rûdh, bajaba al valle del Narog y llegaba al fin a Nargothrond. Pero los Orcos aún no se aventuraban tanto por ese camino; porque ahora vivía allí un terror escondido, y sobre la colina roja había ojos vigilantes de los que nada se les había dicho.

Esa primavera, Túrin se puso otra vez el Yelmo de Hador, y Beleg se alegró. Empezaron con una compañía de menos de cincuenta hombres, pero las artes de Beleg en los bosques y el valor de Túrin hacían que a sus enemigos les parecieran un ejército. Los exploradores de los Orcos eran perseguidos, sus campamentos espiados, y, cuando se reunían varias huestes para avanzar en cualquier lugar estrecho entre peñascos o a la sombra de los árboles, aparecía el Yelmo-Dragón y sus Hombres, altos y fieros. Pronto, ante el mero sonido de su cuerno en las colinas, los capitanes temblaban y los Orcos huían antes incluso de que silbaran las flechas y se desenvainaran las espadas.

Se ha contado cómo, cuando Mîm entregó su morada escondida de Amon Rûdh a Túrin y su compañía, pidió que quien había disparado la flecha que mató a su hijo rompiera su arco y sus flechas y los pusiera a los pies de Khîm; y ese hombre era Andróg. Entonces, con gran renuencia, Andróg hizo lo que Mîm pedía. Luego, Mîm le dijo a Andróg que no debía llevar nunca más arco ni flechas, y le echó una maldición según la cual, si alguna vez lo hacía, encontraría la muerte por ese medio.

Sin embargo, en la primavera de ese año, Andróg desafió la maldición de Mîm y tomó de nuevo un arco en una incursión desde Bar-en-Danwedh; en esa escaramuza fue abatido por una flecha de Orco envenenada, y lo llevaron de vuelta moribundo. Pero Beleg le curó la herida, con lo que el odio que Mîm sentía por Beleg se acrecentó todavía más, porque de este modo había anulado su maldición; pero «volverá a actuar», dijo.

Ese año, a todo lo largo y ancho de Beleriand, entre los bosques y sobre las corrientes, y a través de los pasos de las colinas, se difundió el rumor de que el Arco y el Yelmo que según se creía habían caído en Nimbar se habían alzado de nuevo más allá de toda esperanza. Entonces, muchos, tanto Elfos como Hombres, que habían quedado sin guía, desposeídos pero no acobardados, supervivientes de batallas y derrotas y tierras arrasadas, cobraron nuevo ánimo y fueron en busca de los Dos Capitanes, aunque nadie sabía aún dónde tenían su fortaleza. Túrin recibió de buen grado a todos los que acudieron a él, pero por consejo de Beleg no admitió a ningún recién llegado en su refugio de Amon Rûdh (que ahora se llamaba Echad i Sedryn, Campamento de los Fieles); y el camino para llegar allí sólo los de la Vieja Compañía lo conocían. Pero otros fuertes y campamentos protegidos se establecieron en derredor: en el bosque del este y en las tierras altas, o en los marjales del sur, desde Methed-en-glad (el Final del Bosque), al sur de los Cruces del Teiglin, hasta Bar Erib, a algunas leguas al sur de Amon Rûdh, en la tierra antaño fértil que se extendía entre el Narog y las Lagunas del Sirion. Desde todos estos lugares, los combatientes podían divisar la cima de Amon Rûdh, y mediante señales desde allí, recibían noticias y órdenes.

De este modo, antes de terminar el verano, los seguidores de Túrin se habían convertido en una gran fuerza, y el poder de Angband fue rechazado. Esto llegó a saberse incluso en Nargothrond, y muchos allí se impacientaron, y dijeron que si un proscrito podía infligir tantos daños al Enemigo, qué no podría hacer el Señor del Narog. Pero Orodreth, rey de Nargothrond, no estaba dispuesto a alterar sus planes. En todo seguía a Thingol, con quien intercambiaba mensajeros por vías secretas. Orodreth era un señor sabio, con la sabiduría de quienes se preocupan en primer lugar por su propio pueblo, y por alargar el tiempo en que éste pueda preservar su vida y sus propiedades contra la codicia del norte. Por tanto, no permitió que ninguno de los suyos fuera a unirse a los de Túrin, y envió mensajeros a decirle que, en todas sus acciones y planes de guerra no debía pisar las tierras de Nargothrond, ni empujar hacia allí a los Orcos. Pero ofrecía a los Dos Capitanes cualquier otra ayuda que necesitaran, excepto armas (y en esto, se cree, seguía la sugerencia de Thingol y Melian).

Entonces Morgoth retiró la mano; sin embargo, hacía frecuentes amagos de ataque, para que las victorias fáciles hicieran crecer desmesuradamente la confianza de los rebeldes. Tal como en efecto sucedió. Porque Túrin dio ahora el nombre de Dor Cúarthol a toda la tierra situada entre el Teiglin y la frontera occidental de Doriath; y reclamando el señorío de ese territorio, tomó un nuevo nombre, Gorthol, el Yelmo Terrible; y tenía el ánimo enaltecido. Sin embargo, a Beleg le pareció que el Yelmo había tenido en Túrin un efecto distinto del que él esperaba; y al pensar en los días venideros su mente se inquietaba.

Un día de finales de verano, él y Túrin estaban sentados en el Echad, descansando después de una larga pelea y una marcha prolongada. Entonces Túrin preguntó a Beleg:

–¿Por qué estás triste y pensativo? ¿No va todo bien desde que volviste conmigo? ¿No ha resultado buena mi decisión?

–Todo va bien por ahora –dijo Beleg–. Nuestros enemigos están aún sorprendidos y atemorizados. Y todavía nos esperan días felices durante un tiempo.

–¿Y después? –quiso saber Túrin.

–El invierno –respondió Beleg–. Y después otro año, para quienes vivan para verlo.

–¿Y después? –insistió Túrin.

–La ira de Angband. Sólo hemos quemado la yema de los dedos de la Mano Negra. No se retirará.

–Pero ¿no es la ira de Angband nuestro propósito y deleite? –dijo Túrin–. ¿Qué más querrías que yo hiciera?

–Lo sabes perfectamente –contestó Beleg–. Pero de eso me has prohibido hablar. Sin embargo, escucha lo que te diré ahora: el rey o el señor de un gran ejército tiene múltiples necesidades. Ha de contar con un refugio seguro, y debe tener riquezas y mucha gente a su servicio cuyo trabajo no sea la guerra. Con el número, crece la necesidad de alimento más allá de lo que las tierras salvajes puedan procurar a los cazadores. Y así se difunde el secreto. Amon Rûdh es un buen sitio para unos pocos: tiene ojos y oídos. Pero se yergue en un lugar solitario, y se divisa desde lejos; no sería necesaria una gran fuerza para rodearlo, a menos que lo defendieran, unas huestes mucho más grandes de lo que ahora son las nuestras y probablemente lo sean nunca.

–No obstante, seré el capitán de mi propio ejército –afirmó Túrin–; y si caigo, caigo. Yo me interpongo en el camino de Morgoth, y mientras esté aquí, él no puede usar el camino del sur.

Los rumores de la presencia del Yelmo-Dragón en las tierras al oeste del Sirion llegaron rápidamente a oídos de Morgoth, y éste rió, porque así se le reveló de nuevo Túrin, que había permanecido durante mucho tiempo perdido para él en las sombras y bajo los velos de Melian. Sin embargo, empezó a temer que Túrin creciera hasta adquirir tal poder, que la maldición que había arrojado sobre él se volviera hueca, y escapara del destino dispuesto para él, o se retirara a Doriath y lo perdiera de nuevo de vista. Por tanto, pensó que debía capturar a Túrin y provocarle tanto sufrimiento como a su padre, torturarlo y esclavizarlo.

Beleg había acertado al decirle a Túrin que sólo habían chamuscado los dedos de la Mano Negra, y que ésta no se retiraría. Sin embargo, Morgoth ocultó sus designios, y por ese entonces se contentó con enviar a sus exploradores más hábiles; y antes de que transcurriera mucho tiempo, Amon Rûdh estaba rodeada de espías que merodeaban por las tierras salvajes sin ser observados y sin actuar contra las partidas de combatientes que entraban y salían.

Pero Mîm era consciente de la presencia de Orcos en las tierras que rodeaban Amon Rûdh, y el odio que sentía por Beleg llevó a su corazón oscurecido a tomar una malvada decisión. Un día, hacia el final del año, dijo a los hombres de Bar-en-Danwedh que se iba con su hijo Ibun a buscar raíces para las reservas del invierno, pero su verdadero propósito era buscar a los siervos de Morgoth y conducirlos al escondite de Túrin.*

Mîm intentó imponer ciertas condiciones a los Orcos, que se rieron de él, pero Mîm les dijo que estaban muy equivocados si creían que podían obtener algo de un Enano Mezquino mediante la tortura. Entonces le preguntaron cuáles eran las condiciones, y

---

* No obstante, se cuenta también otra historia que dice que Mîm no fue al encuentro de los Orcos de manera deliberada, sino que la captura de su hijo y la amenaza de torturarlo fue lo que le llevó a traicionar a Túrin.

Mîm expuso sus exigencias: que le pagaran el peso en hierro de cada hombre que capturaran o mataran, y el peso en oro de Túrin y Beleg; que su casa, una vez libre de Túrin y su grupo, volviera a ser para él, y que no lo molestaran; que dejaran atrás a Beleg, atado, para que Mîm se encargara de él, y que se permitiera a Túrin partir en libertad.

Los emisarios de Morgoth accedieron rápidamente a estas condiciones, sin intenciones de cumplir ninguna de ellas. El capitán de los Orcos pensaba que el destino de Beleg quizá podía quedar en manos de Mîm, pero en cuanto a dejar en libertad a Túrin, sus órdenes eran llevarlo «vivo a Angband». Por otra parte, aunque aceptaron las condiciones, insistieron en mantener a Ibun como rehén, y entonces Mîm tuvo miedo e intentó echarse atrás o escapar. Pero los Orcos tenían a su hijo, y Mîm se vio obligado a guiarlos hasta Bar-en-Danwedh. Así fue traicionada la Casa del Rescate.

Como se ha dicho, la masa rocosa que constituía la corona o gorra de Amon Rûdh aunque abrupta, era accesible a los hombres, que podían trepar a ella subiendo por una escalera tallada en la roca, que partía de la plataforma o terraza ante la entrada de la casa de Mîm. Allí había dispuestos unos vigilantes, que dieron la alarma al ver llegar a los enemigos. Pero éstos, guiados por Mîm, alcanzaron la plataforma llana ante las puertas, y Túrin y Beleg tuvieron que retroceder hasta la entrada de Bar-en-Danwedh. Algunos de los hombres que intentaron subir los escalones tallados en la roca fueron derribados por las flechas de los Orcos.

Túrin y Beleg retrocedieron al interior de la cueva, y bloquearon el pasaje con una gran roca. En ese momento, Andróg les reveló la escalera escondida que llevaba a la cima plana de Amon Rûdh, y que había encontrado cuando se perdió en las cavernas. Entonces, Túrin y Beleg, con muchos de sus hombres, subieron por esa escalera y salieron a la cima, sorprendiendo a los pocos Orcos que habían llegado ya allí por el sendero exterior, y los empujaron haciéndolos caer por el borde. Durante un breve espacio de tiempo, pudieron ir rechazando a los Orcos que subían a la roca, pero en la cima desnuda no contaban con refugio alguno, y muchos fueron abatidos desde abajo. El más valiente de ellos fue Andróg, que cayó mortalmente herido por una flecha en los primeros peldaños de la escalera exterior.

Entonces Túrin y Beleg, con los diez hombres que les quedaban, retrocedieron hasta el centro de la cima, donde se alzaba una piedra erguida, y, formando un anillo a su alrededor, se defendieron hasta que todos cayeron muertos, excepto Beleg y Túrin, porque los Orcos no dispararon, sino que los cazaron con redes. A Túrin lo ataron y se lo llevaron; a Beleg, que estaba herido, lo ataron también, pero lo dejaron en el suelo, con las muñecas y los tobillos amarrados a unos clavos de hierro hincados en la roca.

Los Orcos que encontraron el acceso mediante la escalera secreta, abandonaron la cima y entraron en Bar-en-Danwedh, y la profanaron y saquearon. No encontraron a Mîm, que acechaba escondido en las cavernas, pero cuando hubieron partido de Amon Rûdh, subió a la cumbre y, dirigiéndose a donde Beleg yacía postrado e inmóvil, se burló de su sufrimiento mientras afilaba un cuchillo.

Sin embargo, Mîm y Beleg no eran las únicas criaturas vivientes en la cumbre de piedra. Andróg, aunque herido de muerte, se arrastró entre los cadáveres hacia ellos, y tomando una espada se la arrojó al Enano. Gritando aterrorizado, Mîm corrió hacia el borde del barranco y desapareció: huyó por un sendero de cabras, abrupto y difícil que conocía. Andróg, haciendo acopio de sus últimas fuerzas, cortó las ligaduras de las muñecas y los tobillos de Beleg, y lo liberó; al morir le dijo:

—Mis heridas son demasiado profundas incluso para tus dotes de curación.

# CAPÍTULO IX

# LA MUERTE DE BELEG

Beleg buscó a Túrin entre los muertos para enterrarlo, pero no
pudo encontrar su cuerpo. Supo entonces que el hijo de Húrin seguía con vida, y que se lo habían llevado a Angband; sin embargo,
se vio obligado a quedarse en Bar-en-Danwedh hasta que sanó de
sus heridas. Partió entonces con escasas esperanzas de encontrar el
rastro de los Orcos, pero se topó con sus huellas cerca de los Cruces del Teiglin. Allí el río se dividía, pues algunos brazos seguían las
estribaciones del Bosque de Brethil hacia el Vado de Brithiach, y
otros se alejaban en dirección oeste; a Beleg le pareció evidente que
debía seguir los que iban directos y a mayor velocidad hacia Angband, en dirección al Paso de Anach. Por tanto, atravesó Dimbar, y
subió al Paso de Anach en Ered Gorgoroth, las Montañas del Terror, llegando así a las tierras altas de Taur-nu-Fuin, el Bosque bajo
la Noche, una región de terror y encantamientos oscuros, de vagabundeos y desesperación.

   Perdido en aquella tierra maligna, Beleg vio por casualidad una
pequeña luz entre los árboles, y, dirigiéndose hacia ella, encontró a

un Elfo dormido bajo un gran árbol muerto: junto a su cabeza había una lámpara, y el trapo que la cubría se había deslizado. Entonces Beleg despertó al durmiente, le dio *lembas*, y le preguntó qué
destino lo había llevado a aquel terrible lugar. Él dijo que su nombre era Gwindor, hijo de Guilin.

Beleg lo contempló apenado, porque Gwindor no era ya sino
una pequeña sombra encorvada del que había sido, cuando en la
Batalla de las Lágrimas Innumerables, ese señor de Nargothrond
cabalgó hasta las mismas puertas de Angband, donde fue capturado.
Porque pocos eran los Noldor a los que Morgoth daba muerte, a
causa de su habilidad en los metales y las gemas; así hizo con Gwindor, no lo mató sino que lo puso a trabajar en las minas del Norte.
Los Noldor poseían muchas de las lámparas fëanorianas, que eran
cristales colgados de una fina red de cadenillas que brillaban con-
tinuamente con un maravilloso resplandor azul que les permitía
encontrar el camino en la oscuridad de la noche o los túneles; ni siquiera ellos conocían el secreto de estas lámparas. Muchos de los
Elfos de las minas escaparon de aquella oscuridad, precisamente
porque fueron capaces de encontrar el camino de salida; Gwindor
sin embargo, obtuvo una pequeña espada de uno que trabajaba en
las forjas, y, cuando estaba con un grupo, extrayendo piedra, se en-
frentó de repente con los guardias. Pudo escapar, pero con una
mano cortada; y ahora yacía exhausto bajo los grandes pinos de
Taur-nu-Fuin.

Por Gwindor supo Beleg que la pequeña compañía de Orcos
que tenían por delante, y de la que él se había escondido, no llevaba cautivos y marchaba con rapidez: una guardia avanzada, quizá,
que llevaba noticias a Angband. Al saber esto, Beleg se desesperó,
porque supuso que las huellas que había visto alejarse hacia el oeste después de los Cruces del Teiglin eran las de una hueste mayor,
que, a la manera orca, habría ido a saquear las tierras en busca de
alimento y botín, y ahora podría estar regresando a Angband por «la
Tierra Estrecha», el largo desfiladero del Sirion, mucho más al oeste. En ese caso, su única esperanza era volver al Vado de Brithiach,
y luego dirigirse al norte hacia Tol Sirion. Pero aún no se había de-

cidido cuando oyeron el sonido de un gran ejército que se aproximaba por el bosque desde el sur y, escondiéndose entre las ramas de un árbol, observaron pasar a los siervos de Morgoth, que avanzaban lentamente, cargados con botín y cautivos, y rodeados de lobos. Y vieron a Túrin, con las manos encadenadas, empujado a latigazos.

Entonces Beleg le contó a Gwindor lo que lo había llevado a Taur-nu-Fuin, y éste trató de disuadirlo, diciendo que sólo lograría sumarse a Túrin en la desdicha que lo aguardaba. Pero Beleg no estaba dispuesto a abandonar a su amigo, y aun desesperado, logró despertar de nuevo esperanzas en el corazón de Gwindor, y juntos continuaron, siguiendo a los Orcos hasta que salieron del bosque y llegaron a las altas pendientes que bajaban hasta las dunas desiertas de Anfauglith. Allí, a la vista de los picos de Thangorodrim, en un valle baldío, los Orcos montaron el campamento, y pusieron lobos como centinelas alrededor. Celebraron y festejaron el botín y, después de torturar a los prisioneros, la mayoría cayeron dormidos y borrachos. Para entonces, el día decaía y lo hacía sumido en una intensa oscuridad. Una gran tormenta venía desde el oeste, y los relámpagos resplandecían a lo lejos mientras Beleg y Gwindor se arrastraban hacia el campamento.

Cuando todos estuvieron dormidos, Beleg tomó el arco y disparó a oscuras sobre cuatro de los lobos centinelas del lado meridional; fueron cayendo uno a uno y en silencio. Luego, con gran peligro Gwindor y él, se adelantaron hasta encontrar a Túrin engrillado de pies y manos y atado a un árbol. En el tronco estaban clavados los cuchillos que le habían arrojado sus torturadores, pero él no estaba herido, aunque sí sin sentido, narcotizado o bien profundamente dormido debido al agotamiento. Entonces, Beleg y Gwindor cortaron sus ligaduras, y sacaron a Túrin del campamento. Sin embargo, pesaba demasiado como para llevarlo muy lejos, y no pudieron llegar más que a una maleza de espinos de las pendientes que quedaban por encima del campamento. Allí lo depositaron en el suelo. Ahora la tormenta estaba más cerca, y un relámpago iluminó Thangorodrim. Beleg desenvainó la espada Anglachel, y con ella cortó los grillos que sujetaban a Túrin; pero ese día el destino pudo más, porque la hoja de Eöl, el Elfo Oscuro, resbaló de la mano de Beleg e hirió a Túrin en un pie.

Entonces Túrin despertó de repente, lleno de rabia y miedo, y, al ver una forma inclinada sobre él en las tinieblas con una hoja desnuda en la mano, se levantó de un salto con un gran alarido al creer que los Orcos habían empezado otra vez a atormentarlo y, debatiéndose con su amigo en la oscuridad, tomó a Anglachel y mató con ella a Beleg Cúthalion tomándolo por un enemigo.

Pero al incorporarse, libre ya de ataduras y dispuesto a vender cara la vida, el gran fulgor de un relámpago estalló en lo alto, y a su luz vio el rostro de Beleg. Entonces Túrin se quedó callado e inmóvil como una piedra, contemplando aquella espantosa muerte, consciente de lo que había hecho; y tan terrible era su rostro, iluminado por los relámpagos que estallaban alrededor, que Gwindor se echó al suelo y no se atrevió a alzar la vista.

Mientras, en el campamento de abajo los Orcos habían despertado, por la tormenta y por el grito de Túrin, y descubrieron que éste había desaparecido; sin embargo, no lo buscaron, porque estaban aterrorizados por un trueno que vino del oeste, y que creyeron dirigido contra ellos por los grandes Enemigos de más allá del Mar. Entonces se levantó un gran viento, y cayeron fuertes lluvias, y el agua descendió en torrentes desde las alturas de Taur-nu-Fuin; y aunque Gwindor le gritó a Túrin, avisándole del extremo peligro en que se encontraban, éste no respondió, sino que permaneció allí, sentado, inmóvil y con los ojos secos junto al cuerpo de Beleg Cúthalion, que había muerto por su mano cuando estaba liberándolo de la esclavitud.

Cuando llegó la mañana, la tormenta se había desplazado hacia el este sobre Lothlann, y el sol del otoño se alzaba cálido y brillante; pero los Orcos, que odiaban a este astro casi tanto como al trueno, y creyendo que Túrin habría huido lejos de aquel lugar y las huellas de su huida habrían desaparecido, partieron de prisa, impacientes por regresar a Angband. Gwindor los vio a la distancia mientras se alejaban hacia el norte por las arenas humeantes de Anfauglith. Así fue como volvieron a Morgoth con las manos vacías, y dejaron atrás al hijo de Húrin, que seguía sentado, desesperado y aturdido, en las laderas de Taur-nu-Fuin, soportando una carga más pesada que sus cadenas.

Cuando Gwindor llamó a Túrin para que lo ayudara a dar sepultura a Beleg, él se incorporó como quien anda en sueños, y juntos tendieron a Beleg en una tumba poco profunda, y pusieron junto a él a Belthronding, su gran arco, que estaba hecho de madera de tejo negro. Pero Gwindor no añadió sin embargo la terrible espada Anglachel, diciendo que sería mejor utilizarla para vengarse con ella de los siervos de Morgoth que abandonarla inútil en la tierra; y tomó también las *lembas* de Melian para que los fortaleciera en las tierras salvajes.

Así fue el fin de Beleg Arcofirme, el más fiel de los amigos, el más hábil de todos cuantos se cobijaron en los bosques de Beleriand en los Días Antiguos; por mano de quien más quería. Y ese dolor se grabó en el rostro de Túrin y nunca se borró de él.

Pero el Elfo de Nargothrond había ido recuperando el coraje y la fuerza, y, dejando Taur-nu-Fuin, se llevó lejos de allí a Túrin. Ni una vez habló éste mientras erraron juntos por caminos largos y penosos, y caminaba como quien no tiene deseos ni propósitos, mientras el año menguaba y el invierno se acercaba a las tierras septentrionales. Sin embargo, Gwindor estaba siempre a su lado para protegerlo y guiarlo; y así se dirigieron hacia el oeste, cruzando el Sirion y llegaron por fin a la Laguna Hermosa y Eithel Ivrin, las fuentes donde nacía el Narog bajo las Montañas de la Sombra. Allí Gwindor le habló a Túrin, diciendo:

—¡Despierta, Túrin, hijo de Húrin! El lago de Ivrin ríe sin cesar. Se alimenta de fuentes cristalinas que nunca dejan de manar, y Ulmo, el Señor de las Aguas, que creó su belleza en los Días Antiguos, cuida de que nada las perturbe.

Entonces Túrin se arrodilló y bebió de aquellas aguas; y una vez lo hubo hecho, súbitamente se echó de bruces, y las lágrimas corrieron por fin, y sanó de su locura.

Allí compuso una canción para Beleg, y la llamó *Laer Cu Beleg*, el Canto del Gran Arquero, cantándolo en alta voz, sin importarle el peligro. Y Gwindor puso en sus manos la espada Anglachel, y Túrin notó que era pesada y fuerte y que tenía un gran poder; pero la hoja estaba negra, opaca y sin filo. Entonces Gwindor dijo:

—Ésta es una hoja extraña, y no se asemeja a ninguna otra que haya visto en la Tierra Media. Guarda luto por Beleg, lo mismo que tú. Pero consuélate; porque voy de regreso a Nargothrond, de la Casa de Finarfin, donde nací y viví antes de mi pesar. Vendrás conmigo, y allí te curarás y recuperarás.

—¿Quién eres? —preguntó Túrin.

—Un Elfo errante, un esclavo fugado, a quien Beleg encontró y confortó —respondió Gwindor—. Pero otrora fui Gwindor, hijo de Guilin, un señor de Nargothrond, hasta que fui a la Nirnaeth Arnoediad y me esclavizaron en Angband.

—Entonces habrás visto a Húrin, hijo de Galdor, el guerrero de Dor-lómin —quiso saber Túrin.

—No lo he visto —contestó Gwindor—, pero en Angband corre el rumor de que aún desafía a Morgoth; y de que éste le ha echado una maldición, a él y a todo su linaje.

—Lo creo —dijo Túrin.

Y poniéndose en pie, abandonaron Eithel Ivrin y viajaron hacia el sur a lo largo de las orillas del Narog, hasta que los exploradores de los Elfos los atraparon y los llevaron cautivos a la fortaleza escondida.

Así fue cómo Túrin llegó a Nargothrond.

## CAPÍTULO X

## TÚRIN EN NARGOTHROND

Al principio el propio pueblo de Gwindor no lo reconoció, pues había partido joven y fuerte y volvía con aspecto de Hombre mortal, envejecido por tormentos y trabajos; y además estaba lisiado. Pero Finduilas, hija de Orodreth, el rey, lo reconoció y le dio la bienvenida, pues lo había amado, y de hecho estaban prometidos antes de la Nirnaeth, y tan grande era el amor que la belleza de Finduilas despertaba en Gwindor que la había llamado Faelivrin, que es el brillo del sol en los estanques de Ivrin.

Así pues, Gwindor llegó a su hogar y, por consideración a él, Túrin fue admitido; porque Gwindor dijo que era un hombre valiente, amigo muy querido de Beleg Cúthalion, de Doriath. Pero cuando Gwindor iba a mencionar su nombre, Túrin se lo impidió, diciendo:

—Soy Agarwaen, el hijo de Úmarth (que significa el Manchado de Sangre, hijo del Desdichado Destino), un cazador de los bosques.

Pero aunque los Elfos supusieron que tomaba estos nombres a

causa de la muerte de su amigo (puesto que no conocían otras razones), no le preguntaron nada más.

La espada Anglachel fue afilada de nuevo para él por los hábiles herreros de Nargothrond y, aunque continuó siendo negra, un fuego pálido brillaba en el filo de la hoja. Entonces Túrin pasó a ser conocido en Nargothrond como Mormegil, la Espada Negra, por el rumor de sus hazañas con esa arma; pero él la llamaba Gurthang, Hierro de la Muerte.

Debido a sus proezas y su habilidad en la guerra contra los Orcos, Túrin se ganó el favor de Orodreth, y fue admitido en su consejo. Ahora bien, a Túrin no le agradaba la manera de luchar de los Elfos de Nargothrond, con emboscada, sigilo y flecha secreta, y los urgió a abandonarla y a emplear sus fuerzas para atacar a los siervos del Enemigo, con combate abierto y persecución. Pero Gwindor se oponía siempre a Túrin en este asunto en el consejo del rey, diciendo que él había estado en Angband y había visto un atisbo del poder de Morgoth, y algo presentía de sus designios.

–Las pequeñas victorias no nos sirven de nada –decía–; porque es así cómo Morgoth descubre dónde se encuentran los más audaces de sus enemigos, y reúne las fuerzas suficientes como para aniquilarlos. Todo el poder de los Elfos y los Edain unidos bastó sólo para contenerlo, y para ganar la paz de un estado de sitio; una paz larga en verdad, pero que durará sólo mientras Morgoth aguarda la oportunidad de romper el cerco; y por otra parte, nunca más será posible lograr una unión semejante. Únicamente en el secreto reside la esperanza de sobrevivir. Hasta que lleguen los Valar.

–¡Los Valar! –dijo Túrin–. Los Valar os han olvidado, y desprecian a los Hombres. ¿De qué sirve mirar a través del Mar infinito una puesta de sol moribunda en el oeste? Sólo hay un Valar que nos importa, y ése es Morgoth; y si al final no podemos vencerlo, cuando menos podemos hacerle daño y hostigarlo. Una victoria es una victoria, por pequeña que sea, y no sólo sirve por lo que se obtiene de ella, también es eficaz en sí misma. Y, en última instancia, el secreto no es posible, las armas son el único muro contra Morgoth. Si no hacéis nada para detenerlo, toda Beleriand caerá bajo su sombra antes de que transcurran muchos años, y entonces uno por uno os hará salir de vuestros escondites. ¿Y entonces qué? Los desgraciados supervivientes huirán al sur y al oeste, para vivir atemorizados a orillas del Mar, atrapados entre Morgoth y Ossë. Es mejor ganar un tiempo de gloria, aunque sea efímero, porque el final no será peor por ello. Habláis de secreto y decís que sólo en él reside la esperanza; pero si pudierais tender emboscadas y atacar a todo explorador y espía de Morgoth, hasta el último y más pequeño, de modo que ninguno volviera con noticias a Angband, por esa misma ausencia se enteraría de que vivís y averiguaría dónde. Y esto digo también: aunque los Hombres mortales tienen poca vida en comparación con la de los Elfos, preferirían perderla en combate que huyendo o sometiéndose. El desafío de Húrin Thalion es una gran hazaña; y aunque Morgoth mate a quien la ha llevado a cabo, no puede impedir que la hazaña haya existido. Incluso los Señores del Oeste lo honrarán; y ¿no está acaso inscrita ya en la historia de Arda, que ni Morgoth ni Manwë pueden borrar?

—Hablas de elevados asuntos —respondió Gwindor—, y está claro que has vivido entre los Eldar. Pero una oscuridad hay en ti si mencionas juntos a Morgoth y Manwë, o hablas de los Valar como si fueran enemigos de los Elfos y los Hombres; porque los Valar no desprecian a nadie, y menos todavía a los Hijos de Ilúvatar. Tampoco conoces todas las esperanzas de los Eldar. Nosotros tenemos una profecía que dice que un día llegará un mensajero de la Tierra Media a Valinor atravesando las sombras, y Manwë lo escuchará, y Mandos se aplacará. ¿No hemos de preservar la simiente de los Noldor, y también la de los Edain, hasta ese momento? Círdan vive ahora en el sur, y allí construye barcos, pero ¿qué sabes tú de barcos, o del Mar? Piensas en ti mismo y en tu propia gloria, y pides que todos hagamos lo mismo; pero nosotros debemos pensar en otros tanto como en nosotros, porque no todos pueden luchar y caer, y tenemos que protegerlos de la guerra y la ruina mientras podamos.

—Entonces envíalos donde tus barcos, mientras todavía haya tiempo —dijo Túrin.

—No se separarán de nosotros —replicó Gwindor—, incluso aunque Círdan pudiera mantenerlos a todos. Tenemos que permanecer juntos tanto tiempo como podamos, y no cortejar a la muerte.

—A todo esto ya he contestado —insistió Túrin—. Valiente defensa de las fronteras y duros golpes al enemigo antes de que se recupere; ahí radica la mayor esperanza de que podáis vivir juntos mucho tiempo. Y esos de los que hablas, ¿aman más a quienes se esconden en los bosques, de caza furtiva siempre como los lobos, que a quien se pone el yelmo, toma el escudo decorado, y rechaza al enemigo, aunque sea mayor que todo su ejército? Al menos las mujeres de los Edain no. No impidieron que sus hombres fueran a la Nirnaeth Arnoediad.

—Pero sufrieron mayores males que si esa guerra no se hubiera librado —dijo Gwindor.

Pero el favor de Orodreth hacia Túrin crecía considerablemente, y se convirtió en el principal consejero del rey, que comentaba con él todos los asuntos. En aquel tiempo, los Elfos de Nargothrond abandonaron el secreto, y se forjó una gran cantidad de armas; y, por consejo de Túrin, los Noldor construyeron un poderoso puente sobre el Narog desde las Puertas de Felagund para el transporte más rápido del ejército, puesto que la guerra ahora se desarrollaba sobre todo al este del Narog, en la Planicie Guardada. Como Marca del Norte, Nargothrond incluía ahora la «Tierra en Disputa» en torno a las fuentes del Ginglith, el Narog y los alrededores de los Bosques de Núath. Entre el Nenning y el Narog no había Orcos; y al este del Narog, el reino llegaba al Teiglin y las orillas de los Marjales de Nibin-noeg.

Gwindor cayó en deshonra, porque ya no era audaz en el uso de las armas, y tenía poca fuerza; y el dolor del brazo izquierdo mutilado lo afectaba con frecuencia. En cambio, Túrin era joven, y recién llegado a la edad viril; y era en verdad a los ojos de todos el hijo de Morwen Eledhwen: alto, de cabellos oscuros y piel pálida, con ojos grises y de rostro más hermoso que ningún otro Hombre mortal de los Días Antiguos. Por el habla y el porte parecía pertenecer al antiguo reino de Doriath, y aun entre los Elfos, a primera vista, podría haber sido tomado por un miembro de las grandes casas de los Noldor. Tan valiente era Túrin, y tan hábil con las armas, sobre todo con la espada y el escudo, que los Elfos decían que era imposible darle muerte, salvo por mala suerte o por una flecha maligna disparada desde lejos. Por tanto, le dieron una de las cotas de malla fabricadas por los Enanos, para protegerlo; y encontró, con el ánimo sobrecogido, una máscara asimismo hecha por Enanos enteramente dorada, en las armerías y se la ponía antes de la batalla, y sus enemigos huían al verla.

Ahora que había conseguido lo que quería, que todo iba bien, que llevaba a cabo el trabajo que deseaba, y que había honor en él, era cortés con todos, y menos adusto que antes, y casi todos los corazones se volcaron en él; y muchos lo llamaron Adanedhel, el Hombre Elfo. Pero más que todos, Finduilas, la hija de Orodreth, se conmovía siempre que él se le acercaba, o estaba en la misma estancia. Tenía los cabellos dorados, como todos los miembros de la Casa de Finarfin, y Túrin empezó a sentirse complacido también cuando la veía o ella lo acompañaba; porque le recordaba a las gentes de su linaje y a las mujeres de Dor-lómin de la casa de su padre.

Al principio, sólo se encontraba con ella en presencia de Gwindor, pero al cabo de un tiempo, Finduilas lo buscaba, y se encontraban a veces a solas, aunque esto parecía suceder por casualidad. Entonces ella le hacía preguntas sobre los Edain, a quienes había visto poco y rara vez, y acerca de su país y su gente.

Túrin hablaba libremente con ella de esos asuntos, aunque nunca mencionó el nombre de la tierra donde había nacido, ni el de ninguno de sus parientes; y sólo en una ocasión le dijo:

—Tuve una hermana, Lalaith, o así la llamaba yo; y tú me la recuerdas. Pero Lalaith era una niña, una flor amarilla entre la hierba verde de la primavera; y si hubiera vivido, quizá la pena la habría deslucido. En cambio, tú eres como una reina, y como un árbol dorado; me gustaría tener una hermana tan hermosa.

—Pues tú eres como un rey —respondió ella—, parecido a los señores del pueblo de Fingolfin; me gustaría tener un hermano tan valiente. Y no creo que Agarwaen sea tu nombre, ni que sea adecuado para ti, Adanedhel. Yo te llamo Thurin, el Secreto.

Al oír eso Túrin se sobresaltó, pero dijo:

—Ése no es mi nombre; y no soy rey, porque nuestros reyes son Eldar, y yo no lo soy.

Túrin observó que la amistad que le mostraba Gwindor empezaba a enfriarse; y le asombró también que, aunque al principio había soportado bien el dolor y el horror de Angband había empezado a desaparecer en él, ahora parecía recaer otra vez en la preocupación y la pena. Y pensó: «Quizá lo ofenda que me oponga a sus iniciativas, y prevalezcan las mías; ojalá que no sea así». Porque Túrin amaba a Gwindor, que lo había guiado y curado, y sentía mucha piedad por él. Pero en esos días se apagó también el esplendor de Finduilas, sus pasos se hicieron más lentos y el rostro más serio, y se volvió pálida y delgada. Túrin, al darse cuenta, creyó que las palabras de Gwindor habrían despertado en su corazón temor por lo que pudiera sobrevenir.

En realidad, Finduilas se sentía dividida. Porque por un lado honraba a Gwindor y lo compadecía, y no deseaba añadir ni una sola lágrima a su sufrimiento; y por otro, aun a su pesar, el amor que sentía por Túrin crecía día a día, y pensaba a menudo en Beren y Lúthien. Pero ¡Túrin no era como Beren! No la despreciaba, y estaba contento en su compañía, sin embargo, sabía que él no sentía por ella el amor que ella deseaba. Túrin tenía la mente y el corazón en otro sitio, en ríos de primaveras que habían desaparecido hacía mucho tiempo.

Entonces Túrin se dirigió a Finduilas, y le dijo:

—No dejes que las palabras de Gwindor te atemoricen. Él ha sufrido en la oscuridad de Angband; y es triste para alguien tan valiente estar tullido y no poder participar en el combate. Necesita tranquilidad, y un tiempo más largo para curarse.

—Lo sé muy bien —respondió ella.

—Pues ¡conquistaremos ese tiempo para él! —exclamó Túrin—. ¡Nargothrond resistirá! Morgoth el Cobarde nunca volverá a salir de Angband, y tendrá que depender totalmente de sus siervos; así dice Melian de Doriath. Ellos son los dedos de sus manos, pero nosotros se los golpearemos, y se los cortaremos, hasta que retire las garras. ¡Nargothrond resistirá!

—Quizá —dijo ella—. Resistirá si tú puedes conseguirlo. Pero ten cuidado, Thurin; el corazón se me llena de más pesadumbre cuando tú vas a la batalla, que de temor por la pérdida de Nargothrond.

Después, Túrin buscó a Gwindor, y le dijo:

—Gwindor, querido amigo, otra vez te gana la tristeza, ¡no lo permitas! Llegarás a curarte. Aquí en las casas de los tuyos y a la luz de Finduilas.

Entonces Gwindor miró a Túrin fijamente, pero no dijo nada, y se le oscureció la cara.

—¿Por qué me miras así? —preguntó Túrin—. Últimamente a menudo me miras de un modo extraño. ¿En qué te he ofendido? Me he opuesto a tus iniciativas, pero es preciso que un hombre exprese lo que piensa, y no disimule la verdad de lo que cree, por causa de un asunto privado. Me gustaría que estuviéramos de acuerdo, porque tengo contigo una gran deuda, y no la olvidaré.

—¿No la olvidarás? —respondió Gwindor—. Sin embargo, tus acciones y consejos han cambiado mi hogar y a los míos. Tu sombra se extiende sobre ellos. ¿Por qué he de estar contento cuando me lo has quitado todo?

Túrin no comprendió estas palabras, y pensó sólo que Gwindor estaba celoso del lugar que ocupaba en el corazón y los designios del rey.

Pero cuando Túrin se hubo marchado, Gwindor permaneció sentado a solas, pensativo, y maldijo a Morgoth, que así podía perseguir a sus enemigos causándoles dolor, dondequiera que estuvieran. «Y ahora al fin —reflexionó en voz alta—, creo el rumor que circulaba por Angband de que Morgoth ha maldecido a Húrin y a todo su linaje.» Y buscó a Finduilas y le dijo:

—La tristeza y la duda pesan sobre ti; demasiadas veces te echo de menos ahora, y empiezo a pensar que estás evitándome. Puesto que tú no me dices el motivo, debo adivinarlo. Hija de la Casa de Finarfin, que ningún pesar se interponga entre nosotros, porque aunque Morgoth haya hecho una ruina de mi vida yo todavía te amo. Pero ve a donde el amor te conduzca, pues yo ya no soy adecuado para desposarte, y ni mis proezas ni mi consejo son ahora merecedores de honores.

Entonces Finduilas lloró.

—¡No llores todavía! —prosiguió Gwindor—. Pero procura no tener motivo para hacerlo. No es conveniente que los Hijos Mayores de Ilúvatar desposen a los Menores; ni es tampoco prudente, pues tienen vidas cortas, y desaparecen pronto, dejándonos de duelo mientras dure el mundo. Ni lo aceptarán los hados más de una o dos veces, y eso por alguna gran causa que nosotros desconocemos.

»Este hombre no es Beren, aun cuando sea igual de hermoso y valiente. Un destino pesa sobre él; un destino oscuro. ¡No lo cojas en ti! Si lo haces, tu amor te traicionará, llevándote a la amargura y la muerte. Porque, ¡escúchame!, aunque es, en efecto, *agarwaen*, hijo de *úmarth*, su verdadero nombre es Túrin, hijo de Húrin, a quien Morgoth retiene en Angband y cuyo linaje ha maldecido. ¡Y no dudes del poder de Morgoth Bauglir! ¿acaso no está escrito en mí?

Entonces Finduilas se puso en pie, y parecía en verdad una reina.

—Tienes los ojos velados, Gwindor —contestó ella—. No ves ni entiendes lo que aquí ocurre. ¿Debo someterme ahora a la doble vergüenza de revelarte la verdad? Porque yo te amo, Gwindor, y me avergüenza no poder amarte más, porque hay en mí un amor mayor del que no puedo escapar. No lo busqué, y durante mucho tiempo me aparté de él. Pero si yo me compadezco de tus heridas, compadécete tú de las mías. Túrin no me ama, y nunca me amará.

—Hablas así —replicó Gwindor—, para librar de culpa al que amas. ¿Por qué te busca entonces, y se pasa las horas sentado contigo, y después de eso siempre se lo ve más feliz?

—Porque también él necesita consuelo —dijo Finduilas—, pero está lejos de los suyos. Los dos tenéis vuestras necesidades. Pero ¿y Finduilas? ¿No basta con que deba confesarte que no soy amada sino que además crees que lo hago así por engaño?

—No, una mujer no se engaña fácilmente en tales casos —respondió Gwindor—. Ni tampoco hay muchos que nieguen que son amados, si eso es así.

—Si uno de los tres es desleal, ésa soy yo, aunque no voluntariamente. Pero ¿qué hay de lo que dices y de los rumores de Angband? ¿Qué de la muerte y la destrucción? Adanedhel será decisivo en la historia del mundo, y alcanzará en estatura al mismo Morgoth, en un lejano día por venir.

—Es orgulloso —comentó Gwindor.

—Pero también clemente —replicó Finduilas—. No está despierto todavía, pero la piedad aún puede sacudir su corazón, y nunca la negará. Quizá la piedad sea la única vía de acceso a él. Sin embargo, no siente piedad por mí. Me reverencia como si yo fuera a la vez su madre y una reina.

Tal vez Finduilas expresara la verdad, pues veía con los ojos penetrantes de los Eldar. Y Túrin, que no sabía lo hablado entre Gwindor y Finduilas, se mostraba cada vez más gentil con ella, a medida que ella estaba más triste. Pero un día Finduilas le dijo:

—Thurin Adanedhel, ¿por qué me ocultaste tu nombre? Si hubiera sabido quién eras no te habría honrado menos, pero habría comprendido mejor tu pena.

—¿A qué te refieres? —preguntó él—. ¿Quién crees que soy?

—Túrin, hijo de Húrin Thalion, capitán del Norte.

Cuando Túrin supo por Finduilas cómo se había enterado, se encolerizó, y le dijo a Gwindor:

—Te tengo amor por haberme rescatado y mantenido a salvo, pero ahora me has perjudicado, amigo, revelando mi verdadero nombre, y echando así sobre mí el destino del que quería ocultarme.

Gwindor, sin embargo, respondió:

—El destino está en ti mismo, no en tu nombre.

En ese tiempo de respiro y esperanza, cuando las hazañas de Mormegil detuvieron el poder de Morgoth al oeste del Sirion y había paz en todos los bosques, Morwen huyó por fin de Dor-lómin con Niënor, su hija, y se aventuró al largo viaje hasta la morada de Thingol. Allí una nueva pena la aguardaba, pues descubrió que Túrin se había ido, y que a Doriath no había llegado ninguna nueva desde que el Yelmo-Dragón desapareciera de las tierras al oeste del Sirion; sin embargo, Morwen se quedó en Doriath con Niënor como huéspedes de Thingol y Melian, y fueron tratadas con honor.

# CAPÍTULO XI

# LA CAÍDA DE NARGOTHROND

Cinco años después de la llegada de Túrin a Nargothrond, en primavera llegaron dos Elfos, que dijeron llamarse Gelmir y Arminas, del pueblo de Finarfin, diciendo que tenían un mensaje para el Señor de Nargothrond. Túrin capitaneaba entonces todas las fuerzas de Nargothrond, y gobernaba en todos los asuntos de la guerra. Se había vuelto en verdad severo y orgulloso, y disponía todas las cosas como mejor le parecieran según su criterio. Por tanto, los mensajeros fueron llevados ante Túrin, pero Gelmir dijo:

—Es con Orodreth, hijo de Finarfin, con quien queremos hablar.

Y cuando Orodreth se presentó, Gelmir le dijo:

—Señor, pertenecemos al pueblo de Angrod, pero hemos viajado mucho desde la Nirnaeth; últimamente hemos vivido entre los seguidores de Círdan, junto a las Bocas del Sirion. Un día, Círdan nos llamó y nos envió a veros, porque se le había aparecido Ulmo mismo, el Señor de las Aguas, y lo había advertido del gran peligro que acecha cerca de Nargothrond.

Pero Orodreth era precavido, y contestó:

—¿Por qué entonces habéis llegado aquí desde el norte? ¿O quizá tenéis también otros asuntos entre manos?

Entonces Arminas dijo:

—Sí, señor. Desde la Nirnaeth, siempre he buscado el reino escondido de Turgon sin encontrarlo; y temo ahora que esta búsqueda haya retrasado en exceso el mensaje que os traemos. Porque Círdan nos envió en barco a lo largo de la costa, para ganar en secreto y rapidez, y fuimos desembarcados en Drengist. Pero entre los marineros había algunos que se habían trasladado al sur en años pasados como mensajeros de Turgon, y me pareció, por la cautela con que hablaban, que quizá Turgon habite todavía en el norte, y no en el sur, como la mayoría cree. Pero no hemos encontrado signo ni rumor de lo que buscábamos.

—¿Por qué buscáis a Turgon? —quiso saber Orodreth.

—Porque se dice que su reino será el que resista más tiempo a Morgoth —respondió Arminas.

Y estas palabras le parecieron ominosas a Orodreth, y se sintió disgustado.

—Entonces no os demoréis en Nargothrond —dijo—; aquí no oiréis noticias de Turgon. Y no necesito que nadie me diga que Nargothrond está en peligro.

—No os enfadéis, señor —replicó Gelmir—, si contestamos vuestras preguntas con verdad. Por otra parte, habernos apartado del camino directo no ha sido infructuoso, porque hemos ido más allá de donde han llegado vuestros más alejados exploradores; hemos atravesado Dor-lómin y todas las tierras que hay bajo las estribaciones de Ered Wethrin, y hemos rastreado el Paso del Sirion espiando los senderos del Enemigo. Hay una gran concentración de Orcos y criaturas malignas en esas regiones, y se está reuniendo un ejército en torno a la Isla de Sauron.

—Lo sé —dijo Túrin—. Vuestras noticias son viejas. Si el mensaje de Círdan tenía algún objeto, debió haber llegado antes.

—Como mínimo, señor, escuchad el mensaje ahora —rogó Gelmir a Orodreth—. ¡Escuchad las palabras del Señor de las Aguas! Así le habló a Círdan: «El Mal del Norte ha corrompido las fuentes del

Sirion, y mi poder se retira de los dedos de las aguas que fluyen. Pero una cosa peor ha de acaecer todavía. Decid, por tanto, al Señor de Nargothrond: Cerrad las puertas de la fortaleza, y no salgáis de ella. Arrojad las piedras de vuestro orgullo al río sonoro, para que el mal reptante no pueda encontrar la puerta».

Estas palabras le parecieron oscuras a Orodreth y, como siempre hacía, se volvió hacia Túrin para oír su consejo. Pero Túrin desconfiaba de los mensajeros, y dijo con desdén:

—¿Qué sabe de nuestras guerras Círdan, que vive cerca del Enemigo? ¡Que el marinero se ocupe de sus barcos! Y si en verdad el Señor de las Aguas quiere darnos su consejo, que hable más claramente. De otro modo, a los que conocen la guerra les seguirá pareciendo mejor reunir fuerzas y salir valientemente al encuentro de nuestros enemigos, antes de que se acerquen demasiado.

Entonces Gelmir se inclinó ante Orodreth, y declaró:

—He hablado como se me ordenó, señor. —Y se apartó.

Pero Arminas se dirigió a Túrin:

—¿Eres en verdad de la Casa de Hador, como he oído decir?

—Aquí me llamo Agarwaen, la Espada Negra de Nargothrond —respondió Túrin—. Mucho hablas de lo que es secreto, amigo Arminas. Es conveniente que el secreto de Turgon esté oculto para ti, o no tardaría en saberse en Angband. El nombre de un hombre es cosa que le pertenece a él, y si el hijo de Húrin se entera de que lo has traicionado cuando él prefiere ocultarse, ¡que Morgoth te atrape y te queme la lengua!

Arminas se sintió consternado ante la negra cólera de Túrin; pero Gelmir dijo:

—No traicionaremos al hijo de Húrin, Agarwaen. ¿No estamos reunidos en consejo tras puertas cerradas, donde el lenguaje puede ser más claro? Y si Arminas te ha preguntado, me parece que es porque de todos los que viven junto al Mar es sabido que Ulmo siente gran amor por la Casa de Hador, y algunos dicen que Húrin y Huor, su hermano, llegaron una vez al Reino Escondido.

—Si fuera así, no habría hablado de eso con nadie, ni con los grandes ni con los pequeños, y menos aún con su hijo, que era sólo un niño —respondió Túrin—. Por tanto, no creo que Arminas me haya hecho la pregunta esperando saber algo de Turgon. Desconfío de los mensajeros de la desdicha.

—¡Guarda tu desconfianza! —replicó Arminas con enfado—. Gelmir se equivoca. He preguntado porque he dudado de lo que aquí parece creerse; pues poco pareces en verdad del linaje de Hador, sea cual fuere tu nombre.

—¿Y tú qué sabes de ellos? —preguntó Túrin.

—A Húrin lo he visto —respondió Arminas—, y a sus antepasados antes que a él. Y en las ruinas de Dor-lómin me encontré con Tuor, hijo de Huor, hermano de Húrin; y él es como sus antepasados, pero tú no.

—Es posible —comentó Túrin—, aunque de Tuor nada he oído antes de ahora. Pero si mis cabellos son oscuros y no dorados, no me avergüenzo de ello. No soy el primero de los hijos que se asemeja a su madre; y yo desciendo de la Casa de Bëor, y del linaje de Beren Camlost a través de Morwen Eledhwen.

—No me refería a la diferencia entre el negro y el oro —prosiguió Arminas—. Pero otros de la Casa de Hador se comportan de otra manera, y Tuor entre ellos. Tienen maneras corteses y escuchan los buenos consejos, pues reverencian a los Señores del Oeste. Pero tú, según parece, sólo recibes consejo de tu propia sabiduría o de tu espada, y hablas con altivez. Y te digo, Agarwaen Mormegil, que si así lo haces, tu destino será distinto al que pueda esperar un miembro de las Casas de Hador y Bëor.

—Distinto ha sido siempre —respondió Túrin—. Y si, como parece, he de soportar el odio de Morgoth por el valor de mi padre, ¿he de soportar también las provocaciones y los malos augurios de un fugitivo de la guerra, aunque pretenda ser pariente de reyes? ¡Vuelve a las seguras orillas del Mar!

Entonces Gelmir y Arminas partieron, y regresaron al sur, aunque, a pesar de los insultos de Túrin, de buen grado habrían aguardado la batalla junto a sus parientes, y sólo partieron porque Círdan les había pedido, por orden de Ulmo, que le llevaran la respuesta de Nargothrond y la recepción de su mensaje allí.

Orodreth se sintió muy perturbado por las palabras de los mensajeros, pero, en cambio, tanto más fiero se volvió el ánimo de Túrin, y de ningún modo quiso escuchar sus consejos, y menos aún consintió en que se derribara el puente. Porque al menos eso sí comprendieron bien de las palabras de Ulmo.

Poco después de la partida de los mensajeros, Handir, Señor de Brethil, fue muerto cuando los Orcos invadieron su tierra, buscando asegurarse los Cruces del Teiglin para seguir avanzando. Handir les presentó batalla, pero los Hombres de Brethil fueron derrotados y obligados a retroceder a los bosques. Los Orcos no los persiguieron, pues habían logrado su propósito por el momento; y siguieron congregando fuerzas en el Paso del Sirion.

En otoño de ese año, Morgoth, que esperaba el momento adecuado, lanzó sobre el pueblo del Narog el gran ejército que tanto tiempo había estaba reuniendo; y Glaurung, el Padre de los Dragones, atravesó Anfauglith, y, desde allí, fue a los valles septentrionales del Sirion donde hizo mucho daño. Bajo las sombras de Ered Wethrin, encabezando un gran ejército de Orcos, mancilló Eithel Ivrin, y desde allí pasó al reino de Nargothrond donde quemó la Talath Dirnen, la Planicie Guardada, entre el Narog y el Teiglin.

Entonces los guerreros de Nargothrond les hicieron frente, y alto y terrible se veía ese día Túrin; los corazones de sus huestes se inflamaron cuando él avanzó, cabalgando a la derecha de Orodreth. Pero el ejército de Morgoth era mucho mayor de lo que había dicho ningún explorador, y nadie, excepto Túrin, protegido por la máscara de los Enanos, podía resistir la cercanía de Glaurung.

Los Elfos fueron rechazados y derrotados en el campo de Tumhalad, y allí se marchitó todo el orgullo del ejército de Nargothrond. Orodreth, el rey, murió en el frente de batalla, y Gwindor, hijo de Guilin, fue herido de muerte. Túrin acudió, sin embargo, en su ayuda, y todos huyeron ante él; entonces, llevándose a Gwindor de la batalla perdida, escapó con él a un bosque y lo depositó sobre la hierba.

Gwindor, malherido, le dijo a Túrin:

—¡Doy por bien empleado mi sacrificio! Pero desventurado ha

sido mi sino, y vano el tuyo; porque mi cuerpo está dañado más allá de toda cura, y he de abandonar la Tierra Media. Y aunque te amo, hijo de Húrin, lamento el día en que te arrebaté a los Orcos. Si no fuera por tus proezas y tu orgullo, aún gozaría del amor y la vida, y Nargothrond se mantendría aún un tiempo en pie. Ahora, si tú también me amas, ¡déjame!, ve de prisa a Nargothrond, y salva a Finduilas. Y esto último te digo: sólo ella se interpone entre ti y tu destino. Si le fallas a ella, él no fallará en encontrarte. ¡Adiós!

Entonces Túrin volvió de prisa a Nargothrond como Gwindor le había dicho, reuniendo a todos los derrotados que encontró en el camino; y mientras avanzaban, las hojas caían de los árboles agitadas por un gran viento, porque el otoño cedía ante un invierno implacable. Pero Glaurung y su ejército de Orcos llegaron antes que él, debido al tiempo que había dedicado a rescatar a Gwindor, y cayeron sobre Nargothrond de repente, antes de que los que estaban de guardia supieran lo que había ocurrido en el campo de Tumhalad. Ese día se reveló que el puente que Túrin había hecho construir sobre el Narog los perjudicó; porque era grande y sólido y no pudieron destruirlo con rapidez; y así el enemigo avanzó fácilmente sobre la profunda garganta, y Glaurung lanzó todo su fuego contra las Puertas de Felagund, derribándolas y penetrando en su interior.

Y cuando Túrin llegó, el espantoso saqueo de Nargothrond estaba casi terminado. Los Orcos habían matado o expulsado a todos los que todavía portaban armas, y aún estaban saqueando las grandes salas y cámaras, pillando y destruyendo. A las mujeres y doncellas a las que no habían quemado o matado las habían agrupado como un rebaño en el patio ante las puertas, para transportarlas como esclavas a Angband. A esta ruina y pena llegó Túrin, y nadie pudo resistírsele, o no estuvo dispuesto a hacerlo, porque derribaba a todos los que se le ponían por delante, y así atravesó el puente intentando abrirse camino con la espada hacia las cautivas.

Pero ahora estaba solo, porque los pocos que lo seguían habían corrido a ocultarse. En ese momento, Glaurung el cruel salió por las abiertas Puertas de Felagund, y se interpuso entre Túrin y ellas. Entonces, el mal espíritu que lo habitaba, habló diciendo:

—Salve, hijo de Húrin. ¡Feliz encuentro!

Túrin avanzó sobre él de un salto, y había fuego en sus ojos, y los filos de Gurthang brillaban como llamas. Pero Glaurung paró el golpe, y abrió mucho sus ojos hipnotizadores, fijando la vista en Túrin. Sin temor, Túrin le sostuvo la mirada mientras alzaba la espada, pero en seguida cayó bajo el terrible hechizo del dragón y se detuvo como si se hubiera convertido en piedra. Durante largo rato permanecieron así inmóviles y silenciosos ante las Puertas de Felagund. Entonces Glaurung habló otra vez, burlándose de Túrin.

—Malas han sido todas tus acciones, hijo de Húrin —dijo—. Hijo adoptivo desagradecido, proscrito, asesino de tu amigo, ladrón de amor, usurpador de Nargothrond, capitán imprudente y desertor de los tuyos. Como esclavas viven tu madre y tu hermana en Dorlómin, sufriendo miseria y necesidades, vestidas con harapos, mientras tú llevas las galas de un príncipe. Penan por ti, pero a ti eso no te importa. Tu padre estará muy contento cuando se entere de que tiene semejante hijo: y se enterará.

Y Túrin, bajo el hechizo de Glaurung, oyó sus palabras, y se vio como en un espejo deformado por la malicia, y aborreció lo que veía.

Y mientras los ojos de Glaurung inmovilizaban su mente atormentada y no podía moverse, a una señal del Dragón los Orcos se llevaron el grupo de las cautivas, que pasaron junto a Túrin y cruzaron el puente. Entre ellas estaba Finduilas, que tendió los brazos hacia Túrin y lo llamó por su nombre. Pero Glaurung no lo dejó libre hasta que los gritos y lamentos de las mujeres se perdieron por el camino del norte; pero Túrin no pudo dejar de oír esas voces que lo perseguirían ya para siempre.

De pronto, Glaurung apartó la mirada y esperó; y Túrin se movió lentamente, como quien despierta de un sueño espantoso. Pero entonces volvió en sí con un fuerte grito y saltó sobre el Dragón. Glaurung, sin embargo, se rió, diciendo:

—Si quieres morir, de buen grado te mataré. Pero poco les servirá eso a Morwen y Niënor. Hiciste caso omiso de los gritos de la mujer Elfa, ¿negarás también los vínculos de la sangre?

Pero Túrin, desenvainando la espada, lanzó un golpe contra sus ojos, aunque Glaurung retrocedió con rapidez y se alzó sobre él como una torre, diciendo:

—Al menos eres valiente. Más que cualquiera con quien me haya topado. Y mienten quienes dicen que nosotros no honramos el valor de los enemigos. ¡Mira! Te ofrezco la libertad. Ve con los tuyos si puedes. ¡Ve! Y si queda Elfo u Hombre para contar la historia de estos días, sin duda hablarán de ti con desprecio si desdeñas este regalo.

Entonces Túrin, todavía aturdido por los ojos del Dragón, como si tratara con un enemigo capaz de tener piedad, creyó en las palabras de Glaurung y, volviéndose se precipitó a la carrera por el puente. Pero mientras se iba, Glaurung dijo tras él con fiera voz:

—¡Ve de prisa a Dor-lómin, hijo de Húrin! O quizá los Orcos lleguen antes que tú otra vez. Y si te demoras por causa de Finduilas, nunca volverás a ver a Morwen o Niënor, y ellas te maldecirán.

Sin embargo, Túrin se alejó por el camino del norte, y Glaurung rió una vez más, porque había cumplido la misión que le encomendara su Amo. Entonces atendió a su propio placer, y echando

su llamarada lo quemó todo. Puso en fuga a todos los Orcos que continuaban el saqueo, los expulsó de allí y les negó hasta el último objeto de valor. Luego destruyó el puente y lo arrojó a la espuma del Narog. Una vez estuvo de ese modo seguro, buscó todo el tesoro y las riquezas de Felagund y las amontonó, luego se tendió sobre ellas en el recinto más recóndito y descansó por un tiempo.

Mientras, Túrin se apresuraba por los caminos que llevaban al norte, a través de las tierras entre el Narog y el Teiglin, ahora desoladas, pero el Fiero Invierno le salió al encuentro; porque ese año nevó antes de que terminara el otoño, y la primavera llegó tardía y fría. Al avanzar, siempre le parecía oír los gritos de Finduilas, que lo llamaba desde bosques y colinas, y su angustia era grande; pero tenía el corazón inflamado por las mentiras de Glaurung e, imaginando que los Orcos quemaban la Casa de Húrin o daban tormento a Morwen y Niënor, seguía adelante sin apartarse nunca del camino.

## CAPÍTULO XII

# EL REGRESO DE TÚRIN A DOR-LÓMIN

Por fin, fatigado por la prisa y el largo camino (pues durante más de cuarenta leguas había viajado sin descanso), llegó con los primeros hielos del invierno al estanque de Ivrin, donde antes se había curado. Pero ahora no era más que lodo congelado, y ya no le fue posible beber allí.

Llegó luego a los pasos de Dor-lómin, pero la nieve arreciaba fuerte desde el norte, y los caminos eran peligrosos y fríos. Aunque habían transcurrido veintitrés años desde que pisara por última vez esa senda, la tenía grabada en el corazón, tan grande había sido el dolor de cada paso al separarse de Morwen. Y por fin volvió de nuevo a la tierra de su infancia. Dor-lómin se veía lóbrega y vacía, y la gente que allí habitaba era poca e intratable, y hablaba el áspero lenguaje de los Orientales, mientras que la antigua lengua se había convertido en la lengua de los siervos, o de los enemigos. Por tanto, Túrin avanzó cauteloso, encapuchado y en silencio, hasta llegar a la casa que buscaba. Ésta se alzaba vacía y oscura, y ninguna criatura viviente moraba cerca; porque Morwen había partido, y

Brodda, el Intruso (el que había desposado por la fuerza a Aerin, pariente de Húrin) había saqueado la casa y se había llevado todos los bienes y sirvientes que allí había. La casa de Brodda era la que quedaba más cerca de la antigua casa de Húrin, y hacia ella se encaminó Túrin, agotado por el viaje y la pena, para pedir albergue; éste le fue concedido, porque Aerin todavía conservaba algunas de las costumbres más amables de antaño. Se le dio un asiento junto al fuego con los sirvientes y otros pocos vagabundos tan tristes y cansados como él; y pidió noticias de la tierra.

Al oír esto, la compañía guardó silencio, y algunos se alejaron, mirando con desconfianza al extranjero, sin embargo, un viejo vagabundo con una muleta dijo:

—Si por fuerza tienes que hablar la vieja lengua, maestro, hazlo en voz más baja, y no pidas noticias. ¿Quieres que te azoten por bribón, o te cuelguen por espía? Porque, por tu aspecto, bien puede ser que seas una de las dos cosas. Es decir —prosiguió pero acercándose a Túrin y hablándole al oído— el aspecto de una de esas buenas gentes de antaño que vinieron con Hador en los días dorados, antes de que las cabezas tuvieran pelo de lobo. Hay algunos aquí de esa clase, aunque ahora convertidos en mendigos y en esclavos, y si no fuera por la Señora Aerin no estarían junto a este fuego ni recibirían este caldo. ¿De dónde eres, y qué nuevas traes?

—Había aquí una señora llamada Morwen —respondió Túrin—; hace mucho tiempo viví en su casa. Allí he ido, después de haber viajado desde muy lejos, en busca de bienvenida, pero no he encontrado gente ni fuego que me recibieran.

—No los ha habido en ese hogar durante todo este largo año y más —respondió el anciano—. Pero escasos eran tanto el fuego como la gente de esa casa desde la guerra mortal; porque ella pertenecía al antiguo pueblo como sin duda sabes: era la viuda de nuestro señor Húrin, hijo de Galdor. No obstante, no se atrevieron a tocarla, porque le tenían miedo; orgullosa y bella como una reina, antes de que el dolor la marcara. La llamaban bruja y la evitaban. Bruja significa «amiga de los Elfos» en la nueva lengua. Pero, sin embargo, sí le robaron. Ella y su hija a menudo habrían pasado hambre de no ser por la Señora Aerin, se dice que las ayudaba en secreto, y por eso el palurdo de Brodda, su esposo por la fuerza, la golpeaba con frecuencia.

—¿Y qué ha pasado este largo año y más? —preguntó Túrin—. ¿Están muertas, o las han convertido en esclavas? ¿O quizá han sido atacadas por los Orcos?

—No se sabe a ciencia cierta —respondió el viejo—. Sólo que se ha ido con su hija; y ese Brodda ha saqueado la casa y se ha apoderado de lo que había en ella. Ni un perro queda siquiera, y las pocas gentes que allí vivían fueron esclavizadas, salvo algunos que se han convertido en mendigos, como yo. Yo, Sador el Cojo, la serví muchos años, y antes al gran señor: de no ser por una hacha maldita en los bosques hace mucho tiempo, yacería ahora en el Gran Túmulo. Recuerdo bien el día en que el chico de Húrin fue enviado lejos, y cómo lloraba; y ella también, cuando el niño se hubo marchado. Se fue al Reino Escondido, según dijeron.

Dicho esto, el anciano calló y miró a Túrin con aire dubitativo.

—Soy viejo y charlatán, señor —añadió a continuación—. ¡No me hagáis caso! Y, aunque es agradable hablar la vieja lengua con alguien que la habla tan bien como en tiempos pasados, estos días son duros, y es necesario andar con cautela. No todos los que hablan la hermosa lengua tienen un corazón hermoso.

—Cierto —convino Túrin—. Mi corazón por ejemplo está triste, pero si temes que sea un espía del norte o del este, no eres mucho más sabio de lo que lo fuiste hace mucho, Sador Labadal.

El viejo lo miró boquiabierto; luego, temblando, habló de nuevo.

—¡Ven fuera! Hace más frío pero es menos peligroso. Hablas demasiado alto, y yo demasiado, para la casa de un Oriental.

Cuando hubieron salido al patio, Sador aferró la capa de Túrin.

—Hace mucho viviste en esa casa, dices. Señor Túrin, ¿por qué has regresado? Mis ojos se han abierto al fin, y también mis oídos: tienes la voz de tu padre. Pero sólo el joven Túrin me daba ese nombre, Labadal. No lo hacía con malicia: éramos amigos felices en esos días. ¿Qué busca él aquí ahora? Pocos somos los que quedamos, y somos viejos e indefensos. Más felices son los que yacen en el Gran Túmulo.

—No he venido con pensamientos de batalla —dijo Túrin—, aunque tus palabras los hayan despertado en mí ahora, Labadal. Pero debo esperar. He venido en busca de la Señora Morwen y Nïenor. ¿Qué puedes decirme, y hazlo de prisa?

—Poco, señor —contestó Sador—. Partieron en secreto. Cundió el rumor entre nosotros de que el Señor Túrin las había convocado, porque no dudábamos entonces de que se hubiera vuelto grande con los años, un rey o señor de algún país del sur. Pero parece que no es así.

—No es así —confirmó Túrin—. Un señor fui en un país del sur, aunque ahora soy un vagabundo. Sin embargo, yo no las convoqué.

—Entonces no sé qué decirte —dijo Sador—. Pero la Señora Aerin lo sabrá, no tengo ninguna duda. Ella conocía todos los designios de tu madre.

—¿Cómo puedo acceder a ella?

—Eso no lo sé. Sería muy malo que la sorprendieran susurrando a la puerta con un desdichado vagabundo del pueblo derrotado, aun cuando fuera posible hacerle llegar un mensaje. Y un mendigo como tú no podría acercarse mucho a la mesa alzada antes de que los Orientales lo atrapasen y golpeasen, o algo peor.

Entonces Túrin exclamó encolerizado:

—¿Que yo no puedo andar por la casa de Brodda, que me golpearán? ¡Ven y lo verás!

Entró entonces en la sala, se echó atrás la capucha y, arrojando a un lado todo lo que encontró a su paso avanzó a grandes zancadas hacia la mesa a la que estaban sentados el amo de la casa y su esposa, junto con otros señores Orientales. Algunos de ellos se levantaron para atraparlo, pero él los arrojó al suelo, y gritó:

—¿Nadie gobierna esta casa, o es más bien un habitáculo de Orcos? ¿Dónde está el amo?

Entonces Brodda se puso en pie iracundo.

—Yo gobierno esta casa —empezó, pero antes de que pudiera decir nada más, Túrin prosiguió:

—Entonces no has aprendido aún la cortesía que había en esta tierra antes de que tú llegaras. ¿Acostumbran ahora los hombres a permitir que los lacayos maltraten a los parientes de sus esposas? Eso soy yo, y tengo un recado para la Señora Aerin. ¿Podré acercarme sin trabas, o debo hacerlo a mi manera?

—Acércate —dio su permiso Brodda, frunciendo el entrecejo; pero Aerin palideció.

Entonces Túrin se acercó a la mesa alzada y se mantuvo primero erguido ante ella y luego hizo una reverencia.

—Os pido disculpas, Señora Aerin —dijo—, por irrumpir de este modo ante vos, pero el cometido que tengo es urgente y con él vengo de lejos. Busco a Morwen, Señora de Dor-lómin, y a Niënor, su hija. Pero su casa está vacía y ha sido saqueada. ¿Qué podéis decirme?

—Nada —respondió Aerin con gran temor, porque Brodda la vigilaba de cerca.

—No me lo creo —dijo Túrin.

Entonces Brodda se adelantó de un salto, rojo de ira.

—¡Basta! —gritó—. ¿He de oír cómo acusa de mentir a mi esposa un mendigo que habla una lengua de siervos? No hay ninguna Señora de Dor-lómin. Y en cuanto a Morwen, era del pueblo de los esclavos, y ha huido como una esclava. ¡Haz tú lo mismo, y rápido, o te haré colgar de un árbol!

Entonces Túrin saltó sobre él, desenvainó la espada negra y, tomando a Brodda de los cabellos, le echó la cabeza hacia atrás.

—¡Que nadie se mueva —advirtió—, o esta cabeza abandonará sus hombros! Señora Aerin, os pido disculpas una vez más, pero ¡hablad ahora, y no me lo neguéis! ¿No soy acaso Túrin, Señor de Dor-lómin? ¿Tendré que ordenároslo?

—¿Qué queréis saber? —preguntó ella.

—¿Quién saqueó la casa de Morwen?

—Brodda —respondió.

—¿Cuándo partió ella, y hacia dónde?

—Hace un año y tres meses —dijo Aerin—. El amo Brodda y otros de los Intrusos del Este la oprimían sin piedad. Hace mucho fue in-

vitada al Reino Escondido, y allí fue por fin, cuando las tierras in-
termedias se vieron libres de mal por un tiempo gracias a las hazañas de la Espada Negra del país del Sur, según se dice; pero eso ahora ha acabado. Esperaba encontrar allí a su hijo aguardándola, pero
si vos sois él, temo que todo haya salido torcido.

Entonces Túrin rió amargamente.

—¿Torcido, torcido? —gritó—. Sí, siempre torcido: ¡tan torcido
como Morgoth! —Y una cólera negra lo sacudió, porque de repente se le abrieron los ojos, y se deshicieron las últimas hebras del hechizo tejido por Glaurung, y Túrin se dio cuenta de las mentiras
con que éste lo había engañado—. ¿He sido embaucado para venir
aquí a morir con deshonra en lugar de terminar cuando menos con
valentía ante las Puertas de Nargothrond?

Y de nuevo le pareció oír los gritos de Finduilas en la noche de
fuera de la casa.

—¡Pues no seré yo quien muera primero! —exclamó. Y tomó a
Brodda y, con la fuerza de su gran angustia e ira lo levantó en vilo y
lo sacudió como si fuera un perro—. ¿Morwen del pueblo de los esclavos, has dicho? ¡Tú, hijo de cobardes, ladrón, esclavo de esclavos!

Y diciendo esto, arrojó a Brodda de cabeza sobre su propia
mesa, contra un Oriental que se levantaba para atacar a Túrin. Con
la caída, el cuello de Brodda se rompió, y Túrin, saltando detrás de
él, mató a tres más que habían retrocedido, porque no tenían armas.

Los Orientales sentados a la mesa habrían atacado a Túrin, pero
había allí muchos otros del viejo pueblo de Dor-lómin que durante mucho tiempo habían sido dóciles sirvientes, pero que ahora se
pusieron en pie con gritos de rebelión. No tardó en estallar una
gran pelea y, aunque los esclavos sólo disponían de cuchillos de
mesa y otros objetos semejantes contra dagas y espadas, muchos
murieron en ambos bandos, antes de que Túrin acabara con el último de los Orientales que quedaba en la sala.

Entonces descansó, apoyándose contra una columna, y el fuego
de la cólera era ya como cenizas. Pero el viejo Sador se arrastró hacia él y lo asió por las rodillas, porque estaba herido de muerte.

—Más de tres veces siete años ha sido mucho tiempo a la espera de este momento —dijo—. Pero ¡ahora vete, vete, señor! Vete, y no vuelvas si no traes contigo mayores fuerzas. Levantarán esta tierra contra ti. Muchos han huido de la sala. Vete, o encontrarás aquí tu fin. ¡Adiós! —Entonces resbaló al suelo y murió.

—Ha hablado con la verdad de la muerte —dijo Aerin—. Ya sabéis lo que queríais saber. ¡Ahora marchaos de prisa! Pero id primero ante Morwen y consoladla, o me será difícil perdonaros lo que habéis hecho aquí. Porque, aunque mala era mi vida, con vuestra violencia me habéis traído la muerte. Los Intrusos se vengarán esta noche en todos los que estaban aquí. Precipitadas son vuestras acciones, hijo de Húrin, como si fuerais todavía el niño que conocí.

—Y débil corazón es el vuestro, Aerin, hija de Indor, como lo era cuando os llamaba tía, y un perro ladrador os asustaba —respondió Túrin—. Fuisteis hecha para un mundo más dulce. Pero ¡venid!, os llevaré con Morwen.

—La nieve cubre el país, pero es más blanca aún sobre mi cabeza —replicó ella—. Con vos en las tierras salvajes moriría tan pronto como con los brutales Orientales. No podéis arreglar lo que habéis hecho. ¡Marchaos! Quedaros lo empeoraría todo, y Morwen os perdería sin objeto alguno. ¡Marchaos, os lo ruego!

Entonces Túrin le hizo una profunda reverencia, y volviéndose, abandonó la casa de Brodda, pero todos los rebeldes que aún tenían fuerzas lo siguieron. Se encaminaron hacia las montañas, porque algunos de ellos conocían bien los caminos, y bendijeron la nieve que caía detrás borrando sus huellas. Así, aunque pronto se organizó la persecución, con muchos hombres y perros y relinchos de caballos, lograron escapar hacia el sur por las colinas. Desde allí, al mirar atrás, vieron una luz roja a lo lejos, en la tierra que habían abandonado.

—Han pegado fuego a la casa —observó Túrin—. ¿Con qué fin?

—¿Ellos? No, señor; yo creo que ha sido ella —dijo uno, de nombre Asgon—. Muchos hombres de armas interpretan mal la paciencia y la quietud. La Señora nos hizo mucho bien a un alto precio. Su corazón no era débil, y la paciencia siempre termina por agotarse.

# CAPÍTULO XIII

## LA LLEGADA DE TÚRIN A BRETHIL

Túrin descendió hacia el Sirion, y su mente estaba dividida. Porque le parecía que, así como antes tenía dos amargas opciones, ahora tenía tres, y su pueblo oprimido, al que sólo había traído más dolor, clamaba por él. Sólo un consuelo le quedaba: que más allá de toda duda, Morwen y Niënor hacía ya mucho tiempo que habían llegado a Doriath, y las proezas de la Espada Negra de Nargothrond habían librado de peligros el camino. Y pensó para sí: «¿A qué sitio mejor podría haberlas llevado de haber venido antes? Si la Cintura de Melian se rompe, todo habrá terminado. No, es mejor así, porque a causa de mi cólera y mis acciones precipitadas arrojo una sombra dondequiera que voy. ¡Que Melian las guarde! Yo las dejaré en paz, para que la sombra aún no las alcance durante un tiempo».

Pero era demasiado tarde para buscar a Finduilas. Túrin vagó por los bosques de debajo de las estribaciones de Ered Wethrin, salvaje y cauto como una bestia; y recorrió todos los caminos que llevaban hacia el norte, hacia el Paso del Sirion. Demasiado tarde, porque las lluvias y las nieves habían borrado todas las huellas. Pero al descen-

—Bien, un solo hombre así vale por muchos. Tenemos una gran deuda con vos. Pero ¿quién sois, y qué hacéis aquí?

—No hago sino ejercer mi oficio, que es el de matar Orcos —contestó Túrin—. Y vivo donde mi oficio me lo exige. Soy el Hombre Salvaje de los Bosques.

—Entonces venid y vivid con nosotros —dijeron ellos—. Porque nosotros moramos en los bosques, y necesitamos trabajadores como vos. ¡Seríais bienvenido!

Entonces Túrin los miró de manera extraña, y dijo:

—Hay, pues, quien todavía está dispuesto a que yo ensombrezca su destino. Gracias, amigos, pero tengo aún por delante un penoso cometido: encontrar a Finduilas, hija de Orodreth de Nargothrond, o al menos saber qué ha sido de ella. ¡Ay! Muchas semanas han transcurrido desde que se la llevaron de Nargothrond, pero yo todavía la busco.

Entonces los demás lo miraron con piedad, y Dorlas dijo:

—No busquéis más. Una hueste de Orcos vino de Nargothrond camino de los Cruces del Teiglin; nosotros estábamos esperándolos. Marchaban muy despacio a causa del número de cautivos que escoltaban. Entonces, para aportar nuestro pequeño grano de arena a la guerra, tendimos una emboscada a los Orcos con todos los arqueros que pudimos reunir, esperando poder salvar a algunos prisioneros. Pero ¡ay!, en cuanto fueron atacados, los inmundos Orcos mataron a las mujeres que llevaban cautivas; y a la hija de Orodreth la clavaron en un árbol con una lanza.

Túrin se sintió herido de muerte.

—¿Cómo lo sabes? —preguntó.

—Porque habló conmigo antes de morir —contestó Dorlas—. Nos miró como si buscara a alguien a quien estuviera esperando, y susurró: «Mormegil. Decidle a Mormegil que Finduilas está aquí». No dijo más. Pero a causa de sus últimas palabras, le dimos sepultura donde murió. Yace en un túmulo, junto al Teiglin. Sí, hace ahora un mes.

—Llevadme allí —pidió Túrin; y los hombres lo condujeron hasta un montículo junto a los Cruces del Teiglin.

Al llegar allí, Túrin se tendió en el suelo, y una oscuridad cayó sobre él, de modo que los demás creyeron que había muerto. Pero Dorlas lo miró de cerca y, volviéndose hacia sus hombres, dijo:

—¡Demasiado tarde! Es éste un triste momento. Pero mirad: este que aquí yace es el propio Mormegil, el gran capitán de Nargothrond. Por su espada tendríamos que haberlo conocido, como lo conocieron los Orcos.

Pues la fama de la Espada Negra del Sur había viajado lejos, aun hasta las profundidades del bosque.

Así pues, aquellos hombres lo alzaron con reverencia y lo transportaron hasta Ephel Brandir; y Brandir salió a su encuentro, y se asombró al ver que llevaban a alguien sobre unas andas. Entonces, retirando el paño que lo ocultaba, examinó el rostro de Túrin, hijo de Húrin, y una oscura sombra cubrió su corazón.

—¡Oh, crueles Hombres de Haleth! —exclamó—. ¿Por qué arrebatasteis a este hombre de la muerte? Con gran trabajo habéis traído aquí a quien será la causa de la ruina de nuestro pueblo.

Pero los Hombres de los bosques dijeron:

—No, es Mormegil de Nargothrond, un poderoso matador de Orcos, y nos será de gran ayuda si vive. Y, si así no fuera, ¿habríamos de dejar a un hombre golpeado por el dolor como carroña a la vera del camino?

—No, en verdad —respondió Brandir—. El destino no lo ha querido así. —Y llevando a Túrin a su casa, lo atendió con cuidado.

Cuando Túrin salió al fin de la oscuridad, la primavera había vuelto, y él despertó y vio el sol sobre los capullos verdes. Entonces el coraje de la Casa de Hador despertó también en él, que se levantó y dijo de corazón:

—Todas mis acciones y mis días pasados han sido oscuros y llenos de maldad, pero ha llegado un nuevo día. Aquí me quedaré en paz; renuncio a mi nombre y mi linaje, y así quizá dejaré atrás la sombra, o al menos no caerá sobre los que amo.

Así pues, tomó un nuevo nombre, y se llamó a sí mismo Turambar, que en la lengua de los Altos Elfos significaba Amo del Destino; y vivió entre los Hombres de los bosques, y fue amado por ellos, y les pidió que olvidaran su antiguo nombre, y lo considera-ran nacido en Brethil. No obstante, el cambio de nombre no pudo cambiar del todo su temperamento, ni hacerle olvidar las penas causadas por los siervos de Morgoth, y quería perseguir Orcos con unos pocos que pensaban como él, aunque eso disgustaba a Bran-dir, pues él confiaba en proteger a su pueblo con el sigilo y el se-creto.

—Mormegil ha dejado de existir —les dijo—, pero ¡tened cuidado, no sea que el valor de Turambar atraiga una venganza similar con-tra Brethil!

Por tanto, Turambar guardó la Espada Negra, y no la llevó más al combate, prefiriendo desde entonces el arco y la lanza. Pero no so-portaba que los Orcos utilizaran los Cruces del Teiglin o se acerca-ran al montículo donde yacía Finduilas. Haudh-en-Elleth se llama-ba, el Túmulo de la Doncella Elfa, y pronto los Orcos aprendieron a temer ese sitio y lo evitaron.

Un día Dorlas le dijo a Turambar:

—Has renunciado a tu nombre, pero eres todavía la Espada Ne-gra; y ¿no dice el rumor que éste era en verdad el hijo de Húrin de Dor-lómin, señor de la Casa de Hador?

Y Turambar contestó:

—Eso he oído. Pero no lo difundas, te lo ruego, si eres mi amigo.

## CAPÍTULO XIV

## EL VIAJE DE MORWEN Y NIËNOR A NARGOTHROND

Cuando el Fiero Invierno acabó, nuevas de Nargothrond llegaron a Doriath, porque algunos de los que escaparon del saqueo y habían sobrevivido al invierno en las tierras salvajes, lograron llegar en busca de la protección de Thingol, y los guardianes de la frontera los condujeron ante el rey. Unos decían que todos los enemigos se habían ido hacia el norte; otros que Glaurung moraba todavía en las estancias de Felagund; algunos, que Mormegil había muerto, y otros que estaba bajo un hechizo del Dragón y se encontraba todavía allí, como convertido en piedra. Pero todos declararon que en Nargothrond, antes del fin, ya se sabía que la Espada Negra no era otro que Túrin, hijo de Húrin de Dor-lómin.

Grandes fueron entonces el miedo y la pena de Morwen y de Niënor; y Morwen dijo:

—¡Esta duda es obra del mismo Morgoth! ¿No podemos saber la verdad, y conocer de una vez qué es lo peor que debemos soportar?

No obstante, Thingol tenía grandes deseos de saber más del destino de Nargothrond, y tenía ya en mente enviar allí a algunos para que investigaran con cautela; sin embargo, él creía que en realidad, Túrin había muerto, o que era imposible rescatarlo, pero se resistía a ver la hora en que Morwen lo supiera con certeza. Por tanto, le dijo:

—Éste es un asunto peligroso, Señora de Dor-lómin, y requiere un tiempo de reflexión. La duda puede ser desde luego obra de Morgoth para llevarnos a cometer alguna acción precipitada.

Pero Morwen, enloquecida, gritó:

—¡Alguna acción precipitada, señor! Si mi hijo yerra hambriento por los bosques, si vive encadenado, si su cuerpo yace insepulto, yo desde luego estoy dispuesta a cometer alguna acción precipitada. No perderé ni una hora en ir a buscarlo.

—Señora de Dor-lómin —razonó Thingol con ella—, sin duda ése no sería el deseo del hijo de Húrin. Pensaría que mejor os encontráis aquí que en cualquier otro lugar: bajo la custodia de Melian. En consideración a Húrin y Túrin, no permitiré que erréis por ahí expuesta al negro peligro de estos días.

—No preservasteis a Túrin del peligro, pero a mí sí queréis apartarme de él —gritó Morwen—. ¡Bajo la custodia de Melian! Sí, prisionera de la Cintura. Mucho tiempo dudé antes de atravesarla, y ahora lo deploro.

—Puesto que así habláis, Señora de Dor-lómin —dijo Thingol—, sabed esto: la Cintura está abierta. Libremente vinisteis aquí; y libremente os quedaréis... o partiréis.

Entonces Melian, que había permanecido en silencio, habló:

—No te vayas, Morwen. Una verdad has dicho: esta duda es obra de Morgoth. Si te vas, lo harás obedeciendo su voluntad.

—El temor a Morgoth no me impedirá acudir a la llamada de mi linaje —respondió Morwen—. Pero si teméis por mí, señor, prestadme entonces a algunos de los vuestros.

—Yo no mando en vos —dijo Thingol—, pero mi gente sí me pertenece y mando en ella. Los enviaré según crea conveniente.

Entonces Morwen no dijo más, pero lloró, y se apartó de la presencia del rey. Thingol tenía un peso en el corazón, porque le pa-

recía que el ánimo de Morwen era aciago; y le preguntó a Melian
si no la retendría con su poder.

—Contra un mal que viene mucho puedo hacer —respondió
ella—, pero contra la partida de los que quieren marcharse, no puedo nada. Esa parte te corresponde a ti. Si ha de ser retenida aquí,
tendrás que hacerlo por la fuerza. No obstante, de ese modo corres
el peligro de que pierda la razón.

Morwen fue al encuentro de Niënor, y dijo:

—Adiós, hija de Húrin. Parto en busca de mi hijo, o de noticias
ciertas sobre él, pues aquí nadie quiere hacer nada, hasta que sea demasiado tarde. Quédate aquí por si regreso.

Entonces Niënor, asustada y afligida, quiso retenerla, pero Morwen no contestó, y se dirigió a su cámara; cuando llegó la mañana,
había montado a caballo y se había ido.

Thingol había ordenado que nadie la detuviera o la abordase.
Pero tan pronto como ella se marchó, reunió a una compañía de los
más audaces y hábiles de entre los guardianes de las fronteras, y
puso a Mablung al mando.

—Seguidla velozmente —les ordenó—, pero no permitáis que note
vuestra presencia. Sin embargo, cuando llegue a las tierras salvajes,
si el peligro amenaza, mostraos; y si no quiere volver, protegedla
como podáis. Quiero también que algunos de vosotros os adelan-
téis tanto como sea posible, y averigüéis cuanto podáis.

Así pues, Thingol envió a una compañía más numerosa de lo
que había previsto en un principio, entre ellos, diez jinetes con caballos de reserva. Partieron en pos de Morwen mientras ella se encaminaba al sur a través de Region, y llegaba a orillas del Sirion,
por encima de las Lagunas del Crepúsculo; y allí se detuvo, porque
el Sirion era ancho y rápido, y ella no conocía el camino. Por tanto, los guardias tuvieron por fuerza que mostrarse, y Morwen dijo:

—¿Quiere Thingol retenerme? ¿O tarde me envía la ayuda que
me negó?

—Ambas cosas —respondió Mablung—. ¿Queréis regresar?

—No —replicó ella.

—Entonces debo ayudaros —explicó Mablung—, aunque sea en contra de mi voluntad. Amplio y profundo es aquí el Sirion, y es peligroso atravesarlo a nado, tanto para hombres como para bestias.

—Entonces llevadme al lugar por donde los Elfos lo cruzan —ordenó Morwen—, de lo contrario, lo intentaré a nado.

Mablung la condujo a las Lagunas del Crepúsculo, donde, entre los arroyos y juncos de la orilla oriental, se guardaban escondidas unas balsas; de ese modo iban y venían los mensajeros entre Thingol y sus parientes de Nargothrond. Esperaron hasta que la noche cuajada de estrellas estuvo avanzada, y cruzaron por entre las blancas neblinas antes del amanecer. Cuando el sol se alzó rojo más allá de las Montañas Azules, y un fuerte viento matinal sopló dispersando la neblina, los diez jinetes llegaron a la costa occidental y abandonaron la Cintura de Melian. Todos eran Altos Elfos de Doriath, vestidos de gris, y con una capa cubriéndoles la cota de malla. Morwen los observaba desde su balsa mientras avanzaban en silencio, y entonces de pronto, ahogó una exclamación, y señaló al último de la compañía.

—¿De dónde ha salido él? —preguntó—. Diez de vosotros me salisteis al encuentro. ¡Ahora diez más uno bajáis a tierra!

Entonces los otros se volvieron y vieron cómo el sol resplandecía sobre una cabeza dorada: porque era Niënor, y el viento le había echado atrás la capucha. Así se reveló que había seguido a la compañía, y se había unido a ellos en la oscuridad antes de que cruzaran el río. Todos estaban consternados, y ninguno más que Morwen.

—¡Vuelve! ¡Vuelve! ¡Te lo ordeno! —gritó.

—Si, contra todo consejo, la esposa de Húrin puede acudir a la llamada de la sangre —respondió Niënor—, también puede hacerlo su hija. Luto me llamaste, pero no guardaré luto yo sola, por padre, hermano y madre. De ellos sólo a ti te he conocido, y por encima de todos te amo. Y nada que tú no temas temo yo.

En verdad, poco temor se veía en su rostro o actitud. Alta y fuerte parecía, porque los miembros de la Casa de Hador eran de gran estatura, y vestida con el traje de los Elfos no deslucía junto a los guardias, siendo sólo más pequeña que los más altos de entre ellos.

–¿Qué pretendes? –preguntó Morwen.

–Ir a donde tú vayas –le contestó Niënor–. Esta elección te ofrezco. Llevarme de regreso y dejarme a salvo bajo la custodia de Melian, porque no es prudente rechazar su consejo. O afrontar el peligro contigo si tú lo haces. –Porque, en realidad, Niënor había ido allí sobre todo con la esperanza de que, por temor y amor a ella, su madre regresara.

Morwen por su parte, se sentía dividida.

–Una cosa es rechazar un consejo –dijo–. Otra muy distinta desobedecer la orden de tu madre. ¡Vuelve inmediatamente!

–No –se reafirmó Niënor–. Hace mucho tiempo que dejé de ser una niña. Tengo voluntad y juicio propios, aunque hasta ahora no se hayan opuesto a los tuyos. Voy contigo. Prefiero que sea a Doriath, por veneración hacia quienes la gobiernan, pero de no ser así, entonces al oeste. Y, en realidad, si alguna de las dos debe continuar, soy yo, que estoy en la plenitud de mis fuerzas.

Entonces Morwen vio en los ojos grises de Niënor la firmeza de Húrin y vaciló; pero no podía doblegar el orgullo de la muchacha, y no quiso que pareciera (aun tras aquellas hermosas palabras) que su hija la llevaba de vuelta, como a una persona vieja e incapaz, por lo que dijo:

–Seguiré mi camino, como me había propuesto. Ven tú también, pero que sepas que lo haces en contra de mi voluntad.

–Que así sea –aceptó Niënor.

Entonces Mablung dijo a su compañía:

–¡En verdad, es por falta de buen sentido, no de coraje, que la gente de Húrin atrae la aflicción sobre los demás! Lo mismo sucede con Túrin; sin embargo, no era así con sus antepasados. Pero ahora son todos gente aciaga, y no me gusta. Temo más esta misión que nos encomienda el rey que ir a la caza del lobo. ¿Qué hacer?

Pero Morwen, que estaba cerca de él y oyó sus últimas palabras, fue quien respondió:

–Haz lo que el rey te ha ordenado. Busca noticias de Nargothrond y de Túrin. Con ese fin hemos venido todos aquí.

—El camino es todavía largo y peligroso —dijo Mablung—. Si decidís seguir adelante, ambas montaréis e iréis entre los jinetes, sin apartaros de ellos.

Así se pusieron en marcha con el día ya amanecido, y abandonaron lenta y cautelosamente la región de juncos y sauces bajos, y llegaron a los bosques grises que cubrían gran parte de la planicie meridional ante Nargothrond. Todo el día fueron en dirección oeste, y no vieron sino desolación, y no oyeron nada; porque las tierras estaban en silencio, y a Mablung le parecía que un peligro los amenazaba en aquellos parajes. Ése era el mismo camino que Beren había recorrido años atrás, y entonces en los bosques acechaban los ojos ocultos de los cazadores, pero ahora todo el pueblo del Narog había partido, y los Orcos, según parecía, no habían llegado aún tan al sur. Aquella noche acamparon en el bosque gris, sin fuego ni luz.

Los dos días siguientes continuaron avanzando, y al atardecer del tercer día después de abandonar el Sirion llegaron al final de la planicie y se acercaron a las orillas occidentales del Narog. Tanta fue la intranquilidad que se apoderó de Mablung que rogó a Morwen que no siguieran adelante. Sin embargo, ella rió, y dijo:

—Es muy probable que pronto tengas el placer de librarte de nosotras, pero todavía deberás soportarnos un poco más. Estamos demasiado cerca ahora como para retroceder por miedo.

Entonces Mablung gritó:

—Aciagas sois las dos, y temerarias. No ayudáis en la búsqueda de noticias, sino que la entorpecéis. ¡Escuchadme ahora! Se me ordenó no reteneros por la fuerza, pero se me ordenó también protegeros por el medio que fuera. En este trance, sólo una cosa puedo hacer y es protegeros. Mañana os conduciré a Amon Ethir, la Colina de los Espías, que se encuentra cerca, donde quedaréis custodiadas; no seguiréis avanzando en tanto yo mande aquí.

Amon Ethir era un monte de la altura de una colina que mucho tiempo atrás Felagund había hecho levantar con gran esfuerzo en la planicie, delante de sus Puertas, una legua al este del Narog. Estaba sembrado de árboles, salvo en la cima, desde donde se tenía una amplia vista de todos los caminos que conducían al gran puente de Nargothrond y las tierras de alrededor. A esta colina llegaron ya avanzada la mañana y empezaron a subirla desde el este. Entonces, al mirar hacia el Alto Faroth, pardo y desnudo más allá del río, Mablung vio con su vista élfica, las terrazas de Nargothrond sobre la empinada orilla occidental y, como un pequeño boquete en los muros formados por las colinas, las abiertas Puertas de Felagund. Pero no oyó sonido alguno, y no vio signos de enemigos, ni señales del Dragón, salvo los restos del incendio en torno a las Puertas del día del saqueo. Todo yacía en silencio bajo un pálido sol.

Mablung, como ya había avisado, ordenó a sus diez jinetes que mantuvieran a Morwen y Niënor en la cima de la colina, y que no se movieran de allí en tanto él no regresara, excepto en caso de gran peligro: y si eso ocurría, los jinetes tenían que poner a Morwen y Niënor entre ellos y huir tan de prisa como les fuera posible, hacia el este, a Doriath, enviando por delante a uno de ellos para llevar noticias y buscar ayuda.

Entonces Mablung reunió a los otros miembros de su compañía y bajaron la colina; luego, al llegar a los campos del oeste, donde los árboles eran escasos, se dispersaron y cada cual continuó su propio camino, sin vacilar pero cautelosos, hacia las orillas del Narog. Mablung tomó el camino del medio, que se dirigía hacia el puente, y así llegó a su extremo y lo encontró todo derrumbado; abajo, el río fluía con fuerza después de las lluvias del lejano norte, espumoso y rugiente entre las piedras caídas.

Pero Glaurung permanecía allí echado, a la sombra del gran pasaje que conducía al interior desde las Puertas derribadas, y hacía mucho que había advertido la presencia de los rastreadores, aunque muy pocos ojos de la Tierra Media habrían sido capaces de divisarlos. Sin embargo, la mirada de sus ojos fieros era más aguda que la de las águilas, y superaba el largo alcance de la vista de los Elfos; y sabía también que algunos habían quedado atrás, y que esperaban sobre la cima desnuda de Amon Ethir.

Así, mientras Mablung se deslizaba entre las rocas, tratando de ver si podía cruzar el río que corría desenfrenado entre las piedras del puente, Glaurung se arrojó de pronto a la corriente lanzando una gran bocanada de fuego. Hubo entonces un gran siseo y del agua se levantaron unas enormes emanaciones, y Mablung y quienes lo seguían fueron engullidos por un vapor cegador y un hedor inmundo. La mayoría huyeron como pudieron hacia la Colina de los Espías, pero mientras Glaurung cruzaba el Narog, Mablung se hizo a un lado y se ocultó bajo una roca, donde se quedó, pues le parecía que aún tenía un cometido que cumplir. Sabía ahora con certeza que Glaurung moraba en Nargothrond, pero se le había pedido también que, si era posible, averiguara la verdad acerca del hijo de Húrin. Por tanto, con el corazón firme, se proponía cruzar el río en cuanto Glaurung se hubiera ido, y examinar las estancias de Felagund. Lo decidió así porque pensó que todo lo que podía hacerse para proteger a Morwen y Niënor se había hecho: los jinetes habrían advertido ya la aparición de Glaurung, y debían de estar ya a toda carrera hacia Doriath con las dos mujeres.

Así pues, Glaurung pasó junto a Mablung como una vasta forma en la niebla, y avanzó con rapidez, porque era como un enorme pero, sin embargo, ágil gusano. Entonces Mablung vadeó el Narog con gran peligro. Por su parte, los guardianes apostados en Amon Ethir contemplaron la salida del Dragón y se sintieron consternados. Inmediatamente, ordenaron montar a Morwen y Niënor sin discusión alguna, y se dispusieron a huir hacia el este como se les había ordenado. Pero cuando descendían de la colina a la planicie, un mal viento lanzó los intensos vapores sobre ellos, trayendo un hedor que los caballos no pudieron soportar. Cegados por la niebla levantada y despavoridos por el inmundo olor del Dragón, los caballos no tardaron en volverse ingobernables, y empezaron a correr frenéticamente de un lado a otro, con lo que los guardias se dispersaron, o bien fueron lanzados contra los árboles con gran daño, o se buscaban en vano unos a otros. El relincho de los caballos y los gritos de los jinetes llegaron a oídos de Glaurung, que se sintió complacido.

Uno de los jinetes Elfos que luchaba con su caballo en la niebla, vio de repente pasar cerca a la Señora Morwen, un espectro gris so-

bre un corcel enloquecido, que desapareció en la neblina, gritando
«Niënor», y no volvieron a verla.

Cuando el terror ciego se adueñó de los jinetes, el caballo de
Niënor, desbocado, había tropezado y hecho caer a la muchacha
que rodó suavemente sobre la hierba sin lastimarse. No obstante,
cuando se puso en pie estaba sola: perdida en la niebla, sin caballo
ni compañía. Su corazón no flaqueó, y reflexionó un momento;
le pareció inútil acudir a una llamada u otra porque los gritos la rodeaban por todas partes, aunque cada vez más débiles. Lo que le pareció mejor fue subir de nuevo la colina: allí iría sin duda Mablung
antes de partir, aunque sólo fuera para asegurarse de que ningún
miembro de su compañía permanecía en el lugar.

Así pues, caminando a ciegas, encontró la colina, que en realidad
estaba cerca, gracias a que notó la elevación del suelo bajo sus pies;
lentamente, fue subiendo por el sendero que venía desde el este. Y,
a medida que ascendía, la niebla se hacía menos densa, hasta que
llegó por fin a la cima desnuda a pleno sol. Entonces avanzó un
paso y miró hacia el oeste. Y allí, delante de ella, se topó frente a
frente con la gran cabeza de Glaurung, que había trepado al mismo
tiempo por el otro lado. Antes de darse cuenta, sus ojos habían mi-
rado el fiero espíritu de los de él, y eran ojos terribles, en los que
moraba el cruel espíritu de Morgoth, su amo.

Sin embargo, fuertes eran la voluntad y el corazón de Niënor,
y ambos lucharon contra Glaurung, pero él concentró su poder
en ella.

—¿Qué buscas aquí? —preguntó.

Obligada a responder, Niënor contestó:

—Busco a un tal Túrin, que vivió aquí un tiempo. Pero quizá está
muerto.

—No lo sé —contestó Glaurung—. Estaba aquí para defender a
las mujeres y a los débiles, pero cuando yo llegué los abandonó y
huyó. Jactancioso pero cobarde, según parece. ¿Por qué buscas a
alguien así?

—Mientes —afirmó Niënor—. Los hijos de Húrin no son cobardes. No te tememos.

Entonces Glaurung rió, porque, con esas palabras, la hija de Húrin se había revelado a su malicia.

—Entonces sois tontos, tú y tu hermano —dijo—. Y tu jactancia será vana, ¡porque yo soy Glaurung!

Y diciendo esto, atrajo los ojos de ella a los suyos, y la voluntad de Niënor se desvaneció. Y le pareció que el sol palidecía y todo se volvía opaco a su alrededor. Lentamente, una gran oscuridad se abatió sobre ella y esa oscuridad se abría al vacío; no supo nada, no oyó nada, y no recordaba nada.

Largo tiempo exploró Mablung las estancias de Nargothrond, tan bien como pudo en medio de la oscuridad y el hedor; pero no encontró allí ningún ser viviente: nada se movía entre los huesos, y nadie respondía a sus gritos. Por fin, abatido por el horror del lugar, y temiendo el regreso de Glaurung, volvió a las Puertas. El sol se ponía ya por el oeste, y, detrás de él, las sombras del Faroth cubrían las terrazas y el río desbocado de abajo; sin embargo, a lo lejos, debajo de Amon Ethir, creyó distinguir la forma maligna del Dragón. Más duro y más peligroso fue volver a cruzar el Narog con tanta prisa y temor, y, apenas había alcanzado la orilla oriental y se había ocultado en la ribera, cuando Glaurung se acercó. Pero avanzaba despacio ahora y con sigilo, porque había consumido todos los fuegos de su interior: un gran poder había salido de él, y quería descansar y dormir en la oscuridad. Así, se deslizó en el agua y reptó hasta las Puertas como una enorme serpiente de color ceniza, enlodando el suelo con el vientre.

Pero se volvió antes de entrar y miró atrás, hacia el este, y de él brotó la risa de Morgoth, débil pero horrible, como un eco de malicia llegado de negras profundidades. Y su voz, fría y baja, pudo oírse después:

—¡Ahí estás, como rata de agua en la ribera, Mablung el poderoso! Mal cumples los cometidos de Thingol. ¡Ve de prisa ahora a la colina y verás lo que ha sido de quienes tenías a tu cargo!

Entonces Glaurung entró en su guarida, y el sol se ocultó, y el gris anochecer se enfrió sobre la tierra. Mablung se encaminó en seguida a Amon Ethir, y, mientras subía a la cima, las estrellas aparecieron en el este. Recortándose contra ellas, vio una figura erguida, oscura e inmóvil como una estatua de piedra. Tal parecía Niënor, que no oyó nada de lo que él le dijo, y no le respondió. Pero cuando por fin él le tomó la mano, se movió, y permitió que se la llevara de allí; y mientras le sujetaba la mano lo seguía, pero si se la soltaba se detenía.

Grandes fueron entonces el dolor y el desconcierto de Mablung; pero no tenía más remedio que llevar de ese modo a Niënor por el largo camino hacia el este, sin ayuda ni compañía. Así partieron, andando como sonámbulos, y salieron a la planicie en las sombras de la noche. Cuando llegó de nuevo el día, Niënor tropezó y cayó, y se quedó inmóvil; y Mablung se sentó junto a ella, desesperado.

–Por algo temía yo este cometido –dijo–. Porque será el último, según parece. Con esta desdichada hija de los Hombres pereceré en las tierras salvajes, y mi nombre será despreciado en Doriath si alguna vez llega allí alguna noticia de nuestra suerte. Sin duda todos los demás han muerto, y sólo ella fue perdonada, pero no por piedad.

Allí los encontraron tres miembros de la compañía que habían huido del Narog a la llegada de Glaurung y, después de mucho errar, cuando despejó la niebla, volvieron a la colina. Al encontrarla vacía, habían emprendido el camino a casa. Mablung recuperó entonces la esperanza, y se pusieron en marcha todos juntos, hacia el norte y el este, pues no había camino de regreso a Doriath en el sur, y desde la caída de Nargothrond los guardianes tenían prohibido cruzar en la balsa a nadie que no vinieran del interior.

Viajaban despacio, como si llevaran con ellos un niño cansado. Pero a medida que se alejaban de Nargothrond y se acercaban a Doriath, Niënor iba recuperando las fuerzas poco a poco, y, llevada de la mano, caminaba obediente hora tras hora. No obstante, sus ojos abiertos no veían, y sus oídos no oían nada, y sus labios no pronunciaban palabra alguna.

Por fin, después de muchos días, llegaron cerca de la frontera occidental de Doriath, un poco al sur del Teiglin, porque tenían intención de atravesar las lindes de la pequeña tierra de Thingol más allá del Sirion, y llegar así al puente protegido, cerca de la corriente del Esgalduin. Allí se detuvieron un tiempo, e hicieron que Niënor se tumbase sobre un lecho de hierba. Ella cerró los ojos, cosa que no había hecho hasta entonces, y pareció que dormía. Entonces los Elfos descansaron también, y la fatiga los volvió imprudentes. De este modo, una banda de cazadores Orcos, de las muchas que ahora merodeaban por esa región, tan cerca de los vallados de Doriath como osaban hacerlo, los sorprendió desprevenidos. De pronto, en medio de la refriega, Niënor se incorporó de un salto como quien despierta del sueño por una alarma en la noche, y con un grito se internó corriendo en el bosque. Entonces los Orcos se dieron la vuelta y la persiguieron, y los Elfos fueron detrás. Pero Niënor había sufrido un extraño cambio y los superaba a todos en velocidad, corriendo como un ciervo entre los árboles, con los cabellos flotando al viento. Mablung y sus compañeros alcanzaron en seguida a los Orcos matándolos a todos, y siguieron adelante. Pero para entonces Niënor había desaparecido como un espectro; y ni rastro de ella encontraron, aunque estuvieron buscándola lejos, hacia el norte, durante muchos días.

Finalmente, Mablung regresó a Doriath abrumado por el dolor y la vergüenza.

—Escoged a otro jefe para vuestros cazadores, señor —le dijo al rey—. Porque yo estoy deshonrado.

Pero Melian objetó:

—No es así, Mablung. Hiciste cuanto pudiste, y ningún otro de entre los servidores del rey habría hecho tanto. Pero por mala suerte tuviste que enfrentarte a un poder demasiado grande para ti, demasiado grande en verdad para todos los que ahora habitan en la Tierra Media.

—Te envié en busca de noticias, y las has traído —lo tranquilizó Thingol—. No es tu culpa que aquellos a quienes las noticias atañen más de cerca no estén ahora aquí para escucharlas. Doloroso es en verdad este fin de todo el linaje de Húrin, pero nadie podría hacerte a ti responsable.

Porque no sólo Niënor había huido enloquecida a las tierras salvajes, sino que Morwen también se había perdido. Ni entonces ni después, ni a Doriath ni a Dor-lómin, llegaron noticias ciertas de su destino. No obstante, Mablung no se dio descanso, y con una pequeña compañía, se encaminó a las tierras salvajes, que recorrió durante tres años, desde Ered Wethrin hasta las Bocas del Sirion, en busca de huellas o noticias de las desaparecidas.

## CAPÍTULO XV

## NIËNOR EN BRETHIL

A medida que Niënor se internaba corriendo en el bosque, oyendo
a sus espaldas los gritos de la persecución, la ropa se le iba desgarran-
do, y ella iba dejando atrás sus vestiduras, una por una, a medida que
huía, hasta que se quedó desnuda. Todo ese día siguió corriendo,
como una bestia perseguida a punto de desfallecer que no se atreve
a detenerse o recobrar el aliento. Pero al atardecer, de repente se le
pasó la locura. Se quedó inmóvil un momento, como asombrada, y
entonces, al desmayarse de completo agotamiento, cayó sobre un
profundo matorral de helechos como derribada por un golpe. Allí,
en medio del viejo helechal y las frescas frondas de la primavera, yació y durmió, olvidada de todo.

Por la mañana despertó, y se regocijó con la luz como si lo vie-
se todo por vez primera, y todas las cosas que miraba le parecían
nuevas y extrañas, y no tenía nombre con que designarlas. Porque
en su interior sólo había un oscuro vacío, sin ningún recuerdo de lo
que había sabido alguna vez, ni el eco de ninguna palabra. Sólo recordaba una sombra de miedo, y por eso era precavida y buscaba

siempre dónde esconderse; subía a los árboles o se deslizaba entre la
maleza, rápida como una ardilla o un zorro, si algún sonido o una
sombra la asustaban. Desde allí espiaba largo rato entre las hojas,
con ojos tímidos, antes de partir de nuevo.

Así, siguiendo el camino por el que antes había corrido, llegó al
río Teiglin, y allí calmó su sed; pero no encontró alimento, ni sabía
cómo buscarlo, y tenía hambre y frío. Como los árboles del otro
lado del río le parecieron más densos y oscuros (y lo eran en realidad, pues se trataba de los primeros árboles del Bosque de Brethil)
cruzó las aguas y llegó a un montículo verde, donde se dejó caer
porque estaba agotada, y le parecía que la negrura que había dejado atrás estaba envolviéndola de nuevo, y que el sol se oscurecía.

Pero en realidad se trataba de una negra tormenta que venía del
sur, cargada de relámpagos y de fuertes lluvias. Allí yació acurruca-
da, aterrorizada por los truenos, mientras la oscura lluvia hería su
desnudez, y ella la observaba sin palabras, como una criatura salvaje en un cepo.

Quiso la casualidad que algunos de los Hombres de los bosques
de Brethil volvían a esa hora de una incursión contra los Orcos,
apresurándose por los Cruces del Teiglin hacia un refugio que había en las cercanías. De repente estalló un gran relámpago, de modo
que Haudh-en-Elleth quedó iluminado como por una llama blanca. Entonces Turambar, que conducía a los hombres, se sobresaltó y
se cubrió los ojos, y se echó a temblar, porque le pareció que veía el
espectro de una doncella muerta sobre la tumba de Finduilas.

Pero uno de los hombres corrió hacia el montículo, y lo llamó:

—¡Venid, señor! ¡Hay una joven aquí tendida, y está viva!

Y Turambar acudió y la alzó, y el agua caía de los cabellos empapados de Niënor, pero ella cerró los ojos y se estremeció y no intentó resistirse. Entonces, asombrado de que estuviera allí desnuda,
Turambar la envolvió en su capa y la llevó al refugio de los cazadores, en el bosque. Allí encendieron un fuego y la cubrieron con
mantas, y ella abrió los ojos y los miró; y cuando su mirada se posó
en Turambar una luz le iluminó la cara y tendió una mano hacia él,
porque le pareció que por fin había encontrado algo que antes bus-

caba en la oscuridad, y se sintió confortada. Turambar le tomó la mano, sonrió y dijo:

—Ahora, señora, ¿nos diréis vuestro nombre y linaje, y qué mal os ha acaecido?

Pero ella sacudió la cabeza y no dijo nada, sin embargo, se echó a llorar; y ellos no la molestaron más, hasta que hubo comido con avidez los alimentos que pudieron procurarle. Después de comer suspiró, y puso su mano otra vez en la de Turambar, y él dijo:

—Con nosotros no corréis peligro. Podéis descansar aquí esta noche, por la mañana os conduciremos a nuestras casas, en el corazón del bosque. Pero querríamos conocer vuestro nombre y linaje, para así poder encontrar a los vuestros, quizá, y llevarles noticias vuestras. ¿No queréis decírnoslo?

Pero ella tampoco respondió esta vez, y de nuevo lloró.

—¡Tranquilizaos! —la consoló Turambar—. Quizá la historia es demasiado triste para contarla todavía. Os daré un nombre; os llamaré Níniel, la Doncella de las Lágrimas.

Al oírlo ella alzó los ojos y sacudió la cabeza, pero dijo:

—Níniel. —Y ésa fue la primera palabra que pronunció después de la oscuridad, y desde entonces ése fue su nombre entre los Hombres de los bosques.

Por la mañana, llevaron a Níniel a Ephel Brandir, y el camino ascendía empinado hasta el lugar por donde debían cruzar la fuerte corriente del Celebros. Allí se había construido un puente de madera y, debajo, el torrente avanzaba sobre un suelo de piedras gastadas, y, mediante muchos escalones espumosos descendía hasta un cuenco rocoso, mucho más abajo; todo el aire estaba lleno de un rocío que era como lluvia. En la parte superior de las cascadas había un amplio prado, y a su alrededor crecían unos abedules, pero desde el puente se abarcaba una amplia vista hacia los barrancos del Teiglin, unos tres kilómetros al oeste. El aire siempre era allí fresco y, en verano, los viajeros descansaban y bebían agua fría. Dimrost, la Escalera Lluviosa, se llamaban esas cascadas, pero desde ese día las llamaron Nen Girith, el Agua Estremecida, porque Turambar y sus hombres se detuvieron allí, pero tan pronto como Níniel llegó a ese lugar tuvo frío y tembló, y no pudieron darle calor ni consuelo. Reemprendieron por tanto la marcha rápidamente, pero antes de llegar a Ephel Brandir, Níniel deliraba con mucha fiebre.

Mucho tiempo yació enferma, y Brandir tuvo que recurrir a toda su habilidad para curarla, y las mujeres de los Hombres de los bosques la vigilaban de noche y de día. Pero sólo cuando Turambar estaba cerca de ella yacía en paz, o dormía sin quejarse. Durante todo el tiempo que le duró la fiebre, aunque a menudo estaba muy perturbada, nunca murmuró una palabra en ninguna lengua de Elfos u Hombres. Y cuando lentamente fue recobrando la salud, y despertó, y empezó a comer de nuevo, las mujeres de Brethil tuvieron que enseñarle a hablar como a un niño, palabra a palabra. Sin embargo, era rápida en el aprendizaje y la deleitaba, como quien vuelve a encontrar tesoros, grandes y pequeños, que estaban perdidos. Cuando hubo aprendido lo bastante como para hablar con sus amigos decía:

—¿Cuál es el nombre de esta cosa? Porque lo he perdido en la oscuridad.

Y cuando fue capaz de andar otra vez, buscaba la casa de Brandir, porque estaba impaciente por aprender los nombres de todas las criaturas vivientes, y él sabía mucho de esos asuntos; solían caminar juntos por los jardines y los claros.

Entonces Brandir empezó a amarla, y cuando ella recuperó la fuerza, le ofrecía el brazo para ayudarlo a caminar, pues era cojo, y lo llamaba hermano. Sin embargo había entregado su corazón a Turambar, y sólo sonreía cuando él llegaba, y sólo reía cuando él estaba contento.

Un atardecer de aquel otoño dorado estaban sentados juntos, y el sol fulguraba en la ladera de la colina y las casas de Ephel Brandir, y había una profunda quietud. Entonces Níniel le dijo:

—De todas las cosas he preguntado el nombre, salvo el tuyo. ¿Cómo te llamas?

—Turambar —respondió él.

Entonces ella hizo una pausa, como si escuchara algún eco, y preguntó:

—¿Y qué significa? ¿O es sólo tu nombre?

–Significa –contestó él– Amo de la Sombra Oscura. Porque yo también, Níniel, sufrí la oscuridad, en la que perdí cosas que amaba; pero ahora creo que la he vencido.

–¿Y también huiste de ella corriendo hasta llegar a estos hermosos bosques? –quiso saber ella–. ¿Y cuándo escapaste, Turambar?

–Sí –respondió él–. Huí durante muchos años. Y sólo escapé cuando tú llegaste. Porque antes de eso estaba oscuro, Níniel, pero desde entonces ha habido luz. Y me parece que lo que he buscado en vano durante tanto tiempo, ha venido a mí.

Y cuando regresaba a casa en el crepúsculo, se dijo: «¡Haudh-en-Elleth! Vino del montículo verde. ¿Es eso una señal? Y ¿cómo he de intepretarla?».

La estación dorada se desvaneció y dio paso a un invierno suave, y luego siguió otro año brillante. Había paz en Brethil, y los Hombres de los bosques se mantenían tranquilos y no se alejaban, y no tenían noticias de las tierras de alrededor. Porque en ese tiempo los Orcos avanzaban hacia el sur, hasta el oscuro reino de Glaurung, o eran enviados a espiar las fronteras de Doriath, evitaban los Cruces del Teiglin, e iban hacia el oeste, mucho más allá del río.

Ahora Níniel estaba del todo recuperada, y se volvió hermosa y fuerte, y Turambar no se contuvo más y la pidió en matrimonio. Entonces Níniel sintió alegría; pero cuando Brandir lo supo, se le sobrecogió el corazón, y le dijo:

–¡No te apresures! Y no pienses que es falta de bondad por mi parte si te aconsejo esperar.

–Nada de lo que haces carece de bondad –respondió ella–. Pero ¿por qué entonces me das este consejo, sabio hermano?

–¿Sabio hermano? –preguntó él–. Hermano cojo más bien, ni amado ni digno de amor. Y apenas sé por qué. No obstante, hay una sombra en ese hombre, y tengo miedo.

–Hubo una sombra –dijo Níniel–, él así me lo dijo. Pero ha escapado de ella, igual que yo. Y ¿acaso no merece amor? Aunque ahora sea un hombre de paz, ¿no fue uno de los más grandes capitanes, de quien huían todos nuestros enemigos, cuando lo veían?

—¿Quién te lo ha dicho? —preguntó Brandir.

—Dorlas —contestó ella—. ¿No dice la verdad?

—Desde luego —afirmó Brandir, pero estaba disgustado, porque Dorlas encabezaba el grupo de los que deseaban hacer la guerra los Orcos. No obstante, Brandir buscaba todavía razones para convencer a Níniel, y añadió, por tanto—: La verdad, pero no toda la verdad, porque fue el Capitán de Nargothrond, y antes llegó del Norte, y era (se dice) hijo de Húrin de Dor-lómin, de la guerrera Casa de Hador. —Brandir, al ver la sombra que pasó por el rostro de Níniel al oír ese nombre, la interpretó mal, y continuó—: Níniel, alguien semejante bien puedes creer que no tardará en volver a la guerra, lejos de esta tierra, quizá. Y si es así, ¿cuánto tiempo lo soportarás? Ten cuidado, porque preveo que si Turambar va de nuevo a la batalla, no él, sino la Sombra, será la vencedora.

—Lo soportaría mal —respondió ella—; pero soltera no mejor que casada. Y una esposa sería tal vez más capaz de retenerlo y mantener alejada la Sombra.

No obstante, las palabras de Brandir la perturbaron, y pidió a Turambar que aguardaran todavía un tiempo. Él se quedó asombrado y abatido, pero cuando supo por Níniel que Brandir le había aconsejado esperar, se sintió disgustado.

Cuando llegó la primavera siguiente, le dijo a Níniel:

—El tiempo pasa. Hemos esperado, pero ahora no seguiré haciéndolo. Obra como el corazón te dicte, mi muy querida Níniel, pero ten en cuenta que ésta es la elección que se me presenta: volveré ahora a luchar en las tierras salvajes, o me casaré contigo y nunca volveré a la guerra, salvo para defenderte, si algún mal irrumpe en nuestra casa.

Entonces grande fue en verdad la alegría de Níniel, y se comprometió con él, y a mediados de verano se casaron; y los Hombres de los bosques celebraron una gran fiesta, y les regalaron una hermosa casa que habían construido para ellos en Amon Obel. Allí vivían felices, pero Brandir se sentía perturbado, y la sombra de su corazón se hizo más densa.

# CAPÍTULO XVI

## LA LLEGADA DE GLAURUNG

El poder y la malicia de Glaurung crecieron de prisa, y engordó, y reunió Orcos a su alrededor, y gobernó como un rey dragón, y todo el reino devastado de Nargothrond estaba bajo su poder. Y antes de que ese año terminara, el tercero de la estancia de Turambar entre los Hombres de los bosques, empezó a atacar esa tierra, que durante un tiempo había conocido la paz; porque era bien conocido de Glaurung y su Amo que en Brethil habitaban todavía unos pocos Hombres libres, los últimos de las Tres Casas que habían desafiado el poder del Norte. Y no estaban dispuestos a tolerarlo; porque el propósito de Morgoth era someter a toda Beleriand y registrar hasta el último de sus rincones, de modo que no hubiera nadie viviendo en un agujero o escondite que no fuera su esclavo. Así pues, poco importaba si Glaurung descubrió dónde estaba escondido Túrin, o si (como sostienen algunos) éste habría logrado escapar hasta entonces a la mirada del Mal que lo perseguía. En última instancia, los consejos de Brandir se demostraron vanos, y sólo dos opciones tenía Turambar: permanecer inactivo hasta que lo encontraran y lo acosaran como a una rata, o presentar pronto batalla, y revelar así su presencia.

Sin embargo, cuando por primera vez llegaron a Ephel Brandir noticias de la llegada de los Orcos, y cedió a los ruegos de Níniel no salió. Porque ella dijo:

—No han atacado todavía nuestras casas, como tú mismo dijiste. Se dice que los Orcos no son muchos, y Dorlas me contó que, antes de que tú llegaras, estas refriegas no eran infrecuentes, y que los Hombres de los bosques los mantenían a raya.

Pero esta vez, los Hombres de los bosques fueron derrotados, porque esos Orcos eran de una raza maligna, feroces y astutos; y tenían realmente el propósito de invadir el Bosque de Brethil, no como antes, cuando pasaban por su periferia con otros cometidos, o iban de cacería en grupos pequeños. Así pues, Dorlas y sus hombres fueron rechazados con muchas pérdidas, y los Orcos cruzaron el Teiglin y se internaron profundamente en los bosques. Entonces Dorlas se presentó ante Turambar y le mostró sus heridas, y dijo:

—Ved, señor, tal como preveía, ha llegado el momento de la necesidad, después de una falsa paz. ¿No pedisteis ser considerado un miembro de nuestro pueblo y no un forastero? ¿No es éste también vuestro peligro? Porque nuestros hogares no permanecerán ocultos si los Orcos se adentran más en nuestra tierra.

De este modo, Turambar se puso en pie, tomó de nuevo su espada Gurthang y fue a la batalla; y cuando los Hombres de los bosques lo supieron, cobraron nuevos ánimos, y se unieron a él, hasta que contó con un ejército de muchos centenares. Entonces avanzaron por los bosques y mataron a todos los Orcos que allí se agazapaban, y los colgaron de los árboles, cerca de los Cruces del Teiglin. Y cuando llegó una nueva hueste de Orcos, les tendieron una emboscada y, sorprendidos a la vez por el número de Hombres de los bosques y por el terror de la Espada Negra que había regresado, fueron derrotados y murieron en gran número. Entonces los Hombres de los bosques levantaron grandes piras con los cuerpos de los soldados de Morgoth, y los quemaron, y el humo de su venganza se elevó negro en el cielo, y el viento lo arrastró lejos, hacia el oeste.

Pero pocos supervivientes regresaron a Nargothrond con estas nuevas.

Entonces Glaurung se encolerizó de verdad; pero durante un tiempo permaneció inmóvil y reflexionó sobre lo que había escuchado. Así el invierno transcurrió en paz, y los Hombres decían:

—Grande es la Espada Negra de Brethil, porque todos nuestros enemigos han sido derrotados.

Y Níniel se consoló, y se regocijó con el renombre de Turambar; pero él se sentó pensativo, y dijo para sí: «La suerte está echada. Ahora llega la prueba en que se demostrará la verdad de mis alardes, o fracasaré por completo. No volveré a huir. Turambar en verdad seré, y por mi propia voluntad y mis proezas superaré mi destino, o caeré. Pero caído o de pie, como mínimo mataré a Glaurung».

No obstante, estaba intranquilo, y envió lejos a hombres osados como exploradores. Porque en verdad, aunque nada había sido dicho al respecto, él ordenaba ahora las cosas a su antojo, como si fuera el señor de Brethil, y nadie hacía caso de Brandir.

La primavera llegó llena de esperanzas, y los hombres cantaban mientras trabajaban. Sin embargo, en esa primavera Níniel concibió, y se volvió pálida y triste, y toda su felicidad se empañó. Poco después, llegaron extrañas nuevas de los Hombres que habían ido más allá del Teiglin, según las cuales había un gran incendio a lo lejos, en los bosques de la planicie de Nargothrond, y todos se preguntaban qué podía ser.

Pero antes de que transcurriera mucho tiempo llegaron nuevos mensajes: que los fuegos se dirigían cada vez más al norte, y que era el propio Glaurung el causante, porque había abandonado Nargothrond, y vagaba de nuevo con algún propósito. Entonces, los más tontos u optimistas dijeron:

—Su ejército ha sido destruido, y ahora por fin recobra el juicio, y vuelve al lugar de donde vino.

Y otros dijeron:

—Esperemos que pase de largo.

Pero Turambar no tenía esa esperanza, y sabía que Glaurung iba en su busca. Por tanto, aunque ocultaba su preocupación a Níniel, reflexionaba día y noche sobre la decisión que tendría que tomar; y la primavera se convirtió en verano.

Un día, dos hombres volvieron aterrados a Ephel Brandir, porque habían visto al mismísimo Gran Gusano.

—Señor —dijeron—, se va en línea recta hacia el Teiglin. Avanza en medio de un gran incendio, y los árboles echan humo a su alrededor. Su hedor apenas puede soportarse, y su paso inmundo ha desolado todas las largas leguas que ha recorrido desde Nargothrond, en una línea que no se tuerce, sino que viene directamente hacia nosotros. ¿Qué podemos hacer?

—Poco —respondió Turambar—, pero sobre ese poco he reflexionado ya. Las nuevas que me traéis son más bien de esperanza que de terror, porque si en verdad viene en línea recta, como decís, y no se desvía, tengo preparado un plan para guerreros bien templados.

Los hombres se quedaron intrigados, porque en ese momento no dijo más; pero la firmeza de su actitud animó sus corazones.

El río Teiglin discurría de la siguiente manera. Descendía desde Ered Wethrin, rápido como el Narog, pero en un principio entre orillas bajas, hasta que, después de los Cruces, alimentado por otras corrientes, se abría camino por entre los pies de las tierras altas del Bosque de Brethil. En adelante, corría entre profundos barrancos, como muros de roca; confinadas en el fondo, las aguas avanzaban con gran fuerza y estruendo. En el camino de Glaurung se abría una de estas gargantas, en absoluto la más profunda, pero sí la más estrecha, justo al norte de la afluencia del Celebros. Turambar envió a tres hombres atrevidos para que desde arriba vigilaran los movimientos del Dragón, mientras él se dirigía a caballo a las altas cataratas de Nen Girith, donde las noticias podían llegarle de prisa, y desde donde era posible ver las tierras a gran distancia.

Sin embargo, antes reunió a los Hombres de los bosques en Ephel Brandir y les habló, diciendo:

—Hombres de Brethil, se abate sobre nosotros un peligro mortal que sólo con gran osadía puede evitarse. En este asunto el número nos valdrá de poco, tenemos que recurrir a la astucia, y confiar. Si atacáramos al Dragón con todas nuestras fuerzas, como si de un ejército de Orcos se tratara, no haríamos más que entregarnos todos a la muerte, dejando así sin defensa a nuestras esposas y nuestros hijos. Por tanto, digo que debéis quedaros aquí y prepararos para la huida. Si Glaurung llega, debéis abandonar este lugar, y dispersaros; es el modo en que algunos podrán escapar y sobrevivir. Porque si puede, lo destruirá todo, pero después no se quedará aquí. En Nargothrond tiene su tesoro, y allí están las profundas estancias en las que puede yacer a salvo y crecer.

Al oír esto, todos se quedaron consternados, y completamente abatidos, pues confiaban en Turambar y habían esperado palabras más esperanzadoras. Pero él prosiguió:

—Ése en el peor de los casos, pero espero que no llegue a ocurrir si mi consejo y mi fortuna son buenos. Pues yo no creo que este Dragón sea invencible, aunque con los años crezca en fuerza y malicia. Algo sé de él. Su poder depende más del espíritu maligno que lo habita que de la fuerza de su cuerpo, por grande que sea. Porque escuchad ahora la historia que me contaron algunos combatientes del año de la Nirnaeth, cuando yo y la mayoría de los que me escucháis éramos niños. En esa batalla, los Enanos le opusieron resistencia y Azaghâl de Belegost lo hirió tan profundamente que Glaurung huyó de nuevo a Angband. Y aquí tenemos una espina más afilada y más larga que el cuchillo de Azaghâl.

Y Turambar desenvainó Gurthang y la blandió por sobre su cabeza, y a los que miraban les pareció que una llama surgía de la mano de Turambar y se elevaba muchos metros en el aire. Entonces dieron un gran grito:

—¡La Espina Negra de Brethil!

—¡La Espina Negra de Brethil! —repitió Turambar—: bien puede temerla. Porque sabed que este Dragón (y toda su especie, según se dice), por dura que sea su armadura de cuerno, más resistente que el hierro, tiene por debajo el vientre de una serpiente. Por tanto, Hombres de Brethil, voy ahora en busca del vientre de Glaurung, por los medios que sea. ¿Quién vendrá conmigo? Sólo necesito a unos pocos de brazo fuerte y corazón más fuerte todavía.

Entonces Dorlas se adelantó y dijo:

—Iré con vos, señor; porque siempre prefiero ir al encuentro del enemigo que esperarlo.

Pero ningún otro respondió tan rápido a la llamada, porque el terror de Glaurung pesaba en ellos, y el relato de los exploradores que lo habían visto se había difundido y había crecido según se contaba. Entonces Dorlas exclamó:

—Escuchad, Hombres de Brethil, es ahora evidente que para el mal de los tiempos que corren los consejos de Brandir fueron vanos. No hay modo de escapar escondiéndose. ¿Ninguno de vosotros ocupará el lugar del hijo de Handir, para que la Casa de Haleth no quede en evidencia?

De este modo Brandir, que ocupaba el sillón del señor de la asamblea pero a quien nadie hacía caso, fue despreciado, y sintió amargura en el corazón; porque Turambar no reprendió a Dorlas. Pero un tal Hunthor, pariente de Brandir, se puso en pie y dijo:

—Haces mal, Dorlas, al hablar así avergonzando a tu señor, cuyos miembros, por mala fortuna, no pueden hacer lo que él tanto querría. ¡Cuidado, no te suceda lo mismo a ti en alguna ocasión! Y ¿cómo puede decirse que sus consejos fueron vanos, cuando nunca se siguieron? Tú, su vasallo, siempre los tuviste en nada. Te digo que Glaurung viene ahora hacia nosotros, como antes fue a Nargothrond, porque nuestras acciones nos han traicionado, como Brandir temía. Pero ya que ha llegado este mal, con vuestra venia, hijo de Handir, en nombre de la Casa de Haleth iré yo.

Entonces Turambar dijo:

—¡Tres son suficientes! A vosotros dos llevaré conmigo. Pero a vos, señor, yo no os menosprecio. ¡Mirad!, debemos avanzar con gran rapidez, y nuestra misión requerirá miembros fuertes. Considero que vuestro lugar está con vuestro pueblo. Porque sois sabio, y un sanador; y es posible que haya gran necesidad de sabiduría y curación antes de que transcurra mucho tiempo.

Pero estas palabras, aunque dichas con cortesía, no consiguieron otra cosa que amargar a Brandir aún más, y le dijo a Hunthor:

—Ve, pues, pero no con mi venia. Porque una sombra hay sobre este hombre, y te conducirá a la perdición.

Turambar tenía prisa por partir, pero cuando se acercó a Níniel para despedirse, ella se aferró a él, llorando desesperadamente.

—¡No te vayas, Turambar, te lo ruego! —sollozó—. ¡No desafíes a la oscuridad de la que has huido! Sigue huyendo, y llévame contigo, lejos.

—Níniel, mi muy amada —respondió él—, no podemos huir. Estamos obligados con esta tierra. Y aun si me fuera, abandonando al pueblo que nos dio su amistad, no podría sino llevarte a las tierras salvajes, sin hogar, y eso sería tu muerte y la muerte de nuestro hijo. Un centenar de leguas nos separan de cualquier lugar que esté aún fuera del alcance de la Sombra. Pero anímate, Níniel, porque esto te digo: ni tú ni yo moriremos a manos del Dragón, ni de ningún enemigo del Norte.

Entonces Níniel dejó de llorar y guardó silencio, pero el beso de despedida fue frío.

A continuación, Turambar, con Dorlas y Hunthor, se puso rápidamente en marcha hacia Nen Girith, y cuando llegaron, el sol estaba poniéndose y las sombras eran alargadas; y dos de los últimos exploradores se encontraban allí esperándolos.

—No venís demasiado pronto, señor —dijeron—, porque el Dragón ha llegado al Teiglin, y cuando nos fuimos de allí ya había alcanzado la orilla, y sus ojos brillaban por encima del agua. Avanza siempre de noche, por lo que podemos intentar asestarle algún golpe antes de que amanezca.

Turambar miró por encima de las cascadas del Celebros y vio que el sol llegaba a su ocaso, y unas negras espirales de humo se levantaban junto a las orillas del río.

—No hay tiempo que perder —dijo—; no obstante, éstas son buenas nuevas, porque temía que se desviase, y si se dirigiera hacia el norte y llegara a los Cruces, y así al viejo camino de las tierras bajas, ya no habría esperanza. Pero ahora una cólera, mezcla de orgullo y malicia, lo impulsa a avanzar en línea recta.

Sin embargo, mientras hablaba pensó para sí: «¿O será quizá que alguien tan maligno y feroz quiere evitar los Cruces, igual que los Orcos? ¿Haudh-en-Elleth? ¿Todavía se interpone Finduilas entre yo y mi destino?».

Tras su reflexión, se volvió hacia sus compañeros y dijo:

—Esto es lo que haremos. Debemos esperar todavía un poco, porque llegar demasiado pronto sería tan malo como hacerlo demasiado tarde. En la hora del crepúsculo, descenderemos con todo sigilo hacia el Teiglin. Pero ¡cuidado! Porque los oídos de Glaurung son tan agudos como sus ojos, y éstos son letales. Si alcanzamos el río sin ser advertidos, hemos de bajar entonces el barranco, y cruzar las aguas, y llegar así al camino que él tomará cuando se ponga en movimiento.

—Pero ¿cómo va él a avanzar así? —preguntó Dorlas—. Ágil quizá lo sea, pero también es un gran Dragón, ¿cómo va pues a descender por un lado del barranco y subir por el otro, cuando una parte tendrá que estar subiendo antes de que la otra haya terminado de bajar? Y si es capaz de hacerlo, ¿de qué nos servirá a nosotros estar en las aguas bravas de abajo?

—Tal vez pueda hacerlo —respondió Turambar—, y si en verdad lo hace así, será para nuestra desdicha. Pero tengo la esperanza, por lo que de él sabemos, y por el lugar donde ahora se encuentra, de que su propósito sea otro. Ha llegado al borde de Cabed-en-Aras, el abismo que, como tú dices, franqueó una vez de un salto un ciervo que huía de los cazadores de Haleth. Tan grande es ahora el Dragón que creo que intentará lo mismo. En eso radica toda nuestra esperanza, y tenemos que confiar en ella.

El corazón de Dorlas se sobrecogió al oír estas palabras, porque conocía mejor que nadie toda la tierra de Brethil, y Cabed-en-Aras era un sitio lóbrego. El lado este era un barranco escarpado de más de cien metros, desnudo pero coronado de árboles en la parte de arriba; del otro lado, la orilla era algo menos escarpada y de menor altura, cubierta de árboles colgantes y arbustos; entre ambas orillas, el agua fluía con furia entre las rocas, y aunque un hombre audaz y de pie seguro podía vadearla de día, era peligroso intentarlo de noche. Pero ése era el designio de Turambar, y era inútil contradecirlo.

Por tanto, se pusieron en camino con el crepúsculo, y no fueron directamente hacia el Dragón, sino que tomaron primero el camino a los Cruces; entonces, antes de llegar allí, se volvieron hacia el sur por una senda estrecha y penetraron en la penumbra de los bosques de encima del Teiglin. Y mientras se acercaban a Cabed-en-Aras paso a paso, deteniéndose a menudo para escuchar, les llegó el olor del fuego, y un hedor mareante. Pero todo estaba mortalmente silencioso, y no se notaba ni un movimiento en el aire. Las primeras estrellas brillaban en el este, delante de ellos, y unas tenues espirales de humo ascendían rectas y firmes, recortándose contra la última luz del oeste.

Cuando Turambar se fue, Níniel permaneció de pie, silenciosa como una piedra, pero Brandir se le acercó y dijo:

—Níniel, no temas lo peor mientras no haya otro remedio. Pero, ¿no te aconsejé que esperaras?

—Lo hiciste —respondió ella—. No obstante, ¿de qué me serviría ahora? Porque el amor también puede aguardar y sufrir sin matrimonio.

—Lo sé —afirmó Brandir—. Pero el matrimonio no es en vano.

—No —dijo Níniel—. Porque ahora llevo dos meses preñada de su hijo. Pero no me parece que mi temor a perderlo sea mayor por eso. No te comprendo.

—Yo tampoco —contestó él—. Y sin embargo tengo miedo.

—¡Vaya consuelo me das! —exclamó Níniel—. Pero Brandir, amigo; casada o soltera, madre o doncella, el miedo que siento es insoportable. El Amo del Destino se ha ido a desafiar su destino lejos de aquí, y ¿cómo puedo yo quedarme esperando aquí la lenta llegada de noticias, buenas o malas? Esta noche, quizá, se encontrará con el Dragón, y ¿cómo, de pie o sentada, pasaré esas horas espantosas?

—No lo sé —dijo Brandir—, pero de algún modo esas horas tienen que pasar, para ti y para las esposas de los que se fueron con él.

—¡Que hagan ellas lo que les dicte el corazón! —gritó Níniel—. En cuanto a mí, partiré. No se interpondrá la distancia entre mí y el peligro de mi señor. ¡Partiré en busca de noticias!

Entonces el miedo de Brandir se hizo mayor al oír esas palabras, y exclamó:

—No lo harás si yo puedo evitarlo. Porque así pondrías en peligro todo el plan. La distancia que se interpone entre ellos y nosotros puede darnos tiempo a escapar si algo malo ocurre.

—Si algo malo ocurre no querré escapar —respondió ella—. Tu sabiduría ahora no me sirve, y no podrás impedírmelo. —E irguiéndose ante el pueblo que seguía reunido en un claro de Ephel, gritó—: ¡Hombres de Brethil! Yo no esperaré aquí. Si mi señor fracasa, es vana toda esperanza. Vuestra tierra y vuestros bosques arderán por completo, y todas vuestras casas se reducirán a cenizas, y nadie, nadie escapará. Por tanto, ¿por qué demorarse aquí? Parto ahora en busca de noticias y de lo que me depare el destino. ¡Que los que piensen igual vengan conmigo!

Muchos estuvieron dispuestos a acompañarla: las esposas de Dorlas y Hunthor, porque los hombres que amaban habían partido con Turambar; otros por piedad hacia Níniel y deseo de su amistad; y otros muchos seducidos por la fama del Dragón, temerarios e inconscientes (pues estaban poco familiarizados con el Mal), creyendo que iban a presenciar hechos extraños y gloriosos. Pues tanta era la grandeza que para ellos tenía la Espada Negra, que pocos creían que ni siquiera Glaurung pudiera derrotarla. Así pues, no tardó en ponerse en camino rápidamente una gran compañía hacia un peligro que no comprendían; y avanzando sin darse mucho descanso, por fin llegaron, fatigados, a Nen Girith al anochecer, aunque algo después de que Turambar hubiera abandonado el lugar. Pero la noche es un insensible consejero, y muchos se asombraron entonces de su propia precipitación; y cuando por los exploradores que allí quedaban supieron lo cerca que estaba Glaurung, y el desesperado propósito de Turambar, sus corazones se enfriaron y no se atrevieron a seguir avanzando. Algunos miraban hacia Cabed-en-Aras con ojos ansiosos, pero nada podían ver, ni oír allí, salvo la voz de las cascadas. Y Níniel se sentó aparte, y un gran estremecimiento se apoderó de ella.

Cuando Níniel y los que la acompañaban hubieron partido, Brandir se dirigió a los que quedaban:

—¡Ya veis cómo se me menosprecia y se desdeñan todos mis consejos! Escoged a otro para que os guíe; porque yo renuncio tanto a mi señorío como a mi pueblo. Que Turambar sea vuestro señor también de nombre, puesto que ya me ha arrebatado toda autoridad. ¡Que en adelante nadie me pida consejo o curación! —Y diciendo esto rompió el báculo. A sí mismo se dijo: «Ahora nada me queda, salvo el amor que siento por Níniel: por tanto, a donde ella vaya, por sabiduría o locura, he de ir yo. En esta hora oscura nada puede preverse; pero quizá yo pueda evitarle algún mal, si me encuentro cerca».

Se ciñó por tanto una corta espada, como rara vez había hecho antes, y tomó la muleta y avanzó tan deprisa como le fue posible, dejando atrás Ephel, cojeando en pos de los demás por el largo sendero que llevaba a la frontera occidental de Brethil.

## CAPÍTULO XVII

## LA MUERTE DE GLAURUNG

Cuando la noche se cerraba ya sobre la tierra, Turambar y sus compañeros llegaron a Cabed-en-Aras, y se alegraron del gran estruendo producido por el agua, porque si prometía un descenso peligroso, acallaba también todos los demás ruidos. Entonces Dorlas los condujo un breve trecho hacia el sur, y descendieron por una grieta hasta el pie del barranco; pero allí el corazón les flaqueó, porque en el río había muchas rocas y grandes piedras, y el agua corría con fuerza alrededor de ellas. Apretando los dientes, Dorlas dijo:

–Éste es un camino seguro a la muerte.

–Es el único camino, a la muerte o a la vida –matizó Turambar–, y la demora no hará que parezca menos peligroso. Por tanto, ¡seguidme!

Y avanzó delante de ellos, y por habilidad y osadía, o porque así lo quería su destino, llegó al otro extremo, y en la profunda oscuridad se volvió para ver quién venía detrás. Una forma oscura se alzaba a su lado.

–¿Dorlas? –preguntó.

—No, soy yo —respondió Hunthor—. Creo que Dorlas no se ha atrevido a cruzar. Porque un hombre puede amar la guerra, y sin embargo temer muchas cosas. Estará sentado temblando en la orilla, supongo; que la vergüenza se apodere de él por las palabras que dirigió a mi pariente.

Turambar y Hunthor descansaron un poco, pero pronto los heló la noche, porque ambos estaban empapados, y, siguiendo la corriente empezaron a buscar un camino al norte, hacia donde se encontraba Glaurung. Allí el abismo era más oscuro y estrecho, y mientras avanzaban a tientas vieron arriba una luz temblorosa, como de fuego sin llama, y oyeron el ronquido del Gran Gusano, que dormía vigilante. Entonces buscaron un camino de ascenso que los acercara al borde, porque toda su esperanza radicaba en sorprender al enemigo desde abajo. Sin embargo, tan inmundo era ahora el hedor que los mareaba y hacía que resbalaran al trepar. Aferrándose a las ramas de los árboles vomitaban, olvidando en su sufrimiento todo temor, salvo el de caer al fondo del Teiglin.

Entonces Turambar le dijo a Hunthor:

—Estamos gastando en vano nuestras menguantes fuerzas, porque en tanto no estemos seguros de por dónde cruzará el Dragón, de nada nos sirve trepar.

—Pero cuando lo sepamos —respondió Hunthor— no tendremos tiempo de buscar un camino para subir desde el abismo.

—Es cierto —convino Turambar—, pero cuando todo depende de la suerte, en la suerte debemos confiar.

Se detuvieron por tanto y esperaron, y desde el oscuro barranco observaron una estrella blanca que se deslizaba a través de la estrecha franja de cielo que veían; y entonces, lentamente, Turambar se hundió en un sueño en el que toda su voluntad se concentraba en aferrarse, aunque una negra corriente le absorbía y roía los miembros.

De repente, se oyó un gran estruendo, y las paredes del abismo se estremecieron y retumbaron. Turambar despertó, y le dijo a Hunthor:

—Se mueve. Ha llegado la hora. ¡Golpea fuerte, porque ahora debemos golpear por tres!

Y así empezó el ataque de Glaurung a Brethil; y todo sucedió en gran parte como Turambar había previsto. Porque el Dragón se arrastró pesadamente hacia el borde del barranco, y no se desvió, sino que se preparó para saltar por encima del abismo con las grandes patas delanteras y luego arrastrar el cuerpo detrás de él. Sin embargo, no empezó a cruzar justo por encima de los hombres, sino un poco hacia el norte, y los que lo miraban desde abajo podían ver la enorme sombra de su cabeza recortándose contra las estrellas; y cómo abría las mandíbulas, y de entre ellas salían siete lenguas de fuego. Entonces lanzó una llamarada, de modo que todo el barranco se iluminó de rojo, y las sombras negras desaparecieron de entre las rocas; los árboles delante de él se marchitaron y ascendieron en forma de humo, y cayeron piedras al río. Tras esto, se lanzó hacia adelante, y se aferró al otro lado del barranco con las poderosas garras, empezando a continuación a cruzar el abismo.

Había llegado el momento de ser audaces y rápidos, porque aunque Turambar y Hunthor habían escapado a la bocanada de fuego, pues no se encontraban en el paso de Glaurung, tenían que alcanzarlo antes de que terminara de cruzar, o de lo contrario sus esperanzas serían vanas. Por tanto, haciendo caso omiso del peligro, Turambar trepó a gatas por la pared del barranco hasta quedar debajo de él; sin embargo, el calor y hedor eran allí tan horribles que se tambaleó, y habría caído si Hunthor, que lo seguía valientemente, no lo hubiera tomado por el brazo, ayudándolo a recobrar el equilibrio.

—¡Gran corazón! —dijo Turambar—. ¡Feliz la elección que hizo de ti mi compañero!

Pero mientras hablaba, una gran piedra que se había desprendido de arriba golpeó a Hunthor en la cabeza, y éste cayó al agua, y así le llegó el fin a quien no era el menos valiente de la Casa de Haleth. Entonces Turambar gritó:

—¡Ay! ¡Mi sombra resulta mortal! ¿Por qué busqué ayuda? Ahora estás solo, oh, Amo del Destino, como deberías haber sabido que había de ser. Ahora, solo debes luchar.

Entonces, hizo acopio de toda su voluntad, y de todo el odio que sentía por el Dragón y su Amo, y le pareció que de pronto tenía una fuerza física y de mente que nunca antes había tenido, y trepó por el barranco, piedra a piedra, y raíz a raíz, hasta aferrarse por fin a un árbol delgado que crecía justo bajo el borde del abismo y que, aunque tenía la copa chamuscada, aún se mantenía firme sobre sus raíces. Y mientras Turambar intentaba afirmarse en la horqueta de las ramas, la parte media del Dragón pasó sobre él, y descendió por el peso hasta casi tocarle la cabeza antes de que Glaurung pudiera levantarla. Pálido y rugoso era el vientre, y estaba todo cubierto por un limo gris al que se habían adherido todo tipo de inmundicias; y hedía a muerte. Entonces Turambar desenvainó la Espada Negra de Beleg y la llevó hacia arriba con toda la fuerza de su brazo, y de su odio, y la hoja mortal, larga y codiciosa, penetró en el vientre hasta la empuñadura.

Al instante Glaurung, sintiéndose herido de muerte, lanzó un grito que sacudió todos los bosques y horrorizó a los observadores de Nen Girith. Turambar se tambaleó como si lo hubieran golpeado, y resbaló, y la espada se le escapó de la mano, quedando clavada en el vientre del Dragón. Entonces Glaurung, con un gran espasmo, curvó todo el cuerpo estremecido y se lanzó sobre el barranco; y allí, sobre la otra orilla, se retorció, aullando, con convulsiones agónicas, hasta yacer al fin inmóvil entre el humo y la ruina.

Mientras tanto, Turambar se aferró a las raíces del árbol, aturdido y casi desvanecido. Pero luchó consigo mismo y se dio impulso, y a medias deslizándose y a medias sujetándose, descendió al río, e intentó de nuevo el peligroso cruce, arrastrándose a veces sobre las manos y los pies, cegado por la espuma, hasta que alcanzó por fin la otra orilla, y ascendió trabajosamente por la hendidura por la que habían bajado antes. Así llegó por fin al lugar donde estaba el Dragón, y contempló sin piedad al enemigo caído, y se sintió complacido.

Allí yacía ahora Glaurung, con las fauces abiertas, pero todos sus fuegos extinguidos, y tenía cerrados los ojos malignos. Estaba tendido cuan largo era sobre uno de sus flancos, y la empuñadura de Gurthang sobresalía de su vientre. Entonces Turambar sintió que el corazón se le animaba en el pecho y, aunque el Dragón respiraba todavía, quiso recuperar la espada, pues si antes le era preciada, ahora valía para él más que todo el tesoro de Nargothrond. Ciertas habían resultado ser las palabras que se pronunciaron cuando fue forjada, de que nada, grande o pequeño, sobreviviría después de su mordedura.

Así pues, acercándose a su enemigo, apoyó el pie en su vientre y, tomando la empuñadura de Gurthang, tiró de ella con todas sus fuerzas, y gritó, burlándose de las palabras de Glaurung en Nargothrond:

−¡Salve, Gusano de Morgoth! ¡Feliz encuentro de nuevo! ¡Muere ahora y que la oscuridad sea contigo! Así queda vengado Túrin, hijo de Húrin.

Entonces arrancó la espada y, al hacerlo, un chorro de sangre negra salió tras ella, y le cayó en la mano, y el veneno le quemó la carne, de modo que lanzó un grito de dolor. En ese momento, Glaurung se movió y abrió los ominosos ojos mirando a Turambar con tanta malicia que a éste le pareció que una flecha lo atravesaba; y por eso y por el dolor de la mano, cayó desmayado, y yació como muerto junto al Dragón, con la espada debajo del cuerpo.

Por su parte, los gritos de Glaurung fueron oídos por quienes se encontraban en Nen Girith, y sintieron pánico; y cuando los observadores vieron desde lejos los grandes destrozos y el fuego que el Dragón provocó en su agonía, creyeron que estaba pisoteando y destruyendo a quienes lo habían atacado. Entonces desearon en verdad que la distancia que los separaba de aquel sitio fuera mayor, pero no se atrevían a abandonar el lugar elevado en que se habían congregado, porque recordaban las palabras de Turambar: si Glaurung vencía, primero iría a Ephel Brandir. Por tanto, esperaron aterrados algún signo de que se hubiera puesto en movimiento, pero nadie era lo bastante osado como para descender e ir en busca de noticias al lugar del combate. Níniel estaba sentada y no se movía, aunque temblaba y no podía mantener quietos los miembros; porque cuando oyó la voz de Glaurung, el corazón se le murió en el pecho, y sintió que la oscuridad volvía a apoderarse de ella.

Así la encontró Brandir, quien llegó finalmente al puente del Celebros, lento y fatigado; había recorrido todo el camino solo, cojeando y apoyándose en la muleta, y se encontraba a cinco leguas cuando menos de su casa. El temor por Níniel lo había impulsado, y ahora las noticias que escuchaba no eran peores de lo que había temido.

—El Dragón ha cruzado el río —le dijeron los hombres—, y la Espada Negra ha muerto sin duda, y también los que fueron con ella.

Entonces Brandir se acercó a Níniel, y adivinó su pena, y la compadeció; pero pensó sin embargo; «La Espada Negra está muerta, y Níniel vive». Y se estremeció, porque de pronto le pareció que hacía frío junto a las aguas de Nen Girith, y envolvió a Níniel con su capa. Pero no supo qué decir; y ella no hablaba.

Pasó el tiempo, y Brandir guardaba aún silencio junto a Níniel, escudriñando la noche y escuchando, pero no veía nada, y no oía más sonido que la caída de las aguas de Nen Girith, y pensó: «Seguramente Glaurung se ha marchado ya y ha entrado en Brethil». Pero ya no sentía lástima por su pueblo, necios que habían desdeñado sus consejos, y lo habían menospreciado. «Mientras el Dragón vaya a Amon Obel, habrá tiempo de escapar, y de llevarse a Níniel lejos de aquí.» Adónde, no lo sabía, porque nunca había salido de Brethil.

Por fin se inclinó y tocó a Níniel en el brazo, y le dijo:

—¡El tiempo pasa, Níniel! ¡Ven! Ha llegado el momento de partir. Si me dejas, yo te guiaré.

Entonces ella se levantó en silencio, y le tomó la mano, y juntos cruzaron el puente y tomaron el sendero que conducía a los Cruces del Teiglin. Pero quienes los vieron moverse como sombras en la oscuridad no supieron quiénes eran, y no les importó. Y cuando hubieron avanzado un corto trecho entre los árboles silenciosos, la luna se elevó detrás de Amon Obel, y una luz gris iluminó los claros del bosque. Entonces Níniel se detuvo y preguntó a Brandir:

—¿Es éste el camino?

Y él le respondió:

—¿Cuál es el camino? Porque todas nuestras esperanzas en Brethil han terminado. Ya no hay ningún camino para nosotros salvo para escapar del Dragón y huir lejos de él mientras todavía haya tiempo.

Níniel lo miró asombrada y dijo:

–¿No me ofreciste llevarme hasta Turambar? ¿O querías engañarme? La Espada Negra era mi amado y mi esposo, y sólo en su busca voy. ¿Qué otra cosa pensabas? Haz ahora lo que quieras, pero yo he de darme prisa.

Y cuando Brandir se quedó un momento quieto y desconcertado, ella se alejó rápidamente de él; él la llamó, gritando:

–¡Espera, Níniel! ¡No vayas sola! No sabes qué encontrarás. ¡Iré contigo!

Pero ella no le hizo caso, y avanzaba ahora como si le ardiera la sangre, que antes tenía helada; y aunque Brandir la siguió como pudo, no tardó en alejarse y desaparecer de su vista. Entonces él maldijo su destino y su debilidad, pero no quiso volver atrás.

Ahora la luna estaba alta y blanca en el cielo, y casi llena, y mientras Níniel descendía desde las tierras altas hacia el río, le pareció que recordaba el lugar, y lo temió. Porque había llegado a los Cruces del Teiglin, y Haudh-en-Elleth se alzaba ante ella, pálido a la luz de la luna, arrojando una gran sombra negra; y del montículo emanaba un gran terror.

Entonces dio media vuelta con un grito y huyó hacia el sur siguiendo el río, y arrojó la capa mientras corría, como si se deshiciera de la oscuridad que se le adhería al cuerpo. Debajo iba toda vestida de blanco, y resplandecía a la luz de la luna mientras corría entre los árboles. Así la vio Brandir desde la ladera de la colina, y se desvió para interceptarla en su camino si le era posible y, encontrando por suerte el estrecho sendero que había utilizado Turambar, y que se alejaba del camino más transitado y descendía abruptamente hacia el sur en dirección al río, se acercó a ella por detrás. Pero aunque la llamó, Níniel no le hizo caso, o no lo oyó, y pronto desapareció otra vez delante de él; y así fueron acercándose a los bosques junto a Cabed-en-Aras y al lugar donde Glaurung agonizaba.

La luna se desplazaba entonces por un cielo sin nubes, y la luz era fría y clara. Al llegar al borde de la devastación que había provocado Glaurung, Níniel vio su cuerpo yaciente, y su vientre gris al resplandor de la luna; a su lado había tendido un hombre. Entonces, olvidando el miedo, corrió entre los restos humeantes y así llegó junto a Turambar. Estaba sobre un costado, con la espada debajo del cuerpo, y su rostro tenía la palidez de la muerte a la luz blanquecina. Níniel se arrojó a su lado llorando, y lo besó, y le pareció que respiraba débilmente, pero creyó que no era más que una ilusión provocada por la falsa esperanza, porque estaba frío, y no se movía ni le respondía. Y mientras lo acariciaba, vio que tenía la mano negra, como si se la hubiera chamuscado, y la bañó con sus lágrimas, y, arrancándose una tira del vestido, le vendó la mano. Pero él siguió sin moverse, y Níniel lo besó otra vez, y clamó en voz alta:

—¡Turambar, Turambar, vuelve! ¡Escúchame! ¡Despierta! Porque soy Níniel. El Dragón está muerto, muerto, y yo estoy sola aquí a tu lado.

Pero él no respondió.

Brandir oyó sus gritos, porque había llegado ya al borde de la devastación, pero mientras avanzaba hacia Níniel se detuvo en seco y se quedó inmóvil. Porque al oír el grito de Níniel, Glaurung se movió, y un estremecimiento le recorrió todo el cuerpo; entreabrió los ojos espantosos, en los que se reflejaba la luna, y jadeando dijo:

—Salve, Niënor, hija de Húrin. Volvemos a encontrarnos antes del fin. Te ofrezco la alegría de por fin encontrar a tu hermano. Ahora lo conocerás: ¡el que apuñala en la oscuridad, traidor para sus enemigos, desleal con sus amigos y una maldición para su linaje, Túrin, hijo de Húrin! Pero la peor de todas sus acciones la sentirás en ti misma.

Niënor se había quedado como aturdida, pero Glaurung murió; y con su muerte el velo de su malicia se desprendió de ella, que recordó entonces claramente todo su pasado, día a día, y todas las cosas que le habían ocurrido desde que yaciera en Haudh-en-Elleth.

Y su cuerpo entero se estremeció de horror y angustia. Brandir, que lo había oído todo, estaba asimismo sobrecogido, y se apoyó en un árbol.

Entonces, de repente, Niënor se puso en pie de un salto, se irguió pálida como un espectro bajo la luna, y mirando a Túrin gritó:

–¡Adiós, dos veces amado! *A Túrin Turambar turún' ambartanen*: ¡amo del destino por el destino dominado! ¡Feliz de ti, que estás muerto! Y enloquecida de dolor y espanto, huyó frenética del lugar mientras Brandir corría tropezando tras ella, gritando:

–¡Espera! ¡Espera, Níniel!

Ella se detuvo un momento, mirando atrás con los ojos desorbitados.

–¿Esperar? –gritó–. ¿Esperar? Ése fue siempre tu consejo. ¡Ojalá lo hubiera seguido! Pero ahora ya es demasiado tarde. Ahora ya no esperaré más en la Tierra Media. –Y siguió corriendo delante de él.

Llegó rápidamente al borde de Cabed-en-Aras, donde se detuvo y contempló las estruendosas aguas, clamando:

–¡Aguas, aguas! Recibid ahora a Níniel Niënor hija de Húrin; ¡Duelo, la doliente hija de Morwen! ¡Recibidme y llevadme al Mar! –Y diciendo esto se arrojó por el precipicio: un relámpago blanco que se hundió en el oscuro abismo, un grito que se perdió entre el rugido del río.

Las aguas del Teiglin siguieron fluyendo, pero Cabed-en-Aras dejó de existir: Cabed Naeramarth, el Salto del Destino Espantoso, lo llamaron los hombres en adelante; porque los ciervos no volvieron a saltar por allí, y todas las criaturas vivientes lo evitaban, y los Hombres no se acercaban. El último de los Hombres que contempló su oscuridad fue Brandir, hijo de Handir, y se apartó horrorizado, porque le flaqueó el corazón y, aunque ahora odiaba la vida, no fue capaz de buscar la muerte que deseaba. Entonces su pensamiento se volvió a Túrin Turambar, y exclamó:

–¿Siento por ti odio o piedad? Estás muerto, pero no te estoy agradecido, pues me quitaste todo cuanto tenía o deseé haber tenido. Sin embargo, mi pueblo está en deuda contigo. Es conveniente que por mí lo sepan.

Y así emprendió el camino de regreso a Nen Girith, cojeando, evitando el lugar donde yacía el Dragón con un estremecimiento; y mientras ascendía de nuevo por el empinado camino, se topó con un hombre que atisbaba entre los árboles y que al verlo retrocedió. Pero había reconocido su rostro a la luz de la luna que ya se ponía.

–¡Dorlas! –exclamó–. ¿Qué nuevas tienes? ¿Cómo saliste con vida? ¿Y qué ha sido de mi pariente?

–No lo sé –respondió Dorlas hoscamente.

–Pues me parece raro –dijo Brandir.

–Si quieres saberlo –replicó Dorlas–, la Espada Negra pretendía que vadeáramos los rápidos del Teiglin en la oscuridad. ¿Acaso es raro que yo no pudiera hacerlo? En el manejo del hacha soy mejor que otros hombres, pero no tengo patas de cabra.

–Entonces ¿fueron al encuentro del Dragón sin ti? –preguntó Brandir–. Pero ¿y cuándo cruzó de nuevo? Al menos estarías cerca y habrás visto lo que ha sucedido.

Pero Dorlas no respondió, y se limitó a mirar fijamente a Brandir con odio en los ojos. Entonces Brandir comprendió, dándose cuenta de repente de que aquel hombre había abandonado a sus compañeros, y que, humillado y avergonzado, se había escondido luego en los bosques.

–¡Que la vergüenza caiga sobre ti, Dorlas! –dijo–. Eres el causante de nuestros males: ¡incitaste a la Espada Negra, atrajiste al Dragón sobre nosotros, me menospreciaste, llevaste a Hunthor a la muerte y luego huiste para esconderte en los bosques! –Y mientras hablaba le vino otro pensamiento, y dijo con gran ira–: ¿Por qué no trajiste noticias? Era lo menos que podías hacer. De haberlo hecho, la Señora Níniel no habría tenido que ir a buscarlas en persona. No hubiese visto al Dragón. Podría estar viva. ¡Dorlas, te odio!

–¡Guárdate tu odio! –replicó entonces Dorlas–. Es tan débil como todos tus designios. De no haber sido por mí, los Orcos habrían venido y te habrían colgado como un espantapájaros en tu jardín. ¡Tú eres el que huye y se esconde! —Y tras decir eso, la vergüenza se le convirtió en ira, y dirigió un golpe a Brandir con su gran puño, y de este modo Dorlas terminó su vida aun antes de que la mirada de sorpresa abandonara sus ojos: porque Brandir desenvainó la espada y le dio con ella una estocada de muerte. Entonces, por un momento, se quedó temblando, mareado por la visión de la sangre, pero arrojando luego la espada, se volvió y siguió su camino, encorvado sobre la muleta.

Cuando Brandir llegó a Nen Girith la luna pálida había bajado, y la noche estaba desvaneciéndose; la mañana se levantaba por el este. La gente que seguía agazapada junto al puente lo vio llegar como una sombra gris en el alba, y algunos le gritaron, asombrados:

—¿Dónde has estado? ¿La has visto? La Señora Níniel se ha ido.

—Sí —dijo Brandir—, se ha ido. ¡Se ha ido, se ha ido para nunca volver! Pero he venido a traeros noticias. ¡Escuchad ahora, pueblo de Brethil, y decid si hubo jamás una historia como la que os contaré! El Dragón está muerto, pero muerto está también Turambar a su lado. Y ésas son buenas nuevas: sí, ambas son buenas en verdad.

Entonces la gente murmuró, atónita por sus palabras, y algunos dijeron que estaba loco; pero Brandir gritó:

—¡Escuchadme hasta el final! Níniel también está muerta, Níniel, la bella, a la que todos amabais y a la que yo amaba más que a nadie. Se arrojó desde el borde del Salto del Ciervo, y las aguas del Teiglin la recibieron. Se ha ido, pues aborrecía la luz del día. Porque esto descubrió antes de huir: hijos de Húrin eran los dos, hermana y hermano. Mormegil lo llamaban, Turambar se llamó a sí mismo, ocultando el pasado: Túrin, hijo de Húrin. Níniel la llamamos nosotros, ignorantes de su historia: Niënor era, hija de Húrin. A Brethil trajeron la sombra de su oscuro destino. Aquí se cumplió su sino, y esta tierra no volverá nunca a estar libre de dolor. ¡No la llaméis Brethil, ni la tierra de los Halethrim, sino *Sarch nia Hin Húrin*, Tumba de los Hijos de Húrin!

Entonces, aunque no entendían aún cómo había llegado a so-

brevenirles semejante mal, las gentes se echaron a llorar allí donde
se encontraban, y algunos dijeron:

—Una tumba hay en el Teiglin para Níniel, la amada, una tumba
habrá para Turambar, el más valiente de los hombres. No dejaremos
que nuestro libertador yazga bajo el cielo. Vayamos en su busca.

# CAPÍTULO XVIII

## LA MUERTE DE TÚRIN

Mientras Níniel huía, Túrin se agitó, y le pareció que en la profunda oscuridad la oía llamarlo desde lejos; pero cuando Glaurung murió, el negro desmayo lo abandonó, y volvió a respirar profundamente, y suspiró, y cayó en un sueño de gran agotamiento. Sin embargo, antes del amanecer, el frío se hizo intenso, y él se volvió en sueños, con lo que la empuñadura de Gurthang se le hundió en un costado despertándolo. La noche estaba terminando, y en el aire había un hálito de mañana. Se puso en pie de un salto recordando su victoria y el veneno ardiente en su mano. La levantó, y la miró, y se quedó asombrado. Porque estaba vendada con una tira de tela blanca, todavía húmeda, y no le dolía; y se preguntó: «¿Por qué alguien habría de atenderme de este modo, y sin embargo dejarme abandonado a la intemperie en medio de la devastación y el hedor del Dragón? ¿Qué extrañas cosas han sucedido?

Entonces llamó en voz alta, pero no obtuvo respuesta. Todo estaba oscuro y sombrío a su alrededor, y hedía a muerte. Se agachó y levantó la espada, y ésta estaba entera, y la luz de sus filos no había declinado.

—Inmundo era el veneno de Glaurung —dijo—, pero tú eres más fuerte que yo, Gurthang. Siempre estás dispuesta a beber sangre. Tuya es la victoria. Pero ¡vamos!, debo ir en busca de ayuda. Mi cuerpo está cansado, y siento frío en los huesos.

Entonces volvió la espalda a Glaurung, y lo dejó allí para que se pudriera; pero a medida que se alejaba del lugar cada paso le parecía más pesado, y pensó: «En Nen Girith encontraré, quizá, a alguno de los exploradores esperándome. Pero ¡quisiera llegar pronto a mi casa, y sentir las manos gentiles de Níniel, y recibir los hábiles cuidados de Brandir!» Y así al fin, avanzando cansinamente, apoyado en Gurthang, a través de la luz gris de la madrugada llegó a Nen Girith, y cuando los hombres se ponían en camino en busca de su cuerpo muerto, él se presentó ante ellos.

Todos retrocedieron aterrados, creyendo que se trataba de un espíritu intranquilo, y las mujeres gimieron y se cubrieron los ojos. Pero él dijo:

—¡No, lloréis, alegraos! ¡Mirad! ¿Acaso no estoy vivo? Y ¿no he dado muerte al Dragón que temíais?

Entonces se volvieron a Brandir, y exclamaron:

—Tú y tus falsas historias, diciendo que estaba muerto. ¿No dijimos acaso que estabas loco?

Brandir, horrorizado, miraba fijamente a Túrin con miedo en los ojos, y no pudo decir palabra.

Pero Túrin le dijo:

—¿Fuiste tú entonces quien estuvo allí, y me vendó la mano? Te lo agradezco. Pero tu habilidad está fallando si no eres capaz de distinguir el desmayo de la muerte. —A continuación se volvió hacia la gente—: No le habléis así, necios. ¿Quién de vosotros lo habría hecho mejor? ¡Al menos tuvo el coraje de acudir al lugar del combate mientras vosotros os lamentabais!

»Pero ahora, hijo de Handir, ¡acércate! Hay más cosas que quiero saber. ¿Por qué estás aquí, y toda esta gente que dejé en Ephel? Si yo parto a enfrentarme a un peligro de muerte por vosotros, ¿no he de ser obedecido? Y ¿dónde está Níniel? Cuando menos espero que no la hayáis traído, y que la hayáis dejado donde yo os encomendé, es decir, en mi casa, con hombres fieles para protegerla.

Al ver que nadie respondía, gritó:

—Vamos, ¿dónde está Níniel? Porque a ella quiero ver primero; y a ella quiero contarle primero la historia de lo que ha pasado esta noche.

Pero ellos apartaron la mirada de él, y Brandir dijo al fin:

—Níniel no está aquí.

—Mejor así —respondió Túrin—. Entonces iré a mi casa. ¿Hay un caballo para que me lleve? O tal vez una litera sería más apropiada. El esfuerzo me ha agotado.

—¡No, no! —replicó Brandir con angustia en el corazón—. Tu casa está vacía. Níniel no está allí. Está muerta.

Pero una de las mujeres —la esposa de Dorlas, que poco afecto le tenía a Brandir— gritó con voz aguda:

—¡No le hagáis caso, señor! porque está loco. Vino gritando que habíais muerto, y llamó a eso una buena noticia. Sin embargo estáis vivo. ¿Por qué entonces habría de ser cierta la historia de que Níniel está muerta, y cosas peores aún?

Entonces Túrin avanzó a grandes pasos hacia Brandir:

—¿De modo que mi muerte era una buena noticia? —exclamó—. Sí, siempre me guardaste rencor por ella, ya lo sabía. Ahora está muerta, dices. ¿Y cosas peores aún? ¿Qué mentira has concebido en tu malicia, Pata de Palo? ¿Querías matarnos con tus palabras inmundas ya que no puedes blandir otra arma?

Entonces la ira ahogó la piedad en el corazón de Brandir, y gritó:

—¿Loco? ¡No, tú eres el loco, Espada Negra del negro destino! Y todas estas personas son necias. ¡Yo no miento! ¡Níniel está muerta, muerta, muerta! ¡Búscala en el Teiglin!

Túrin se quedó inmóvil y frío.

—¿Cómo lo sabes? —preguntó en voz baja—. ¿De qué modo lo conseguiste?

—Lo sé porque la vi saltar —respondió Brandir—. Pero el logro fue tuyo. Huyó de ti, Túrin, hijo de Húrin, y se arrojó a Cabed-en-

Aras, para no verte nunca más. ¡Níniel! ¿Níniel? No, Niënor, hija de Húrin.

Entonces Túrin lo aferró y lo sacudió, porque en esas palabras oía que los pasos de su destino lo alcanzaban, pero en su horror y su furia no quiso escucharlos, como una bestia herida de muerte que daña antes de morir a todos los que tiene cerca.

—¡Sí, soy Túrin, hijo de Húrin! —gritó—. De modo que ya lo sabías desde hacía tiempo. Sin embargo nada sabes de Niënor, mi hermana. ¡Nada! Vive en el Reino Escondido, y está a salvo. Es una mentira pergeñada por tu mente vil, para enloquecer a mi esposa, y ahora a mí. Malvado cojo... ¿Quieres acosarnos a ambos hasta la muerte?

Pero Brandir se liberó de él.

—¡No me toques y contén tus desvaríos! —dijo—. La que llamas tu esposa fue a ti y te atendió, y tú no respondiste a su llamada. No obstante, alguien lo hizo por ti. Glaurung, el Dragón, que según creo os hechizó a ambos para que no escaparais a vuestro destino. Así habló, antes de morir: «Niënor, hija de Húrin, aquí tienes a tu hermano: traidor para sus enemigos, desleal con sus amigos y una maldición para su linaje, Túrin, hijo de Húrin». —Entonces una risa amarga se apoderó de pronto de Brandir—. En su lecho de muerte los hombres hablan con verdad, según dicen —prosiguió entrecortadamente—. Y también los dragones, al parecer. ¡Túrin, hijo de Húrin, una maldición para tu linaje y para todos los que te acogen!

Entonces Túrin empuñó Gurthang, y había una luz fiera en sus ojos.

—¿Y qué se dirá de ti, Pata de Palo? —preguntó lentamente—. ¿Quién le dijo en secreto y a mis espaldas mi verdadero nombre? ¿Quién la llevó ante la malicia del Dragón? ¿Quién estaba a su lado y la dejó morir? ¿Quién acudió aquí a hacer público este horror lo antes posible? ¿Quién se regodea ahora a mis expensas? ¿Hablan los hombres con verdad antes de morir? Pues habla ahora, rápido.

Entonces Brandir, viendo su muerte en el rostro de Túrin, permaneció inmóvil y no flaqueó, aunque no tenía otra arma más que la muleta; y dijo:

—Todo lo que ha acaecido es historia larga que contar, y estoy cansado de ti. Pero me calumnias, hijo de Húrin. ¿Te calumnió Glaurung a ti? Si me matas, todos verán que no lo hizo. Sin embargo, no tengo miedo a morir, porque así iré al encuentro de Níniel, a quien amaba, y quizá vuelva a encontrarla más allá del Mar.

—¡Al encuentro de Níniel! —gritó Túrin—. No, a Glaurung encontrarás, y así juntos concebiréis mentiras. ¡Dormirás con el Gusano, tu hermano de alma, y os pudriréis en la misma oscuridad! —Entonces alzó Gurthang y golpeó a Brandir, y lo hirió de muerte. Pero los demás apartaron la mirada de esa acción, y cuando Túrin se volvió y se dirigió a Nen Girith huyeron de él aterrorizados.

Entonces Túrin caminó por los bosques salvajes como quien ha perdido el juicio, ora maldiciendo la Tierra Media y la vida de los Hombres, ora llamando a Níniel. Pero cuando por fin la locura del dolor lo abandonó, se sentó un rato y meditó sobre todas sus acciones, y se oyó gritar a sí mismo:

—¡Vive en el Reino Escondido, y está a salvo!

Y pensó que ahora, aunque toda su vida estaba destrozada, tenía que ir allí; porque todas las mentiras de Glaurung lo habían extraviado. Por tanto, se puso en pie y se dirigió a los Cruces del Teiglin, y al pasar junto a Haudh-en-Elleth exclamó:

—Amargamente he pagado, ¡oh, Finduilas!, haber hecho caso del Dragón. ¡Aconséjame ahora!

Pero mientras así rogaba vio a doce cazadores bien armados que vadeaban los Cruces, y eran Elfos; y cuando se acercaron reconoció a uno de ellos, pues era Mablung, jefe de los cazadores de Thingol. Mablung lo saludó, gritando:

—¡Túrin! Feliz encuentro al fin. Te estaba buscando, y me alegro de verte con vida, aunque los años han sido duros para ti.

—¡Duros! —repitió Túrin—. Sí, tan duros como los pies de Morgoth. Pero si te alegras de verme con vida, eres el último en hacerlo en la Tierra Media. ¿Por qué te alegras?

—Porque eras honrado entre nosotros —respondió Mablung—; y

aunque escapaste a muchos peligros, temí por ti al final. Vi la llegada de Glaurung, y pensé que había cumplido su funesto propósito y volvía con su Amo. Pero sin embargo se encaminó a Brethil, y supe también por viajeros que la Espada Negra de Nargothrond había aparecido allí otra vez, y que los Orcos evitaban sus fronteras como a la muerte. Entonces tuve miedo, me dije: «¡Ay! Glaurung va a donde no se atreven a ir los Orcos, en busca de Túrin». Por tanto vine hacia aquí tan de prisa como me fue posible, para advertirte y ayudarte.

—De prisa, pero no lo suficiente —dijo Túrin—. Glaurung está muerto.

Entonces los Elfos lo miraron maravillados, y exclamaron:

—¡Has dado muerte al Gran Gusano! ¡Alabado por siempre será tu nombre entre los Elfos y los Hombres!

—No me importa —replicó Túrin—. Porque también está muerto mi corazón. Pero ya que venís de Doriath, dadme noticias de mis parientes. Porque me dijeron en Dor-lómin que habían huido al Reino Escondido.

Los Elfos no respondieron, pero por fin Mablung dijo:

—Así lo hicieron en verdad, el año anterior a la llegada del Dragón. Pero ahora no están allí, por desgracia.

Entonces el corazón de Túrin se detuvo, escuchando los pasos del destino que lo perseguiría hasta el fin.

—¡Sigue hablando! —gritó—. ¡Y no te demores!

—Fueron a las tierras salvajes en tu busca —contó Mablung—. Fue contra todo consejo; pero quisieron ir a Nargothrond, cuando se supo que tú eras la Espada Negra. Durante el camino, Glaurung apareció, y todos los que las custodiaban se dispersaron. A Morwen nadie la ha visto desde ese día, pero un hechizo había enmudecido a Niënor, que huyó hacia el norte por los bosques como un ciervo salvaje, y se perdió.

Entonces, para asombro de los Elfos, Túrin soltó una risa fuerte y aguda.

—¿No es acaso una broma? —gritó—. ¡Oh, la hermosa Niënor! De modo que huyó de Doriath al encuentro del Dragón, y huyendo de él fue a dar conmigo. ¡Qué dulce gracia de la fortuna! Era parda como una baya, oscuros eran sus cabellos; pequeña y esbelta como una niña Elfa, ¡nadie podría confundirla!

Entonces Mablung se sintió desconcertado, y dijo:

—Pero aquí hay un error. Tu hermana no era así. Era alta, y de ojos azules, de oro fino sus cabellos, la imagen misma de Húrin, su padre, en forma femenina. ¡No puedes haberla visto!

—¿No? ¿No puedo haberla visto, Mablung? —gritó Túrin—.¿Por qué no? Porque, verás, ¡soy ciego! ¿No lo sabías? ¡Ciego, ciego, y ando a tientas desde la infancia entre la oscura niebla de Morgoth! Por tanto ¡dejadme todos! ¡Idos, idos! ¡Volved a Doriath, y ojalá el invierno la marchite! ¡Maldita sea Menegroth! ¡Y maldito sea tu cometido! Esto es lo único que quiero. ¡Ahora llega la noche!

Entonces huyó de ellos como el viento, y todos sintieron asombro y temor. Pero Mablung dijo:

—Algo extraño y espantoso ha ocurrido que nosotros no sabemos. Sigámoslo y ayudémoslo si podemos: porque ahora está enajenado y sin juicio.

Pero Túrin les sacó mucha delantera, y llegó a Cabed-en-Aras, y allí se detuvo. Oyó el rugido del agua, y vio que todos los árboles que crecían en las cercanías y a lo lejos se habían marchitado, y las hojas secas caían tristemente, como si el invierno hubiera llegado los primeros días del verano.

—¡Cabed-en-Aras, Cabed Naeramarth! —gritó—. No mancillaré las aguas en que se sumergió Níniel, porque todas mis acciones han sido malas, y la última la peor. —Entonces desenvainó la espada, y dijo—: ¡Salve, Gurthang, Hierro de la Muerte, sólo tú quedas ahora! Pero ¿qué señor o lealtad conoces salvo la mano que te esgrime? Ante ninguna sangre te intimidas. ¿Tomarás a Túrin Turambar? ¿Me matarás de prisa?

Y en la hoja resonó una voz fría como respuesta:

—Sí, beberé tu sangre para olvidar así la sangre de Beleg, mi amo, y la sangre de Brandir, muerto injustamente. De prisa te daré muerte.

Entonces Túrin aseguró la empuñadura en el suelo, y se arrojó sobre la punta de Gurthang, y la hoja negra le quitó la vida.

Cuando Mablung llegó, y vio la espantosa figura de Glaurung, que yacía muerto, y contempló a Túrin, y se afligió pensando en Húrin tal como lo había visto en la Nirnaeth Arnoediad, y en el terrible destino de su linaje. Mientras los Elfos estaban allí, unos Hombres llegaron desde Nen Girith para ver al Dragón, y cuando descubrieron cuál había sido el fin de la vida de Túrin Turambar lloraron; y los Elfos, al comprender al fin el sentido de las palabras de Túrin se sintieron horrorizados. Entonces Mablung dijo amargamente:

–También yo he quedado atrapado en el destino de los Hijos de Húrin, y así, con palabras, he dado muerte a alguien a quien amaba.

Entonces alzaron a Túrin y vieron que la espada se había partido. Así desaparecía todo lo que había poseído en vida.

Con el trabajo de muchas manos recogieron leña, la apilaron e hicieron un gran fuego en el que quemaron el cuerpo del Dragón, hasta que no fue sino cenizas negras y sus huesos se convirtieron en polvo, y el lugar de la cremación estuvo siempre desnudo y baldío en adelante. Pero a Túrin lo depositaron en un alto montículo levantado en el lugar donde había caído, y pusieron a su lado los fragmentos de Gurthang. Y cuando todo estuvo terminado, y los trovadores de los Elfos y los Hombres hubieron compuesto un lamento en el que se hablaba del valor de Turambar y de la belleza de Níniel, trajeron una lápida gris que colocaron sobre el túmulo; y en ella, los Elfos grabaron con las runas de Doriath:

TÚRIN TURAMBAR DAGNIR GLAURUNGA

y debajo escribieron también:

NIËNOR NÍNIEL

Pero ella no estaba allí, y nunca se supo adónde la habían llevado las frías aguas del Teiglin.

*Aquí termina la Historia de los Hijos de Húrin, la más larga
de las baladas de Beleriand.*

Después de las muertes de Túrin y Niënor, Morgoth liberó a Húrin del cautiverio para que se cumpliera su malvado propósito. En el transcurso de sus andanzas, Húrin llegó al Bosque de Brethil, y por la tarde, desde los Cruces del Teiglin, al lugar de la quema de Glaurung y la gran piedra erguida al borde de Cabed Naeramarth. De lo que sucedió allí se dice esto.

Pero Húrin no miró la piedra, pues sabía lo que había escrito en ella, y además sus ojos habían visto que no se encontraba solo. Sentada a la sombra de la piedra había una figura inclinada. Parecía un caminante sin hogar, quebrantado por la edad, demasiado cansado como para advertir su llegada; pero sus harapos eran los restos de un vestido de mujer. Finalmente, mientras Húrin guardaba silencio, ella echó atrás la destrozada capucha y levantó la cara lentamente, ojerosa y hambrienta como un lobo perseguido. Tenía el pelo cano, la nariz afilada y los dientes rotos, y una mano enjuta sujetaba la capa sobre su pecho. Pero de pronto las miradas de ambos se encontraron, y entonces Húrin la reconoció; porque aunque ahora había espanto y frenesí en sus ojos, aún conservaban una luz difícil de soportar: la luz élfica que mucho tiempo atrás le había ganado su nombre, Eledhwen, la más orgullosa de las mujeres mortales de antaño.

—¡Eledhwen! ¡Eledhwen! —gritó Húrin. Y ella se levantó y se tambaleó hacia adelante, y Húrin la cogió entre sus brazos.

—Has venido por fin —dijo ella—. Pero he esperado demasiado.

—El camino era oscuro. He venido en cuanto me ha sido posible —respondió él.

—Sin embargo, llegas tarde —replicó ella—, demasiado tarde. Se han perdido.

—Lo sé —dijo Húrin—. Pero tú no.

—Casi —susurró Morwen—. Estoy agotada. Me iré con el sol. Se han perdido. —Aferró con más fuerza la capa—. Queda poco tiempo —dijo—. Si lo sabes, ¡dímelo! ¿Cómo llegó ella a encontrarlo?

Pero Húrin no respondió, y se sentó junto a la piedra con Morwen abrazada; y no volvieron a hablar. El sol se puso, y ella suspiró, le tomó la mano y se quedó quieta; y Húrin supo que había muerto.

# GENEALOGÍAS

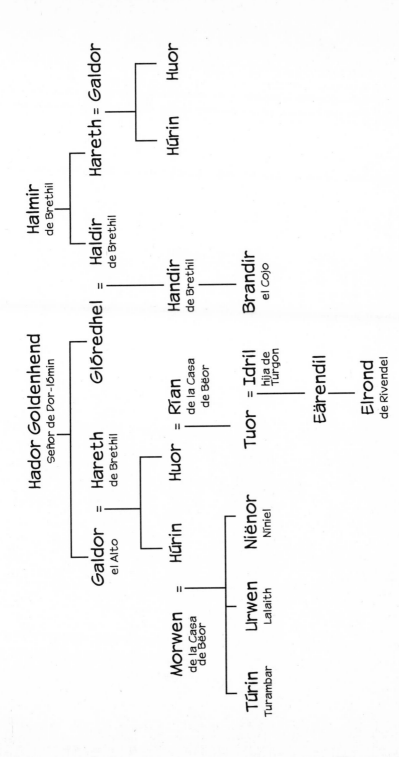

La Casa de Hador & el Pueblo de Haleth

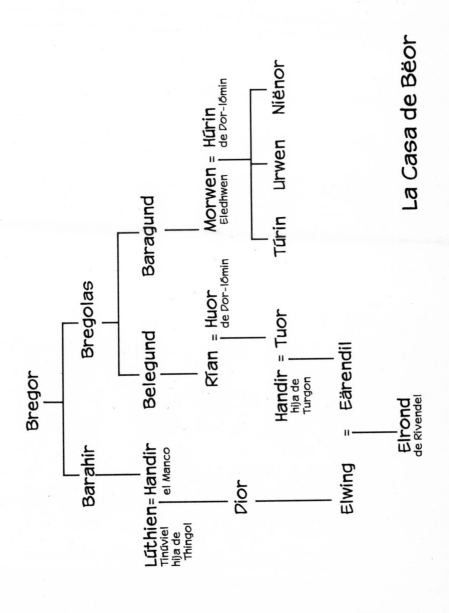

La Casa de Bëor

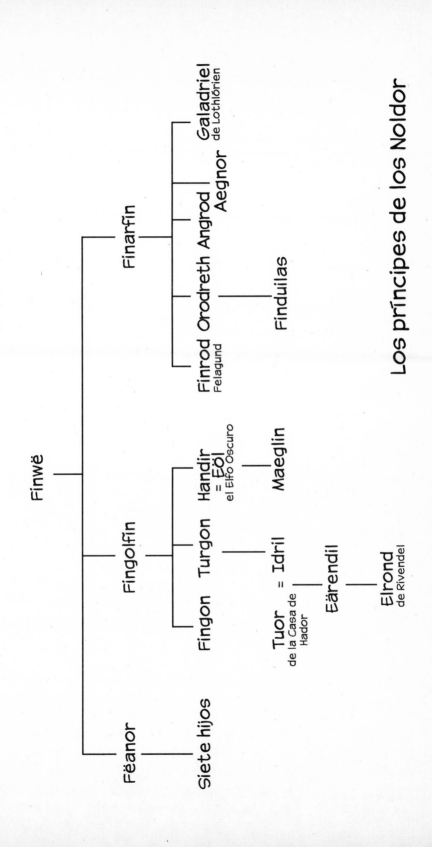

Los príncipes de los Noldor

# APÉNDICES

# LA EVOLUCIÓN DE LAS GRANDES HISTORIAS

Estas historias, interrelacionadas pero independientes, destacaban desde hacía mucho en la larga y compleja historia de los Valar, los Elfos y los Hombres en Valinor y las Grandes Tierras; y en los años que siguieron al abandono de los *Cuentos Perdidos* antes de que fueran completados, mi padre se apartó de la composición en prosa y empezó a trabajar en un largo poema titulado *Túrin hijo de Húrin y Glórund el Dragón*, cambiado posteriormente en una versión revisada por *Los hijos de Húrin*. Eso fue a principios de la década de 1920, cuando estaba en la Universidad de Leeds. A partir de este poema, empleó un antiguo metro aliterado inglés (la forma de versificación de *Beowulf* y otros poemas anglosajones), imponiendo al inglés moderno los estrictos esquemas del acento y la «rima inicial» observados por los viejos poetas: una habilidad en la que logró un gran dominio en estilos muy diferentes, desde el diálogo dramático de *The Homecoming of Beorhtnoth,* hasta la elegía por los hombres que murieron en la batalla de los Campos del Pelennor. El poema aliterado *Los hijos de Húrin* fue, con mucho, el más largo de los que escribió en este metro, con una longitud que superaba los dos mil versos; sin embargo, lo concibió a una escala tan vasta que, cuando lo abandonó, apenas si había llegado en la narración al ataque del Dragón a Nargothrond. Le quedaba una parte tan grande del *Cuento Perdido* por contar que, a ese ritmo, habría necesitado muchos miles de versos más; por otra parte, una segunda versión, abandonada en un punto anterior de la historia, tiene una longitud aproximadamente dos veces mayor de la de la primera hasta ese mismo punto.

En la parte de la leyenda de los Hijos de Húrin que mi padre completó en el poema aliterado, la vieja historia de *El Libro de los Cuentos Perdidos* fue ampliada y elaborada de manera sustancial. Destaca especialmente que fue entonces cuando apareció la gran ciudad fortaleza subterránea de Nargothrond, y las amplias tierras de sus dominios (un elemento fundamental no sólo en la leyenda de Túrin y Niënor, sino en la historia de los Días Antiguos de la Tierra Media), con una descripción de las tierras de labranza de los Elfos de Nargothrond que constituye un raro atisbo de las «artes de la paz» del mundo antiguo, vislumbres que son escasos y muy distantes entre sí. Al seguir el río Narog en dirección sur, Túrin y su compañero (Gwindor en el texto de este libro) hallaron las tierras próximas a Nargothrond aparentemente desiertas:

> *... llegaron a una tierra     bien cuidada;*
> *atravesaron una floresta florida     y hermosos campos*
> *que hallaron     desiertos de gente*
> *los prados y las praderas     y las hierbas del Narog,*
> *la fértil tierra de labranza     rodeada de árboles,*
> *entre las colinas y el río.     Las azadas desatendidas*
> *estaban tiradas en los campos,     y había escaleras caídas*
> *sobre la alta hierba     de los frondosos huertos;*
> *cada árbol en aquel lugar giró     su enmarañada cabeza*
> *y los contempló en secreto,     y los oídos oyeron*
> *cómo la hierba asentía;     aunque el mediodía resplandecía*
> *sobre las tierras y las hojas,     sus miembros estaban fríos.*

Y así llegaron los dos viajeros a las puertas de Nargothrond, en la garganta del Narog:

> *se alzaban empinados      los robustos hombros*
> *de las colinas que dominaban      las presurosas aguas;*
> *allí, oculta entre los árboles,      una terraza inclinada*
> *amplia y sinuosa,      desgastada hasta la tersura,*
> *se había construido en la cara      de la profunda pendiente.*
> *Puertas sombrías      y gigantescas habían sido*
> *excavadas en la ladera de la colina;      enormes sus maderos*
> *y también sus marcos y dinteles      de pesada piedra.*

Los Elfos los atraparon y los arrastraron a través del portal, que se cerró tras de ellos:

> *Sujeta a sus rechinantes      y grandes goznes*
> *la gigantesca puerta      crujió y se cerró*
> *con poderoso estrépito,      como el sonido de un trueno,*
> *y terribles ecos      en corredores vacíos*
> *reverberaron y rugieron      bajo techos invisibles;*
> *la luz desapareció.      Entonces los condujeron*
> *bajando por largos y serpeantes      senderos de oscuridad,*
> *y sus guardias guiaron      sus pies indecisos,*
> *hasta que el débil resplandor      de llameantes antorchas*
> *apareció ante ellos;      un confuso murmullo*
> *como de muchas voces      en tumultuosa reunión*
> *oyeron cuando avanzaban.      Alto se elevaba el techo.*
> *De repente giraron      sorprendidos en un recodo,*
> *y vieron un solemne      y mudo cónclave,*
> *donde varios cientos,      en el inmenso crepúsculo,*
> *bajo altas cúpulas      oscuramente abovedadas*
> *los esperaban sin pronunciar palabra.*

Sin embargo, en el texto de *Los hijos de Húrin* incluido en este libro, sólo se nos dice los siguiente (p. 138):

Y poniéndose en pie, abandonaron Eithel Ivrin y viajaron hacia el sur a lo largo de las orillas del Narog, hasta que los exploradores de los Elfos los atraparon y los llevaron cautivos a la fortaleza escondida.

Así fue cómo Túrin llegó a Nargothrond.

¿Cómo ocurrió? A continuación intentaré responder esta pregunta.

No hay prácticamente dudas de que mi padre escribió el poema aliterado sobre Túrin en Leeds, y que lo abandonó a finales de 1924 o principios de 1925; pero seguimos sin saber por qué lo hizo. No obstante, no es un misterio a qué se dedicó a continuación: en el verano de 1925 se embarcó en un nuevo poema con un metro completamente distinto, pareados octosílabos rimados, titulado *La balada de Leithian*, «Liberación del cautiverio». De este modo, retomaba una de las historias que, años después, en 1951, como he mencionado antes, describió como completas, independientes y sin embargo vinculadas a «la historia general»; porque el tema de *La balada de Leithian* es la leyenda de Beren y Lúthien. Trabajó en este segundo poema largo durante seis años, y lo abandonó a su vez en septiembre de 1931, después de haber escrito más de 4.000 versos. Al igual que el poema aliterado «Los hijos de Húrin», al que sucedió y sustituyó, representa un avance sustancial en la evolución de la leyenda a partir del *Cuento Perdido* original de Beren y Lúthien.

Mientras trabajaba en «La balada de Leithian», en 1926, escribió un «Esbozo de la mitología» expresamente para R. W. Reynolds, que había sido su profesor en el King Edward's, en Birmingham, «para explicarle el origen de la versión aliterada de Túrin y el Dragón». Este breve manuscrito, que ocuparía unas veinte páginas impresas, se escribió claramente en forma de sinopsis, en tiempo presente y estilo sucinto; y sin embargo fue el punto de partida de las versiones posteriores del «Silmarillion» (aunque todavía no se le daba ese nombre). Pero si bien en este texto se exponía toda la concepción mitológica, la historia de Túrin ocupa un lugar evidentemente destacado, y, en efecto, el título del manuscrito es «Esbozo de la mitología con especial referencia a los "Hijos de Húrin"», según su propósito al escribirla.

En 1930 siguió una obra mucho más sustancial, el *Quenta Noldorinwa* (la Historia de los Noldor. porque la historia de los Elfos noldorin constituye el tema central de «El Silmarillion»). Provenía directamente del «Esbozo», y aunque ampliaba de manera considerable el texto anterior y la redacción era mucho más acabada, mi padre seguía considerando el *Quenta* como una obra resumida, un epítome de concepciones narrativas mucho más ricas: así lo demuestra claramente el subtítulo que le dio, en el que declaró que se trataba de «una *breve historia* [de los Noldor] extraída de *El Libro de los Cuentos Perdidos*».

Hay que tener en cuenta que, en ese momento, el *Quenta* representaba (si bien con una estructura algo escueta) la totalidad del «mundo imaginario» de mi padre. No era la historia de la Primera Edad, como llegaría a ser después, porque todavía no había ninguna Segunda Edad, ni Tercera Edad; no existía Númenor, ni los hobbits, y por supuesto tampoco el Anillo. La historia terminaba con la Gran Batalla, en la que Morgoth era derrotado finalmente por los otros Dioses (los Valar), que lo «arrojaron por la Puerta de la Noche Intemporal al Vacío, más allá de los Muros del Mundo»; y mi padre escribió al final del *Quenta*: «Así *terminan las historias* de los días anteriores a los días en las regiones septentrionales del mundo occidental».

Teniendo esto en cuenta, resulta verdaderamente extraño que el *Quenta* de 1930 fuera sin embargo el único texto (después del «Esbozo») de «El Silmarillion» que llegó a terminar; pero como en tantas otras ocasiones, las presiones externas determinaron la evolución de su obra. Al *Quenta* le siguió, en la década de 1930, una nueva versión redactada en un hermoso manuscrito, titulada finalmente *Quenta Silmarillion, Historia de los Silmarilli*. Era, o llegaría a ser, mucho más extensa que el anterior *Quenta Noldorinwa*, pero la concepción de la obra en tanto que compendio de mitos y leyendas (que a su vez tenían una naturaleza y una envergadura completamente distintas narradas en toda su extensión) no se había perdido en absoluto, y de nuevo se define en el título: «El *Quenta Silma-rillion* ... Ésta es una *historia resumida* procedente de muchas historias más antiguas; porque todos los asuntos que contiene se narraban antaño, y siguen narrándose entre los Eldar del Oeste, contados más en extenso en otras historias y canciones».

Parece cuando menos probable que la concepción que mi padre tenía de *El Silmarillion* surgiera en realidad del hecho de que lo que puede denominarse la «fase *Quenta*» de la obra de la década de 1930 empezara como sinopsis condensada con un propósito concreto, pero que luego sufriera ampliaciones y retoques en etapas sucesivas hasta perder el aspecto de sinopsis, conservando sin embargo una «uniformidad» de tono característica procedente de la forma original. En otro lugar he escrito que «la forma y el estilo compendiados o resumidos de *El Silmarillion,* con su sugerencia de la existencia tras él de edades de poesía y "tradición", producen una intensa sensación de "cuentos no narrados", incluso en su narración; la "distancia" no se pierde nunca. No hay urgencia narrativa, ni la presión y el miedo del acontecimiento inmediato y desconocido. En realidad, no vemos los Silmarils como vemos el Anillo».

No obstante, esta versión del *Quenta Silmarillion* llegó a un final abrupto, y en última instancia decisivo, en 1937. George Allen and Unwin publicó *El Hobbit* el 21 de septiembre de ese año, y no mucho después, a instancias del editor, mi padre le envió diversos manuscritos, que llegaron a Londres el 15 de noviembre de 1937. Entre ellos se encontraba el *Quenta Silmarillion* hasta donde estaba escrito, es decir, hasta la mitad de una frase al final de una página. Pero mientras tanto, prosiguió la narración en forma de borrador hasta la huida de Túrin de Doriath y la muerte de un proscrito a sus manos:

> al atravesar las fronteras del reino reunió una compañía de gentes desesperadas y sin hogar como las que se encontraban en aquellos días malignos merodeando por las tierras salvajes, y sus manos se volvieron contra todos los que se cruzaban en su camino, fueran Elfos, Hombres u Orcos.

Se trata de una redacción anterior del pasaje que, en el presente libro p. 87 se halla al principio de «Túrin entre los proscritos».

Mi padre había llegado hasta aquí cuando le devolvieron el *Quenta Silmarillion* y los otros manuscritos; y tres días después, el 19 de diciembre de 1937, escribió a Allen and Unwin, diciendo: «He escrito el primer capítulo de una nueva historia sobre Hobbits: "Una reunión muy esperada"».

Fue entonces cuando el relato de la tradición de *El Silmarillion*, en el estilo resumido del *Quenta*, fue derribado en pleno vuelo; en el momento de la partida de Túrin de Doriath. A partir de entonces y durante los años que siguieron, la continuación de la versión sencilla, resumida y subdesarrollada del *Quenta* de 1930 permaneció congelada, mientras surgían las grandes estructuras de las edades Segunda y Tercera con la escritura de *El Señor de los Anillos*. Pero esa historia posterior tuvo una importancia capital en las leyendas antiguas, porque los relatos finales (procedentes del *Libro de los Cuentos Perdidos* original) hablaban de la desgraciada historia de Húrin, padre de Túrin, después de que Morgoth lo liberara, y de la ruina de los reinos élficos de Nargothrond, Doriath y Gondolin, sobre los que Gimli cantó en las minas de Moria miles de años después.

> *El mundo era hermoso y las montañas altas*
> *en los Días Antiguos antes de la caída*
> *de reyes poderosos en Nargothrond*
> *y Gondolin, que desaparecieron más allá*
> *de los Mares del Oeste. ...*

Y ésta sería la culminación del conjunto: el destino de los Elfos noldorin en su larga lucha contra el poder de Morgoth, y los papeles que Húrin y Túrin desempeñaron en esa historia; para terminar con la historia de Eärendil, que escapó de las ruinas en llamas de Gondolin.

Cuando, muchos años después, a principios de 1950, terminó *El Señor de los Anillos*, mi padre retomó con energía y confianza el

«Asunto de los Días Antiguos», ahora convertidos en «la Primera Edad»; y en los años inmediatamente posteriores rescató muchos viejos manuscritos de donde llevaban tanto tiempo sepultados. Volviendo a *El Silmarillion*, cubrió el hermoso manuscrito del *Quenta Silmarillion* de correcciones y ampliaciones; pero la revisión terminó en 1951, antes de llegar a la historia de Túrin, donde en 1937 había abandonado el *Quenta Silmarillion* por «la nueva historia sobre los Hobbits».

Empezó una nueva revisión de «La balada de Leithian» (el poema en verso rimado que cuenta la historia de Beren y Lúthien abandonado en 1931) que no tardó en convertirse casi en un nuevo poema, mucho más logrado; pero fue dejándolo y en última instancia lo abandonó. Se embarcó entonces en lo que sería una larga saga de Beren y Lúthien en prosa, basada fielmente en la versión revisada de la balada, pero también la abandonó. Así pues, su deseo, demostrado en intentos sucesivos, de trasladar la primera de las «grandes historias» a la escala que buscaba, no llegó a cumplirse nunca.

En esa época, volvió también al fin a la «gran historia» de la Caída de Gondolin, que todavía existía únicamente en el *Cuento Perdido* de unos treinta y cinco años antes, y en las pocas páginas que le dedicó en el *Quenta Noldorinwa* de 1930. Ésta se convertiría en la presentación, cuando estaba en plenitud de facultades, en forma de narración cercana con todas sus implicaciones, de la extraordinaria historia que había leído en la Essay Society de su facultad en Oxford en 1920, y que fue durante toda su vida un elemento vital de su concepción de los Días Antiguos. El vínculo especial que mantiene con la historia de Túrin radica en los hermanos Húrin, padre de Túrin, y Huor, padre de Tuor. En su juventud, Húrin y Huor entraron en la ciudad élfica de Gondolin, oculta por un círculo de altas montañas, tal como se cuenta en *Los hijos de Húrin* (p. 33); y después, en la Batalla de las Lágrimas Innumerables, volvieron a encontrarse con Turgon, rey de Gondolin, que les dijo (p. 52): «No por mucho tiempo puede Gondolin permanecer oculta, y cuando sea descubierta, por fuerza ha de caer».Y Huor replicó: «Pero si resiste, aunque sólo sea un breve tiempo, vuestra casa sostendrá la esperanza de los Elfos y los Hombres. Esto os digo, señor, con la muerte a la vista: aunque nos separemos aquí para siempre y yo no vuelva a ver vuestros muros blancos, de vos y de mí surgiría una nueva estrella».

Esta profecía se cumplió cuando Tuor, primo hermano de Túrin, llegó a Gondolin y desposó a Idril, hija de Turgon, porque su hijo fue Eärendil: la «nueva estrella», «esperanza de los Elfos y los Hombres», que escapó de Gondolin. En la futura saga en prosa de «La caída de Gondolin», empezada probablemente en 1951, mi padre volvió a contar el viaje de Tuor y su compañero Elfo, Voronwë, que lo guiaba; y en el camino, solos en las tierras salvajes, oyeron un grito en los bosques:

Y mientras aguardaban, una figura surgió de entre los árboles, y vieron que era un Hombre alto y armado, vestido de negro, con una larga espada desenvainada; y se asombraron, porque la hoja de la espada era también negra, pero el filo brillaba claro y frío.

Se trataba de Túrin, que venía a toda prisa de la caída de Nargothrond (p. 157); pero Tuor y Voronwë no se dirigieron a él cuando pasó, y «no sabían que Nargothrond había caído, y que aquél era Túrin, hijo de Húrin, la Espada Negra. Así, sólo por un momento, y nunca otra vez, se cruzaron los caminos de estos dos parientes, Túrin y Tuor».

En la nueva historia de Gondolin, mi padre llevó a Tuor a la elevación que constituían las Montañas Circundantes, desde donde la vista podía atravesar la llanura hasta la Ciudad Escondida; pero allí, lamentablemente, se detuvo, y nunca llegó más lejos. Y así, en «La caída de Gondolin» tampoco alcanzó su propósito; y no podemos ver Nargothrond ni Gondolin como él las veía luego.

He dicho en otro lugar que «con la conclusión de la gran "intrusión" y desviación de *El Señor de los Anillos*, me parece que volvió a los Días Antiguos con el deseo de retomar la escala mucho más amplia con la que había empezado mucho tiempo atrás, en *El*

APÉNDICES

*libro de los Cuentos Perdidos.* Uno de sus objetivos seguía siendo terminar el *Quenta Silmarillion*; pero las "grandes historias", que habían experimentado una evolución considerable respecto a sus versiones originales, *de las que derivarían los últimos capítulos,* nunca se terminaron». Estas observaciones son igualmente aplicables a la «gran historia» de *Los hijos de Húrin,* pero en este caso mi padre hizo mucho más, si bien nunca fue capaz de dar una forma final y acabada a una parte importante de la versión posterior, considerablemente ampliada.

Al mismo tiempo que volvía a «La balada de Leithian» y «La caída de Gondolin», empezó a trabajar de nuevo en *Los hijos de Húrin,* no en la infancia de Túrin, sino en la última parte del relato, la culminación de su desgraciada historia después de la destrucción de Nargothrond. Se trata del texto que en este libro va desde «El regreso de Túrin a Dor-lómin» (p. 159) hasta su muerte. Soy incapaz de explicar por qué avanzó así mi padre, de una manera tan distinta a su práctica habitual de empezar de nuevo por el principio, pero en este caso, dejó también entre sus papeles un conjunto de textos posteriores pero no datados, que tratan de la historia que cubre desde el nacimiento de Túrin al saqueo de Nargothrond, que suponen una mayor elaboración respecto a las versiones antiguas y una ampliación con partes del relato previamente desconocidas.

La mayor parte de ese trabajo, si no su totalidad, corresponde a la época que siguió a la publicación de *El Señor de los Anillos.* En esos años, *Los hijos de Húrin* se convirtió para él en la historia principal de los Días Antiguos, y durante un tiempo le dedicó todo su pensamiento. Pero a medida que la historia crecía en complejidad tanto de los personajes como de los acontecimientos, le resultó difícil imponer una estructura narrativa firme; y, de hecho, en un extenso pasaje del relato, la historia está compuesta por un conjunto de esbozos y esquemas argumentales inconexos.

Sin embargo, esta última versión de *Los hijos de Húrin* constituye la principal ficción narrativa de la Tierra Media tras la conclusión de *El Señor de los Anillos*; y la vida y muerte de Túrin se retratan con una capacidad de convicción y una inmediatez que difícilmente pueden encontrarse en otros relatos de los pueblos de la Tierra Media. Por esta razón, en este libro, después de un largo estudio de los manuscritos, he intentado dar forma a un texto que ofrezca una narración continua de principio a fin, sin la introducción de elementos que no formen parte de su concepción.

## LA COMPOSICIÓN DEL TEXTO

En *Cuentos Inconclusos*, publicados hace más de un cuarto de siglo, incluí una parte de la larga versión de este relato, conocido como el *Narn* por el título élfico *Narn i Chîn Húrin*, la Historia de los hijos de Húrin. Pero se trataba sólo de una parte de un extenso libro de contenido diverso, y el texto era muy incompleto, de acuerdo con el propósito general y la naturaleza del libro: omití varios pasajes sustanciales (uno de ellos muy extenso) en que el texto del *Narn* y la versión de *El Silmarillion*, mucho más breve, son muy similares, o en que decidí que no podía ofrecer un texto «largo» distintivo.

Por tanto, la versión del *Narn* de este libro difiere de la de *Cuentos Inconclusos* en varios aspectos, algunos de ellos consecuencia de un estudio mucho más profundo del formidable conjunto de manuscritos que realicé después de la publicación de ese libro. Esto me llevó a conclusiones diferentes sobre las relaciones y el orden de algunos de los textos, sobre todo en la evolución, extremadamente confusa, de la leyenda en el período de «Túrin entre los proscritos».

Sigue ahora una descripción y explicación de la composición de este nuevo texto de *Los hijos de Húrin*.

Un importante elemento es el peculiar estatus de *El Silmarillion* publicado; como he mencionado en la primera parte de este Apéndice, mi padre abandonó el *Quenta Silmarillion* en el punto al que había llegado (Túrin se convertía en un proscrito después de huir de Doriath) cuando empezó *El Señor de los Anillos* en 1937. En la elaboración del texto de la obra publicada, utilicé en gran medida *Los Anales de Beleriand*, que originalmente eran una «Cuenta de los Años», pero que en las versiones sucesivas creció y se amplió hasta convertirse en una narración analítica paralela a los manuscritos sucesivos de «El Silmarillion», y que llegaba hasta la liberación de Húrin por parte de Morgoth después de las muertes de Túrin y Niënor.

De este modo, el primer pasaje que omití en la versión del *Narn i Chîn Húrin* en *Cuentos Inconclusos* (p. 81 y nota 1) es el relato de la estancia de Húrin y Huor en Gondolin en su juventud; y lo hice simplemente porque la historia se cuenta en *El Silmarillion* (pp. 178-179). Pero en realidad mi padre escribió dos versiones: una de ellas estaba expresamente pensada para el inicio del *Narn*, pero se basaba en gran medida en un pasaje de *Los Anales de Beleriand*, y de hecho en casi todo él presenta pocas diferencias. En *El Silmarillion* utilicé ambos textos, pero aquí he seguido la versión del *Narn*.

El segundo pasaje que omití en el *Narn* en *Cuentos Inconclusos* (p. 90 y nota 2) es el relato de la Batalla de las Lágrimas Innumerables, omisión que obedece al mismo motivo; y aquí de nuevo mi padre escribió dos versiones, una en los *Anales* y una segunda, muy posterior, pero redactada con el texto de los *Anales* delante, que siguió fielmente en su mayor parte. De nuevo, la segunda narración de la gran batalla estaba concebida expresamente como elemento constituyente del *Narn* (el texto se titula *Narn II*, esto es, la segunda sección del *Narn*) y en el principio afirma (p. 47 del texto del presente libro): «Aquí se contarán sólo los hechos que atañen al destino de la Casa de Hador y los hijos de Húrin el Firme». Con este objetivo, lo único que mi padre conservó del relato de los *Ana-*

*les* es la descripción de la «batalla del oeste» y la destrucción de las huestes de Fingon; y mediante esta simplificación y reducción de la historia alteró el curso de la batalla que se explica en los *Anales*. Por supuesto, en *El Silmarillion* seguí los *Anales*, si bien incluyendo algunos aspectos procedentes de la versión del *Narn*; en cambio, en este libro me he ceñido al texto que mi padre consideró apropiado para el *Narn* como conjunto.

A partir de «Túrin en Doriath», el nuevo texto presenta numerosos cambios respecto al de *Cuentos Inconclusos*. Hay un conjunto de escritos, muchos de ellos muy toscos, que contienen los mismos elementos narrativos en diferentes etapas de desarrollo y, evidentemente, en esos casos es posible adoptar diferentes opiniones acerca del modo de tratamiento del material original. He llegado a la conclusión de que, cuando compuse el texto de *Cuentos Inconclusos,* me permití más libertades editoriales de las necesarias. En el presente libro he reconsiderado los manuscritos originales y reconstruido el texto, recuperando las palabras originales en muchos puntos (normalmente de muy poca importancia), introduciendo oraciones o pasajes breves que no deberían haberse omitido, corrigiendo algunos errores y escogiendo opciones diferentes de entre los diversos esbozos originales.

En cuanto a la estructura de la narración en este período de la vida de Túrin, a partir de su huida de Doriath al refugio de los proscritos en Amon Rûdh, mi padre tenía ciertos «elementos» narrativos en mente: el juicio de Túrin ante Thingol; los regalos de Thingol y Melian a Beleg; el maltrato de Beleg a manos de los proscritos en ausencia de Túrin; los encuentros de Túrin y Beleg. Desplazó estos «elementos» y situó pasajes de diálogo en diferentes contextos; pero le resultó difícil integrarlos en un «argumento» establecido, «descubrir lo que sucedió realmente». Sin embargo, en la actualidad, después de mucho estudio, me parece evidente que mi padre logró una estructura y un orden satisfactorios para esta parte de la historia antes de abandonarla; y también que la narración muy reducida que compuse para *El Silmarillion* publicado concuerda con ellas, si bien con una diferencia.

En *Cuentos Inconclusos* hay una tercera laguna en la narración en la p. 127: la historia se interrumpe cuando Beleg, que al fin ha encontrado a Túrin entre los proscritos, no puede convencerlo para que regrese a Doriath (pp. 100-101 en el nuevo texto), y no se retoma hasta que los proscritos se encuentran con los Enanos Mezquinos. Aquí he vuelto a acudir a *El Silmarillion* para rellenar la laguna, observando que ahí sigue el adiós de Beleg a Túrin y su regreso a Menegroth, «donde recibió la espada Anglachel de Thingol y las lembas de Melian». Pero en realidad puede demostrarse que mi padre rechazó esa opción; porque «lo que sucedió en realidad» fue que Thingol dio Anglachel a Beleg después del juicio de Túrin, cuando Beleg partió a buscarlo por primera vez. En el presente texto, por tanto, el regalo de la espada se sitúa en ese punto (pp. 84-85), y no se mencionan las *lembas*. Por supuesto, en el pasaje posterior, cuando Beleg regresó a Menegroth después de encontrar a Túrin, en el nuevo texto no hay mención a Anglachel, sino sólo al regalo de Melian.

Conviene señalar aquí que he omitido en el texto dos pasajes que incluí en *Cuentos Inconclusos* pero que constituyen un paréntesis en la narración: se trata de la historia de cómo el Yelmo-Dragón llegó a manos de Hador de Dor-lómin (p. 102) y el origen de Saeros (p. 104). A propósito, un conocimiento más profundo de los manuscritos pone de relieve que mi padre desechó el nombre *Saeros* y lo sustituyó por *Orgol*, que por una «casualidad lingüística» coincide con el inglés antiguo *orgol*, *orgel* «orgullo». Sin embargo, considero que es demasiado tarde para eliminar *Saeros*.

La laguna más importante de la narración de *Cuentos Inconclusos* (p. 137) se llena en el nuevo texto con las páginas de la 125 a la 157, desde el final del capítulo «De Mîm el Enano» hasta «La caída de Nargothrond» incluidos «La tierra del Arco y el Yelmo» y «La muerte de Beleg».

En esta parte de «la saga de Túrin» hay una compleja relación entre los manuscritos originales, la historia que se cuenta en *El Silmarillion*, los pasajes inconexos recogidos en el apéndice del *Narn* en *Cuentos Inconclusos* y el nuevo texto de este libro. Siempre he supuesto que, la intención de mi padre, una vez acabada la «gran historia» de Túrin a su satisfacción, era, con el tiempo, redactar a partir de ella una versión mucho más breve de la historia en lo que podríamos llamar «el estilo de *El Silmarillion*». Pero evidentemente, esto no ocurrió; por eso emprendí, hace ya más de treinta años, la extraña tarea de intentar simular lo que él no hizo: redactar una última versión de la historia con el estilo «Silmarillion», pero extraída de los materiales heterogéneos de la «versión larga», el *Narn*. Se trata del capítulo 21 de *El Silmarillion* publicado.

De este modo, el texto de este libro que llena la extensa laguna de la historia en *Cuentos Inconclusos* procede de los mismos materiales originales que el pasaje correspondiente de *El Silmarillion* (pp. 229-242), aunque se emplean con un propósito diferente en cada caso y el nuevo texto se basa en un mejor conocimiento del laberinto de bocetos y notas y su orden cronológico. Gran parte del contenido de los manuscritos originales que se omitió o resumió en *El Silmarillion* sigue sin incluirse, pero donde no había nada que añadir a la versión de *El Silmarillion* (como en la historia de la muerte de Beleg, procedente de los «Anales de Beleriand») me limito a repetir esa versión.

En resumen, que aunque he tenido que introducir pasajes puente de vez en cuando para unir los diferentes esbozos, no hay elementos de «invención» ajena de ningún tipo, ni siquiera pequeños, en el texto más extenso aquí presentado. No obstante, se trata de un texto artificial, como no podría ser de otra manera: tanto más cuanto que este gran corpus de manuscritos representa una evolución continua de la historia. Borradores que son esenciales para la redacción de una narración ininterrumpida pueden corresponder en realidad a una fase anterior. Así, por ejemplo, un texto primordial para la historia de la llegada de la banda de Túrin a la colina de Amon Rûdh, la morada que allí encontraron, la vida que en ella llevaron y el éxito efímero de la tierra de Dor-Cúarthol, se escribió antes de que hubiera el menor rastro de los Enanos Mezquinos; y, en realidad, la descripción completamente desarrollada de la casa de Mîm bajo la cima aparece antes que el propio Mîm.

En el resto de la historia, a partir del regreso de Túrin a Dor-lómin, a la que mi padre dio una forma acabada, hay evidentemente muy pocas diferencias respecto al texto de *Cuentos Inconclusos*. Pero en el relato del ataque a Glaurung en Cabed-en-Aras sí hay dos cuestiones de detalle en las que he corregido las palabras originales, y que deben ser explicadas.

La primera atañe a la geografía. Se dice (p. 201) que cuando Túrin y sus compañeros parten de Nen Girith la tarde fatídica no van directamente al encuentro del Dragón, que se halla en el lado más alejado del barranco, sino que toman el primer sendero hacia los Cruces del Teiglin; y «entonces, antes de llegar allí, se volvieron hacia el sur por una senda estrecha» y avanzaron a través de los bosques sobre el río hacia Cabed-en-Aras. Cuando se aproximaron, en el texto original del pasaje dice: «las primeras estrellas brillaban en el este detrás de ellos».

Cuando preparé el texto para *Cuentos Inconclusos* no advertí que esto no podía ser así, puesto que no avanzaban en dirección oeste, sino hacia el este, o sudeste, alejándose de los Cruces, y las primeras estrellas del este debían de estar por tanto delante de ellos, no detrás. Al comentar esto en *La Guerra de las Joyas* (2002, p. 191) acepté la sugerencia de que la «estrecha senda» que iba hacia el sur volvía a girar al este para llegar al Teiglin. Pero ahora me parece improbable, ya que no tiene sentido en la narración, y una solución mucho más sencilla es corregir «detrás de ellos» por «delante de ellos», como he hecho en el nuevo texto.

El mapa esquemático que tracé en *Cuentos Inconclusos* (p. 194) para ilustrar el terreno no está por tanto bien orientado. Del mapa que mi padre hizo de Beleriand, y así está reproducido en mi mapa de *El Silmarillion*, se desprende que Amon Obel estaba casi al este de los Cruces del Teiglin («la luna se elevó detrás de Amon Obel», p. 210), y que el Teiglin fluía hacia el sudeste o sudsudeste en los barrancos. He redibujado el mapa esquemático, introduciendo también la situación aproximada de Cabed-en-Aras (en el texto se dice [p. 196] que «En el camino de Glaurung se abría una de estas gargantas, en absoluto la más profunda, pero sí la más estrecha, justo al norte de la afluencia del Celebros»).

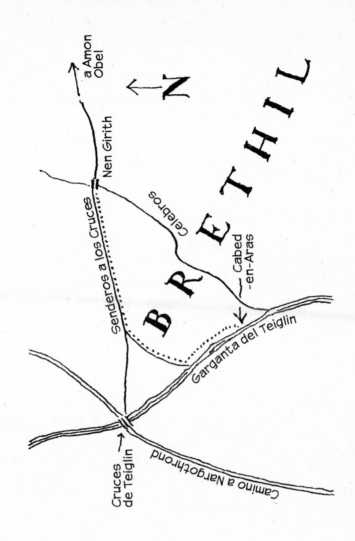

La segunda cuestión atañe a la historia de la muerte de Glaurung al cruzar el barranco. Hay aquí un esbozo y una versión final. En el esbozo, Túrin y sus compañeros suben por el otro lado de la garganta hasta llegar debajo del borde, permanecen allí hasta que pasa la noche, y Túrin «luchó con sueños oscuros de terror en los que toda su voluntad se concentraba en aferrarse y resistir». Cuando llegó el día, Glaurung se dispuso a cruzar en un punto «muchos pasos al norte», y por tanto Túrin tuvo que bajar al lecho del río y volver a subir por el barranco para situarse debajo del vientre del dragón.

En la versión final (p. 206) Túrin y Hunthor estaban sólo a la mitad de la ascensión del otro lado cuando Túrin dijo que estaban desperdiciando sus fuerzas subiendo ya sin saber antes por dónde cruzaría Glaurung; «Se detuvieron por tanto y esperaron». No se dice que descendieran desde donde estaban cuando dejaron de subir, y reaparece el pasaje del borrador acerca del sueño de Túrin según el cual «toda su voluntad se concentraba en aferrarse». Sin embargo, en la historia revisada no había necesidad de que se aferraran: podían descender, y seguramente lo hicieron, hasta el fondo y esperar allí. En realidad, eso es lo que ocurrió: en el texto final se dice (*Cuentos Inconclusos*, p. 175) que no estaban en el camino de Glaurung y que Túrin «trepó a gatas a lo largo del borde del agua hasta quedar por debajo de él». Al parecer, pues, la historia final contiene un rasgo innecesario del borrador previo. Para darle coherencia, he corregido (p. 207) «trepó a gatas a lo largo del borde del agua» por «trepó a gatas por la pared del barranco».

Se trata de pequeñas cuestiones en sí mismas, pero clarifican las que quizá sean las escenas más claramente visualizadas entre las leyendas de los Días Antiguos, y uno de los más grandes acontecimientos.

# LISTA DE NOMBRES

Los nombres que aparecen en el mapa de Beleriand llevan un asterisco.

| | |
|---|---|
| *Adanedhel* | «Elfo-hombre», nombre dado a Túrin en Nargothrond. |
| *Aerin* | Pariente de Húrin en Dor-lómin, fue tomada como esposa por Brodda el Oriental. |
| *Agarwaen* | «Manchado de Sangre», nombre que tomó Túrin cuando llegó a Nargothrond. |
| *Ainur* | «Los Sagrados», los primeros seres creados por Ilúvatar, que existían antes del Mundo: los Valar y los Maiar («espíritus de la misma orden que los Valar pero de menor jerarquía»). |
| *Algund* | Hombre de Dor-lómin, miembro de la banda de proscritos a la que se unió Túrin. |

*Alto Faroth, El* ★      Tierras altas al oeste del río Narog, sobre Nargothrond; también *el Faroth*.

*Amon Darthir* ★      Montaña de la cordillera de Ered Wethrin, al sur de Dor-lómin.

*Amon Ethir*      «Colina de los Espías», gran terraplén levantado por Finrod Felagund una legua al este de Nargothrond.

*Amon Obel* ★      Colina situada en medio del Bosque de Brethil, en la que se construyó Ephel Brandir.

*Amon Rûdh* ★      «La Colina Calva», cumbre solitaria en las tierras al sur de Brethil, morada de Mîm.

*Anach* ★      Paso que bajaba de Taur-nu-Fuin en el extremo occidental de Ered Gorgoroth.

*Andróg*      Hombre de Dor-lómin, líder de la banda de proscritos a la que se unió Túrin.

*Anfauglith* ★      «Polvo Asfixiante», la gran llanura al norte de Taur-nu-Fuin, antes cubierta de hierba y denominada *Ard-galen*, pero convertida luego en un desierto por Morgoth en la Batalla de la Llama Súbita.

*Angband*      La gran fortaleza de Morgoth en el noroeste de la Tierra Media.

*Anglachel*      Espada de Beleg, regalo de Thingol; llamada Gurthang desde que fuera forjada de nuevo para Túrin.

*Angrod*      Tercer hijo de Finarfin, muerto en la Dagor Bragollach.

*Anguirel*      Espada de Eöl.

*Año de la Lamentación*      El año de la Nirnaeth Arnoediad.

| | |
|---|---|
| *Aranrúth* | «Ira del Rey», espada de Thingol. |
| *Arcofirme* | Nombre de Beleg; véase *Cúthalion*. |
| *Arda* | La Tierra. |
| *Aredhel* | Hermana de Turgon, esposa de Eöl. |
| *Arminas* | Elfo noldorin que llegó con Gelmir a Nargothrond para advertir a Orodreth del peligro. |
| *Arroch* | Caballo de Húrin. |
| *Arvernien* ★ | Las costas de Beleriand, al oeste de la desembocadura del Sirion; mencionadas en la canción de Bilbo en Rivendel. |
| *Asgon* | Hombre de Dor-lómin que ayudó a Túrin a escapar después de que éste matara a Brodda. |
| *Azaghâl* | Señor de los Enanos de Belegost. |
| *Barad Eithel* | «Torre de la Fuente», la fortaleza de los Noldor en Eithel Sirion. |
| *Baragund* | Padre de Morwen; primo de Beren. |
| *Barahir* | Padre de Beren; hermano de Bregolas. |
| *Bar-en-Danwedh* | «Casa del Rescate», nombre que Mîm dio a su casa. |
| *Bar-en-Nibin-noeg* | «Casa de los Enanos Mezquinos» en Amon Rûdh. |
| *Bar Erib* | Fortaleza de Dor-Cúarthol, al sur de Amon Rûdh. |
| *Batalla de las Lágrimas Innumerables* | Véase *Nirnaeth Arnoediad*. |
| *Bauglir* | «El Opresor», nombre dado a Morgoth. |

| | |
|---|---|
| *Beleg* | Elfo de Doriath, gran arquero; amigo y compañero de Túrin. Llamado *Cúthalion* «Arcofirme». |
| *Belegost* | «Gran Fortaleza», una de las dos ciudades de los Enanos en las Montañas Azules. |
| *Belegund* | Padre de Rían; hermano de Baragund. |
| *Beleriand* | Tierras al oeste de las Montañas Azules en los Días Antiguos. |
| *Belthronding* | Arco de Beleg. |
| *Bëor* | Caudillo de los primeros Hombres que entraron en Beleriand; progenitor de la Casa de Bëor, una de las tres Casas de los Edain. |
| *Beren* | Hombre de la Casa de Bëor, amado de Lúthien, que cortó un Silmaril de la corona de Morgoth; llamado «el Manco» y *Camlost* «Mano Vacía». |
| *Bragollach* | Véase *Dagor Bragollach*. |
| *Brandir* | Señor del Pueblo de Haleth en Brethil cuando llegó Túrin; hijo de Handir. |
| *Bregolas* | Padre de Baragund; abuelo de Morwen. |
| *Bregor* | Padre de Barahir y Bregolas. |
| *Brethil* ★ | Bosque entre los ríos Teiglin y Sirion. |
| *Brithiach* ★ | Vado del Sirion, al norte del Bosque de Brethil. |
| *Brodda* | Oriental que vivió en Hithlum después de la Nirnaeth Arnoediad. |
| *Cabed-en-Aras* | «Salto del Ciervo», profunda garganta del río Teiglin en la que Túrin dio muerte a Glaurung. |

| | |
|---|---|
| *Cabed Naeramarth* | «El Salto del Destino Espantoso», nombre dado a Cabed-en-Aras después de que Niënor se precipitara desde allí al barranco. |
| *Cabezas de Paja* | Nombre dado al Pueblo de Hador por los Orientales en Hithlum. |
| *Camino del Sur* ★ | El antiguo camino que iba de Tol Sirion a Nargothrond por los Cruces del Teiglin. |
| *Celebros* | Arroyo de Brethil que desembocaba en el Teiglin, cerca de los Cruces. |
| *Cintura de Melian* | Véase *Melian*. |
| *Círdan* | Llamado «el Carpintero de Barcos», señor de las Falas; tras la destrucción de los Puertos después de la Nirnaeth Arnoediad, escapó a la Isla de Balar en el sur. |
| *Colina de los Espías, La* | Véase *Amon Ethir*. |
| *Crissaegrim* ★ | Las cumbres montañosas al sur de Gondolin, donde se encontraban los nidos de Thorondor. |
| *Cruces del Teiglin* ★ | Vados donde el antiguo Camino del Sur que iba a Nargothrond atravesaba el Teiglin. |
| *Cúthalion* | «Arcofirme», nombre de Beleg. |
| *Daeron* | Bardo de Doriath. |
| *Dagor Bragollach* (también *la Bragollach*) | La Batalla de la Llama Súbita, en la que Morgoth puso fin al Sitio de Angband. |
| *Dimbar* ★ | La tierra entre los ríos Sirion y Mindeb. |
| *Dimrost* | «La Escalera Lluviosa», las cascadas del Celebros en el Bosque de Brethil, después denominadas *Nen Girith*. |

*Dor Cúarthol*    «Tierra del Arco y el Yelmo», nombre dado al país defendido por Túrin y Beleg desde su guarida en Amon Rûdh.

*Doriath* ★    El reino de Thingol y Melian en los bosques de Neldoreth y Region, gobernado desde Menegroth, en el río Esgalduin.

*Dorlas*    Hombre importante entre el Pueblo de Haleth, en el Bosque de Brethil.

*Dor-lómin* ★    Región al sur de Hithlum que el rey Fingolfin dio como feudo a la Casa de Hador; el hogar de Húrin y Morwen.

*Dorthonion* ★    «Tierra de Pinos», grandes tierras altas cubiertas de bosques en las fronteras septentrionales de Beleriand, posteriormente denominadas *Taur-nu-Fuin*.

*Drengist* ★    Largo estuario marítimo que penetraba en Ered Lómin, las Montañas del Eco.

*Echad i Sedryn* (también *el Echad*)    «Campamento de los Fieles», nombre dado a la casa de Mîm en Amon Rûdh.

*Ecthelion*    Señor Elfo de Gondolin.

*Edain* (singular *Adan*)    Los Hombres de las Tres Casas de los Amigos de los Elfos.

*Eithel Ivrin* ★    «Fuente de Ivrin», el nacimiento del río Narog bajo Ered Wethrin.

*Eithel Sirion* ★    «Fuente del Sirion», en la ladera oriental de Ered Wethrin; la fortaleza de los Noldor en ese lugar, también denominada *Barad Eithel*.

*Eldalië*    El pueblo de los Elfos, equivalente a *Eldar*.

*Eldar*    Los Elfos del Gran Viaje que partieron del este hacia Beleriand.

| | |
|---|---|
| *Eledhwen* | Nombre de Morwen, «Resplandor Élfico». |
| *Elfos Grises* | Los Sindar, nombre dado a los Eldar que se quedaron en Beleriand y no atravesaron el Gran Mar hacia el Oeste. |
| *Enanos Mezquinos* | Raza de los Enanos de la Tierra Media, cuyos últimos supervivientes fueron Mîm y sus dos hijos. |
| *Enemigo, El* | Morgoth. |
| *Eöl* | Llamado «el Elfo Oscuro», gran herrero que vivía en Nan Elmoth; forjador de la espada Anglachel; padre de Maeglin. |
| *Ephel Brandir* | «El Cerco de Brandir», las moradas cercadas de los Hombres de Brethil en Amon Obel; también *el Ephel*. |
| *Ered Gorgoroth* ★ | «Montañas del Terror», los vastos precipicios mediante los cuales Taur-nu-Fuin descendía hacia el sur; también *el Gorgoroth*. |
| *Ered Wethrin* | «Montañas Sombrías», «Montañas de la Sombra», la gran cordillera que constituía la frontera de Hithlum en el este y el sur. |
| *Esgalduin* ★ | El río de Doriath, que separaba los bosques de Neldoreth y Region y desembocaba en el Sirion. |
| *Espada Negra, La* | Nombre de Túrin en Nargothrond; también la espada misma. Véase *Mormegil*. |
| *Exiliados, Los* | Los Noldor que se rebelaron contra los Valar y regresaron a la Tierra Media. |
| *Faelivrin* | Nombre que Gwindor dio a Finduilas. |

| | |
|---|---|
| *Falas* ★ | Las costas occidentales de Beleriand. |
| *Fëanor* | Hijo mayor de Finwë, el primer caudillo de los Noldor; hermanastro de Fingolfin; hacedor de los Silmarils; líder de los Noldor que se rebelaron contra los Valar; murió en combate poco después de su regreso a la Tierra Media. Véase *Hijos de Fëanor*. |
| *Felagund* | «Cavador de Cavernas», nombre dado al rey Finrod después de la fundación de Nargothrond, con frecuencia se utiliza solo. |
| *Finarfin* | Tercer hijo de Finwë, hermano de Fingolfin y hermanastro de Fëanor; padre de Finrod Felagund y Galadriel. Finarfin no regresó a la Tierra Media. |
| *Finduilas* | Hija de Orodreth, segundo rey de Nargothrond. |
| *Fingolfin* | Segundo hijo de Finwë, el primer caudillo de los Noldor; rey supremo de los Noldor, que vivió en Hithlum; padre de Fingon y Turgon. |
| *Fingon* | Hijo mayor del rey Fingolfin y tras su muerte rey supremo de los Noldor. |
| *Finrod* | Hijo de Finarfin; fundador y rey de Nargothrond, hermano de Orodreth y Galadriel; con frecuencia llamado *Felagund*. |
| *Forweg* | Hombre de Dor-lómin, capitán de la banda de proscritos a la que se unió Túrin. |
| *Galdor el Alto* | Hijo de Hador Cabeza Dorada; padre de Húrin y Huor; muerto en Eithel Sirion. |
| *Gamil Zirak* | Herrero Enano, maestro de Telchar de Nogrod. |

| | |
|---|---|
| *Gaurwaith* | «Hombres lobo», la banda de proscritos a la que se unió Túrin en los bosques más allá de las fronteras occidentales de Doriath. |
| *Gelmir (1)* | Elfo de Nargothrond, hermano de Gwindor. |
| *Gelmir (2)* | Elfo noldorin que llegó con Arminas a Nargothrond para advertir a Orodreth del peligro. |
| *Gethron* | Uno de los compañeros de Túrin en el viaje a Doriath. |
| *Ginglith* ★ | Río que desembocaba en el Narog, por encima de Nargothrond. |
| *Glaurung* | «Padre de los Dragones», el primero de los Dragones de Morgoth. |
| *Glithui* ★ | Río que bajaba de Ered Wethrin y se unía al Teiglin al norte de la afluencia del Malduin. |
| *Glóredhel* | Hija de Hador, hermana de Galdor, padre de Húrin; esposa de Haldir de Brethil. |
| *Glorfindel* | Señor Elfo de Gondolin. |
| *Gondolin* ★ | La ciudad escondida del rey Turgon. |
| *Gorgoroth* | Véase *Ered Gorgoroth*. |
| *Gorthol* | «Yelmo Terrible», nombre tomado por Túrin en la tierra de Dor Cúarthol. |
| *Gothmog* | Señor de los Balrogs; dio muerte al rey Fingon. |
| *Gran Canción, La* | La Música de los Ainur, en la que comenzó el Mundo. |
| *Gran Túmulo, El* | Véase *Haudh-en-Nirnaeth*. |
| *Grithnir* | Uno de los compañeros de Túrin en el viaje a Doriath, donde murió. |

*Guilin*            Elfo de Nargothrond, padre de Gwindor y Gelmir.

*Gurthang*          «Hierro de la Muerte», nombre que dio Túrin a la espada Anglachel después de que fuera forjada de nuevo en Nargothrond.

*Gwaeron*           El «mes ventoso», marzo.

*Gwindor*           Elfo de Nargothrond, enamorado de Finduilas, compañero de Túrin.

*Hador, Casa de*    Una de las Casas de los Edain.

*Hador Cabeza Dorada*   Amigo de los Elfos, señor de Dor-lómin, vasallo del rey Fingolfin; padre de Galdor, padre de Húrin y Huor; muerto en Eithel Sirion, en la Dagor Bragollach.

*Haldir*            Hijo de Halmir de Brethil; desposó a Glóredhel, hija de Hador de Dor-lómin.

*Haleth*            La Señora Haleth, que gobernó a la Segunda Casa de los Edain, los Halethrim o Pueblo de Haleth, quienes moraron en el Bosque de Brethil.

*Halmir*            Señor de los Hombres de Brethil.

*Handir de Brethil*  Hijo de Haldir y Glóredhel; padre de Brandir.

*Hareth*            Hija de Halmir de Brethil, esposa de Galdor de Dor-lómin; madre de Húrin.

*Haudh-en-Elleth*   «El Túmulo de la Doncella Elfa», cerca de los Cruces del Teiglin, en el que fue enterrada Finduilas.

*Haudh-en-Nirnaeth*  «El Túmulo de las Lágrimas», en el desierto de Anfauglith.

| | |
|---|---|
| *Hermoso Pueblo* | Los Eldar. |
| *Hijos de Fëanor* | Véase *Fëanor*. Sus siete hijos tenían tierras en Beleriand oriental. |
| *Hijos de Ilúvatar* | Los Elfos y los Hombres. |
| *Hijos Mayores* | Los Elfos. Véase *Hijos de Ilúvatar*. |
| *Hijos Menores* | Los Hombres. Véase *Hijos de Ilúvatar*. |
| *Hirilorn* | Gran haya del Bosque de Neldoreth con tres troncos. |
| *Hithlum* ★ | «Tierra de la Niebla», región septentrional limitada por las Montañas de la Sombra. |
| *Hombre Salvaje de los Bosques* | Nombre que tomó Túrin cuando encontró por primera vez a los Hombres de Brethil. |
| *Hombres de Brethil* | El Pueblo de Haleth. |
| *Hombres de los Bosques* | Habitantes de los bosques al sur del Teiglin, saqueados por los Gaurwaith. |
| *Hombres Lobo* | Véase *Gaurwaith*. |
| *Hunthor* | Hombre de Brethil compañero de Túrin en el ataque a Glaurung. |
| *Huor* | Hermano de Húrin; padre de Tuor, padre de Eärendil; muerto en la Batalla de las Lágrimas Innumerables. |
| *Húrin* | Señor de Dor-lómin, esposo de Morwen y padre de Túrin y Niënor; llamado *Thalion* «el Firme». |
| *Ibun* | Uno de los hijos de Mîm, el Enano Mezquino. |
| *Ilúvatar* | «El Padre de Todos». |

*Indor*      Hombre de Dor-lómin, padre de Aerin.

*Isla de Sauron*      Tol Sirion.

*Ivrin* ★      Lago y cascadas bajo Ered Wethrin, donde nacía el río Narog.

*Khîm*      Uno de los hijos de Mîm, el Enano Mezquino, muerto por la flecha de Andróg.

*Labadal*      Nombre que Túrin dio a Sador.

*Ladros* ★      Tierras al noreste de Dorthonion concedidas por los reyes noldorin a los Hombres de la Casa de Bëor.

*Lágrimas Innumerables*      La batalla de *Nirnaeth Arnoediad*.

*Lagunas del Crepúsculo* ★      Región de marjales y estanques donde el Aros desembocaba en el Sirion.

*Lalaith*      «Risa», nombre dado a Urwen.

*Larnach*      Uno de los Hombres de los bosques de las tierras al sur del Teiglin.

*Lothlann*      Gran llanura al este de Dorthonion (*Taur-nu-Fuin*).

*Lothron*      El quinto mes.

*Lúthien*      Hija de Thingol y Melian, que después de la muerte de Beren escogió convertirse en mortal y compartir el destino de él. Llamada *Tinúviel* «hija del crepúsculo», ruiseñor.

*Mablung*      Elfo de Doriath, primer capitán de Thingol, amigo de Túrin; llamado «el Cazador».

*Maedhros*      Hijo mayor de Fëanor, con tierras en el este, más allá de Dorthonion.

| | |
|---|---|
| *Maeglin* | Hijo de Eöl, «el Elfo Oscuro», y Aredhel, hermana de Turgon; traidor de Gondolin. |
| *Malduin* ★ | Afluente del Teiglin. |
| *Mandos* | Vala: el Juez y Guardián de las Casas de los Muertos en Valinor. |
| *Manwë* | El primero de los Valar; llamado el *Rey Mayor*. |
| *Melian* | Una Maia (véase la entrada *Ainur*); reina del rey Thingol en Doriath, en torno a la cual dispuso una barrera protectora invisible, la Cintura de Melian; madre de Lúthien. |
| *Melkor* | El nombre quenya de Morgoth. |
| *Menegroth* ★ | «Las Mil Cavernas», estancias de Thingol y Melian en el río Esgalduin, en Doriath. |
| *Menel* | Los cielos, región de las estrellas. |
| *Methed-en-glad* | «Final del bosque», fortaleza de Dor Cúarthol en el borde del bosque, al sur del Teiglin. |
| *Mîm* | El Enano Mezquino, que vivía en Amon Rûdh. |
| *Minas Tirith* | «Torre de la Guardia», construida por Finrod Felagund en Tol Sirion. |
| *Mindeb* ★ | Afluente del Sirion, entre Dimbar y el Bosque de Neldoreth. |
| *Mithrim* ★ | La región sudoriental de Hithlum, separada de Dor-lómin por las Montañas de Mithrim. |
| *Montañas Azules* | La gran cadena montañosa (denominada *Ered Luin* y *Ered Lindon*) entre Beleriand y Eriador en los Días Antiguos. |
| *Montañas Circundantes* | Las montañas que rodean Tumladen, la llanura de Gondolin. |

*Montañas de la Sombra* ★     Véase *Ered Wethrin*.

*Montañas Sombrías*     Véase *Ered Wethrin*.

*Morgoth*     El gran Vala rebelde, en su origen el más poderoso de los Poderes; llamado *el Enemigo*, *el Señor Oscuro*, *el Rey Negro*, *Bauglir*.

*Mormegil*     «Espada Negra», nombre dado a Túrin en Nargothrond.

*Morwen*     Hija de Baragund, de la Casa de Bëor; esposa de Húrin y madre de Túrin y Niënor; llamada *Eledhwen* «Resplandor Élfico» y *Señora de Dor-lómin*.

*Nan Elmoth* ★     Bosque de Beleriand oriental; morada de Eöl.

*Nargothrond* ★     «La gran fortaleza subterránea en el río Narog», fundada por Finrod Felagund, destruida por Glaurung; también el reino de Nargothrond, que se extendía al este y al oeste del río.

*Narog* ★     El río principal de Beleriand occidental, que nacía en Ivrin y se unía al Sirion, cerca de su desembocadura. *Pueblo del Narog*, los Elfos de Nargothrond.

*Neithan*     «El Ofendido», nombre que se dio Túrin entre los proscritos.

*Nellas*     Elfa de Doriath, amiga de Túrin en su niñez.

*Nen Girith*     «Agua Estremecida», nombre dado a Dimrost, las cascadas del Celebros en Brethil.

*Nen Lalaith*     Arroyo que nacía bajo Amon Darthir, una cumbre de Ered Wethrin, y pasaba junto a la casa de Húrin en Dor-lómin.

*Nenning* ★ Río de Beleriand occidental que llegaba al mar en el Puerto de Eglarest.

*Nevrast* ★ Región al oeste de Dor-lómin, detrás de las Montañas del Eco★ (*Ered Lómin*).

*Nibin-noeg, Nibin-nogrim* Enanos Mezquinos.

*Niënor* «Luto», hija de Húrin y Morwen y hermana de Túrin; véase *Níniel*.

*Nimbrethil* ★ Bosques de abedules en Arvernien; mencionados en la canción de Bilbo en Rivendel.

*Níniel* «Doncella de las Lágrimas», nombre que Túrin dio a Niënor en Brethil.

*Nirnaeth Arnoediad* La Batalla de las Lágrimas Innumerables, también *la Nirnaeth*.

*Nogrod* Una de las dos ciudades de los Enanos en las Montañas Azules.

*Noldor* La segunda hueste de los Eldar en el Gran Viaje desde el este hasta Beleriand; los «Elfos Profundos», «los Sabios».

*Núath, Bosques de* ★ Bosques que se extendían al oeste del curso superior del Narog.

*Orientales* Tribus de Hombres que siguieron a los Edain hasta Beleriand.

*Orleg* Hombre de la banda de proscritos de Túrin.

*Orodreth* Rey de Nargothrond después de la muerte de su hermano Finrod Felagund; padre de Finduilas.

*Ossë* Un Maia (véase *Ainur*); vasallo de Ulmo, Señor de las Aguas.

*Planicie Guardada, La* ★    Véase *Talath Dirnen*.

*Poderes, Los*    Los Valar.

*Ragnir*    Sirviente ciego de la Casa de Húrin en Dor-lómin.

*Region* ★    El bosque meridional de Doriath.

*Reino Escondido, El*    Doriath.

*Reino Escondido, El*    Gondolin.

*Reino Guardado, El*    Doriath.

*Rey Negro, El*    Morgoth.

*Rían*    Prima de Morwen; esposa de Huor, hermano de Húrin; madre de Tuor.

*Rivil* ★    Arroyo que bajaba de Dorthonion para unirse al Sirion en el Marjal de Serech.

*Sador*    Carpintero, sirviente de Húrin en Dor-lómin y amigo de Túrin en su infancia, que lo llamaba *Labadal*.

*Saeros*    Elfo de Doriath, consejero de Thingol, hostil a Túrin.

*Salto del Ciervo, El*    Véase *Cabed-en-Aras*.

*Señor de las Aguas*    El Vala Ulmo.

*Señor Oscuro, El*    Morgoth.

*Señora de Dor-lómin*    Morwen.

*Señores del Oeste*    Los Valar.

*Serech* ★    El gran marjal al norte del Paso del Sirion, donde desembocaba el río Rivil procedente de Dorthonion.

| | |
|---|---|
| *Sharbhund* | Nombre enano de Amon Rûdh. |
| *Sindarin* | La lengua de los Elfos Grises de Beleriand. Véase *Elfos Grises.* |
| *Sirion* ★ | El gran río de Beleriand, que nacía en Eithel Sirion. |
| *Talath Dirnen* ★ | «La Planicie Guardada», al norte de Nargothrond. |
| *Taur-nu-Fuin* ★ | «Bosque bajo la Noche», nombre posterior de Dorthonion. |
| *Teiglin* ★ | Afluente del Sirion que nacía en las Montañas Sombrías y atravesaba el Bosque de Brethil. Véase *Cruces del Teiglin.* |
| *Telchar* | Renombrado herrero de Nogrod. |
| *Telperion* | El Árbol Blanco, el mayor de los Dos Árboles que iluminaban Valinor. |
| *Thangorodrim* | «Montañas de la Tiranía», levantadas por Morgoth sobre Angband. |
| *Thingol* | «Capagrís», rey de Doriath, señor supremo de los Elfos Grises (Sindar); casado con Melian la Maia; padre de Lúthien. |
| *Thorondor* | «Rey de las Águilas» (cf. *El Retorno del Rey, p. 258*: «del viejo Thorondor, aquel que en los tiempos en que la Tierra Media era joven, construía sus nidos en los picos inaccesibles de las Montañas Circundantes»). |
| *Thurin* | «El Secreto», nombre que Finduilas dio a Túrin. |
| *Tol Sirion* ★ | Isla en el río, en el Paso del Sirion, en la que Finrod construyó la torre de Minas Tirith; posteriormente tomada por Sauron. |

*Tres Casas (de los Edain)*    Las Casas de Bëor, Haleth y Hador.

*Tumhalad* ★    Valle de Beleriand occidental entre los ríos Ginglith y Narog, donde fue derrotada la hueste de Nargothrond.

*Tumladen*    El valle escondido de las Montañas Circundantes donde se alzaba la ciudad de Gondolin.

*Tuor*    Hijo de Huor y Rían; primo de Túrin y padre de Eärendil.

*Turambar*    «Amo del Destino», nombre que tomó Túrin entre los Hombres de Brethil.

*Turgon*    Segundo hijo del rey Fingolfin y hermano de Fingon; fundador y rey de Gondolin.

*Túrin*    Hijo de Húrin y Morwen, personaje principal de la balada llamada *Narn i Chîn Húrin*. Para conocer sus otros nombres, véanse *Neithan, Gorthol, Agarwaen, Thurin, Adanedhel, Mormegil (Espada Negra), Hombre Salvaje de los Bosques, Turambar.*

*Uldor el Maldecido*    Líder de los Orientales que murió en la Batalla de las Lágrimas Innumerables.

*Ulmo*    Uno de los grandes Valar, «Señor de las Aguas».

*Ulrad*    Miembro de la banda de proscritos a la que se unió Túrin.

*Úmarth*    «Destino Desdichado», nombre ficticio de su padre que Túrin da en Nargothrond.

*Urwen*    Hija de Húrin y Morwen que murió en la infancia; llamada *Lalaith*, «Risa».

*Valar*    «Los Poderes», los grandes espíritus que entraron en el Mundo al principio del tiempo.

Valinor        La tierra de los Valar en el oeste, más allá del Gran Mar.

Varda          La más grande reina de los Valar, esposa de Manwë.

# NOTA SOBRE EL MAPA

Este mapa se basa fielmente en el de *El Silmarillion* publicado, que a su vez proviene del mapa que hizo mi padre en la década de 1930 y que no cambió nunca, sino que lo utilizó para toda su obra posterior. Las representaciones formalizadas, y obviamente muy selectivas, de montañas, colinas y bosques están hechas imitando su estilo.

En este nuevo dibujo he introducido algunas modificaciones con el objeto de simplificarlo y hacerlo más expresamente aplicable a la historia de *Los hijos de Húrin*. De este modo, no se extiende hacia el este para incluir Ossiriand y las Montañas Azules, y se han omitido algunos puntos geográficos; además (con unas pocas excepciones), sólo se incluyen los nombres que aparecen en el texto de la historia.

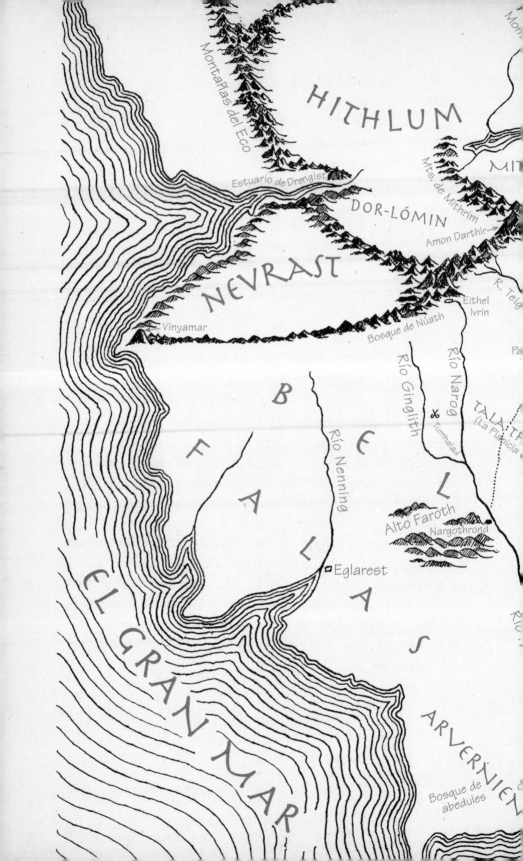

ANFAUGLITH
(Ard-galen)
Eithel Sirion
Pantano de Serech
Rivil
LADROS
TAUR-NU-FUIN
(Dorthonion)
Tol Sirion
Gondolin
Paso de Anach
Crissaegrim
Brithiach
ERED GORGOROTH
DIMBAR
R. Mindeb
R. SIRION
R. Malduin
Amon Obel
BRETHIL
Bosque de Neldoreth
Ravines
R. Esgalduin
Menegroth
NAN ELMOTH
DORIATH
Amon Rûdh
Bosque de Region
Río Aros
D
Pantanos de Sirion
Twilit Meres
R
I A N
Cascadas de Sirion
Puertas de Sirion
rethil
Bocas de Sirion